與遙久時空的你戀愛

中集

明桂載酒 著

目錄
CONTENTS

第十二章　祢是神明鬼怪嗎

陸喚在院中仰著頭，喉嚨發緊地看了許久的煙火。

那些煙火一簇接一簇，流光溢彩，放了許久還沒停下。

寧王府外街市上的百姓似乎也有些疑惑，紛紛上街看是怎麼回事。嘈雜從隔了幾道院牆的街市上傳來，還有下人驚喜地叫道：「看，是何人在放煙火？」

這些喧鬧的聲音漸漸將陸喚從狂喜之中拉了回來……他像是大夢一場，環顧四周，只見空蕩蕩的黑夜，院中空無一人，仍只有自己……他幾乎快要湧到頭頂的血液稍稍冷卻下來。

他忍不住俯下身，撿起一塊石子，朝著不遠處的院牆丟去。

傳來的，只有片刻後石子落地的聲音。

連回音也沒有。

他極度雀躍的心臟慢慢僵硬起來。

煙火只是街市上有人放的……難道，不是那人回來了嗎？

可是方才他分明有了那種直覺。每次那人來時，他都會有種直覺……

難不成自己方才直覺錯了嗎？又是在胡思亂想？

陸喚注視著夜空，吹著冷風，狂喜過後，便是宛如被從頭潑下一盆冷水般的寂寥。

他呆呆地在院子中站立了好半晌，陡然覺得自己有些可笑——他亦知道自己可笑，但他轉過身後，仍沒有往屋內走，而是慢慢地朝著竹林走去。

可笑便可笑。他想，萬一不是自己的錯覺呢，萬一那人真的回來了呢？

那人不想見到自己，那麼自己先去竹林避開，給那人回紙條的時間，自己再出來。

只是，陸喚走得極慢，他垂著頭，手腳有些冰涼。

他盯著腳下的石子，心裡想，如果那人沒來，即便自己在竹林待上一晚，那人也不會留下任何紙條回覆的。

宿溪不知道為什麼放完煙火之後，崽崽卻不怎麼高興，臉上的神情又重歸黯然，並且沒有回屋，而是沉默片刻後，朝著竹林那邊走——他要去幹什麼？

宿溪猜不到他的想法，但是就見他走到竹林盡頭，快要走出這片柴院的地方才停下來。

他找了個地方，慢吞吞地坐下來，然後和方才坐在屋門口一樣，微微垂著頭，發著呆。

小小人的身影坐在小石頭上，顯得空蕩寂寥。

……這是怎麼了？

為什麼大半夜的要去竹林吹冷風？

宿溪鼻腔還酸著呢，就見到崽崽這一連串令她摸不著頭腦的動作，方才她放的煙火，好像並沒讓崽崽意識到自己回來了。

她要趁著崽崽不在屋內，趕緊留下點什麼訊息，告訴崽崽自己一直都在。

這樣想著，宿溪顧不上去管崽崽想什麼，趕緊先切換到屋內。

她這次該送什麼才能讓崽崽開心點？

找個藉口，說自己外出了一陣子，今日才回？並不是丟下崽崽不管了？

還是直接投其所好，送崽崽喜歡的東西？

宿溪躺在床上揪住了頭髮，深深地感覺到幼稚園老師哄孩子的難辦之處。

那麼，崽崽到底想要什麼，送什麼才會讓他開心？

事實上，宿溪並不知道崽崽的喜好，他從未明顯表現出對任何東西的在意——除了那次他對自己提出想吃家鄉菜的要求。

宿溪並沒有忘掉這件事，她一直在想做什麼家鄉菜會比較特別，但是想來想去，也沒想到什麼比較有特色的菜。畢竟很多二十一世紀才有的菜，在商城裡兌換不到。

但今晚，是時候幫崽崽兌現這個心願了。

宿溪打開商城，在菜品那一欄仔細翻了翻，商城裡菜很多，但是她立刻被其中一道吸引了目光——桂花鱸魚。

宿溪格外喜歡吃魚，這道菜的圖片上，桂花細碎地落於魚肚白上，黃白相間，看起來清新美味。而且現在遊戲裡是深冬初春的季節，九月的桂花肯定是沒有的，所以這是一道比較特別的菜。

而且也算是宿溪的家鄉菜了。

宿溪飛快地買了個餐盒，將桂花鱸魚裝起來，然後又左挑右選，選了些別的。

陸喚一直在竹林的小石頭上坐著，他心裡忐忑、害怕及失落，他看著方才綻放煙火的夜空，現在已經空蕩蕩的只剩黑夜，幾乎快要篤定是不是自己在自作多情，居然因為一場煙火，就以為是那人回來了。

但他心臟直直墜落的同時，又忍不住生出那麼一絲絲期待——

難道真的有可能是那人來了嗎？

陸喚心煩意亂，胡思亂想著。

就在這時，他聽見屋門那邊傳來了些聲音。

竹林此處已經和屋門那邊隔得極遠了，但大約是四周太過安靜，而且陸喚一直豎起耳朵，所以這麼一點輕微的聲音，他也立刻聽到了。

——或許是院中一些枯枝被吹動發出聲響呢？

陸喚立刻站了起來，他顧不上去管等等會不會失望，胸腔中方才還死寂的一顆心臟立刻重新怦怦地跳動了，他大步流星朝屋門那邊跑過去，然後飛奔起來，衣角在寒風中被掀起。

他衝回屋內，烏黑的長髮被吹得亂七八糟，他見屋內沒人，是空的，強忍住心頭一閃而逝的澀意與失落，努力鎮定地朝著桌案上看去。

桌案上……

時隔八日，桌案上再度多了東西。

陸喚心臟狂跳，不敢相信自己的眼睛。

那人回來了……

那人回來了？

那人回來了！！！

他還以為那人再也不會回來了，原來剛才的煙火他沒猜錯，果真是那人放的嗎？他就知道，他一向對那人出現有種莫名準確的直覺！

陸喚像是個丟失了寶貴糖果之後，又好不容易失而復得的孩子，此生從未如此高興。

他灰濛濛的眼眸也一剎那亮起，像是「啪嗒」一下於黑夜中有燈塔被點燃一樣，變得漆黑透亮。

他心臟快跳出喉嚨，臉上的神采瞬間有了顏色，眼眶發紅，快步朝桌案旁邊走去。

宿溪在螢幕外見到崽崽臉上幾乎毫不掩飾的狂喜與激動，吸了吸鼻子。

不知是不是久別重逢、近鄉情怯，今日那人送來的東西，陸喚明明恨不得死死攥在手心不鬆開，但就在手邊，他竟然有些不敢打開了。

他就怕今日送來東西之後，那人又要消失很久……

桌案上一共有三個木製盒子。

陸喚強忍住心頭瘋狂跳動，定了定神，打開第一個盒子。

裡面裝著煙火。

煙火形狀十分獨特，並不是街市上能夠買到的普通尋常煙火。

陸喚心中歡喜，雖然想竭力忍住，但今夜實在忍不住，反正四下無人，他便也毫不掩飾，終於忍不住伸手摸了摸。

第二個盒子。

陸喚打開得比第一個更慢，大約是存著些許的不捨之情。

慢慢打開來後，他發現裡面是一包種子，散發著淡淡的清香，似乎是——梨花樹的種子？

那人是何意？

八日前沒能來赴約，沒能見到那棵梨花樹，所以讓他自己種下一排梨花樹嗎？

陸喚雖然不解那人用意，但心中依然開心，像是觸碰什麼心愛之物一般，眸子宛如黑曜石。

他將梨花種子放到鼻尖下嗅了嗅。

還剩下最後一個盒子。

陸喚像是個拆心愛禮物的小孩，拆到最後一個，越發捨不得拆了。

他瞧了盒子好幾眼，努力忍住不讓開心之色從自己眼角眉梢流露出來，他迅速攤開紙墨，用毛筆沾了一些墨水，筆尖落在紙張上。

陸喚用左手揉了下臉，讓自己冷靜了些之後，才開始寫紙條。

但是一邊寫，他的嘴角還是忍不住飛揚而起。

宿溪在螢幕外第一次見他完全克制不住激動和開心，也忍不住捧著臉一臉姨母笑。

然後，就見他寫的是——八日不見，你應當是出了一趟遠門吧，我猜到了，便耐心等休回來，並未著急。

宿溪：「…………」

？？？

你說你猜到了？

你說你耐心等我？

你說你並未著急？

崽崽你摸著良心再說一遍，剛剛坐在門口的小哭包是誰？

寫完之後，小哭包本人似乎對這個說辭還算滿意，將紙條折疊在一起，按照慣例塞入桌腳的小木盒中。

他忽然想到什麼，轉過身去，趕緊將地上一堆亂七八糟的紙條收起來，抱在懷裡一張張在燭火下燃燒掉，臉上掛著幾分難為情……那人，應當還沒看過……

宿溪還真的沒看過，她急了，剛才忙著準備禮物去了，還沒看崽崽這些天都寫了些什麼呢。

可惜一眼都沒看到，全被燒掉了。

她：「……」

等將這些紙條全都燒掉之後，陸喚鬆了口氣，他似乎是還有話要說，又在紙張上寫——不過，日後若是要離開很久，可否……

還沒寫完，他似乎覺得這樣有些不妥，揉成一團燒掉了。

陸喚望著空白的紙張，有些怔忡，他想讓那人日後不要突然消失，不見任何蹤影，可是他又害怕若提出要求，和上次提出見面的請求一樣，會令那人不耐煩。

無論如何，這些等日後再說，在他還沒頭緒那人是誰之前，在他還沒把握讓那人永遠不消失之前，他寫的紙條需要慎重。

現在，只剩下最後一個盒子沒打開了。

雖然不捨，但陸喚眼角還是有著細微笑意的，他將手按在那盒子上，過了片刻才打開那盒子。

打開之後，便是一些菜香撲鼻而來，騰騰的熱氣從裡面散發出來。

漂亮的白瓷盤，魚肉雪白，蔥花嫩綠，桂花點綴其中，鵝黃誘人。

陸喚面上表情愣了愣。

是……一道菜？

他腦中電光火石想起一件事，自己那日寫下家鄉菜的要求後，分明立刻將紙條燒了。

那人，又是怎麼……

那人竟然……難不成……

陸喚渾身僵硬，腦中忽然閃過自那人出現之後的細節。

拋開每夜來無影去無蹤地送東西給自己不談，拋開神通廣大、精通機關醫術不談，還有很多細節。

比如，那道突然出現又突然消失的梅菜扣肉，溪邊水桶那日莫名變輕，因為某種原因無法留下文字。

這些細節慢慢交疊在一起，陸喚望著眼前的這一道菜，呼吸慢慢急促起來。

他一向不信怪力亂神的，認為那些全是虛妄之談。

可那人莫非、莫非——

宿溪見桌案前的崽崽呆滯很久，接著仰起了他的包子臉，臉上帶著一些疑惑。

他腦袋上冒出的白色氣泡上有個巨大的問號。

道出了他內心的想法。

——「你……是鬼怪嗎？還是神明？」

宿溪眼皮一跳，頓時嚇得快從床上掉了下來，等、等等，崽崽這是已經快無限接近她的身分了。

我靠，她視線落向那道菜，也陡然意識到問題所在！崽崽那天的紙條並未留給自己，自己卻看到了，他肯定會懷疑啊！

該不會被嚇到吧？

可是只見，崽崽臉上雖有疑慮，可是卻並無半點惶恐之情，反而眼角眉梢隱隱閃耀著一些喜悅。

他望著無盡的漆黑夜空，抿了抿唇，垂在身側的手指微微握緊，眸子裡的細微光芒就像是得知了那個人別人都看不到、碰不到，而唯有他，擁有著、接觸著、占有著……

這八日，二皇子遇刺的事情已然在皇宮內傳開。

這種事稱得上是宮廷醜聞，要麼是因為災害導致的暴亂，要麼是有人蓄意謀害皇子，無論刺殺原因為何，皇室都不希望消息傳出去。

但無奈當日秋燕山圍獵前去的世子小姐們實在太多，雖然明面上全都三緘其口，不走漏任何風聲，但私底下都已經傳開了。

皇上對此感到震怒，加快速度派御林軍去查，並派了太醫幫二皇子診治。

太醫在診治時，用手指沾取了一些二皇子胸口上的藥粉，放在鼻子底下仔細聞了聞，心底覺得十分疑慮，面上也有難言之色。

二皇子在床上躺了幾日，胸口上幾乎穿心的傷口竟然都好得差不多了，但他仍然一副虛弱的樣子，問：「徐太醫，可是有什麼發現？」

徐太醫道：「殿下，不瞞您說，這藥粉和太醫院的金創藥成分應當差不多，都是芙蓉葉、冰片等物製成，但是卻不知道為何這金創藥有如此神效，竟然讓您的傷勢恢復這麼快！」

「臣從來沒見過有此等恢復效果的藥，想來這藥粉裡必定還有什麼別的祕方，只是臣無能，分辨不出來。」

「那位替您醫治的，必定是一位神醫！」

就算他不說，二皇子也覺得奇怪極了，他自己用箭捅的那一下，已經深深捅進了血肉裡，再深一點，他恐怕就要去見閻王爺了，按照他原本的計畫，這傷口至少要三到五月才能痊癒。

可現在，竟然因為那秋燕山上莫名其妙冒出來的草民救了他，才過幾日他就能下床了！

二皇子計畫被破壞，心中固然有些惱怒，但更多的是疑慮。

救他的那人是誰？為何要救他？能拿出這種神藥的，可不是什麼普通人。

「徐太醫，你見多識廣，是否能猜到這金創藥是出自何人之手？」

徐太醫道：「臣慚愧，毫無頭緒。不過前段日子聽說京城內有人在永安廟救治百姓，許多風寒的百姓竟一夜痊癒，臣覺得，莫不是和永安廟救人的那位神醫是同一人？」

二皇子也聽說了此事，但是僅憑這一瓶金創藥，並不能將救下自己的人和永安廟那位聯想在一起。

他皺了皺眉，對徐太醫叮囑道：「你先退下吧，對了，我已經差不多痊癒的事情，先不要聲張出去。」

徐太醫是二皇子的黨派，一口應下，隨後退了出去。

二皇子躺在床上告病，而皇帝的議事廳內則吵翻天。

朝臣們正在為北界邊境的霜凍災害一事而爭吵。

今年年末的霜凍災害遍布整個燕國，京城還僅僅只是糧食價格上漲，並未影響到民生，而北洲本就嚴寒，再遭遇這樣的災害，更是雪上加霜。

不只如此，昨日駐守北洲的士兵又匆匆快馬來報，稱因缺少糧食、三月未曾下雨、旱災等等，導致集結起義的暴軍越來越壯大，若是再不處理，恐怕暴軍當真要逼近北洲駐守府。

皇帝焦頭爛額，一時之間倒是先將二皇子遇刺的事情放在了後面。

目前的危機是——北洲霜凍災害、旱災、暴亂三危加急，誰去處理？如何處理？

戶部尚書與五皇子一派，自然站出來推薦五皇子去。而皇后的派系見狀，立刻站出來推薦太子去，太子冷汗涔涔，想到那些暴亂軍就害怕，拒絕三連，氣得國舅吹鬍子瞪眼睛。除此之外，鎮遠將軍是二皇子的派系，二皇子如今告病，他也不願讓五皇子又立功，於是自己主動站出來請纓。

皇上見這些人各懷心思，卻沒一個是真正想要治理災害、為了黎民百姓的，他被吵得頭疼，不由得怒道：「都閉嘴，到底誰去，待朕抉擇一番再做決定。」

如此，一番混亂之後，退了朝。

皇宮裡發生了許多事情，寧王府中這幾天倒是一片平靜。

老夫人這幾日忙著挑選衣服首飾。兩日後在皇宮內有為秋燕山圍獵舉行的宴席，到時候斬殺了雪狼王的陸喚將能面聖。老夫人和寧王夫人作為家眷，也會一起入宮。

這可是近些年來，寧王府這個異姓王府沒落之後，老夫人第一次能進宮參加宴席，她自然心情大悅，不僅又讓身邊的嬤嬤送去許多布置給陸喚，還賞賜了寧王府中的下人。

這些劇情發生在這八天內，宿溪沒上線，因此系統主動調出來，讓她快速看一遍。

但她這時看著螢幕上的崽崽，完全沒心思去看這八天皇宮裡和寧王府中又發生了什麼，於是將這段動畫滑到螢幕右上方，縮小起來。

而此時此刻，陸喚自然也顧不上去思考那些。

他望著那人留下的盒子裡的菜，熱氣緩緩升起，在冬夜裡白霧繚繞，真實而溫暖，提醒著他，這一切並非做夢。

他心中浮現出那個猜測之後，他的心臟便跳動得很快，全身血液也奔湧得很快——並非是害怕，而是因為，他似乎終於撥開一層層的雲霧，接近了那人的真實身分……

這對他無比重要。

陸喚按捺住自己有些急促的呼吸，竭力冷靜下來，在心中細細梳理了一番那人出現在他身邊之後發生的所有事情。

從那人能夠不知不覺地送各種東西到自己的屋子裡，長靴、炭盆、縫補好的衣袍；送雞、農作物、防寒棚到自己院子裡時，自己就應該猜到的。

但那時陸喚只以為，那人是什麼頗有權勢、來去自如、武藝高強的世外高人。

而之後，永安廟用風寒藥救人，他從仲甘平那裡得到宅院和農莊，他與戶部尚書見面，他受老夫人之令前去秋燕山圍獵，種種事情，那人竟然也像始終待在他身邊一般，知曉得清清楚楚！

可那時自己心中雖有疑慮，但不願意往怪力亂神的方面想，只以為那人消息來源極其廣泛，在京城遍布眼線，對京城內所發生的大小事情瞭如指掌。

除此之外，那人一夜之間送了兩百多隻雞到農莊，神不知鬼不覺在寧王夫人的房間留下圖案捉弄她，亦是普通人無法辦到的事。

……現在細細想來，即便再怎麼神通廣大，也不可能做到這些凡人完全無法做到的事。

所以……

那人，當真是神明鬼怪嗎？

而他每夜留下的紙條，那人雖有所回應，卻始終不留下隻言片語。他詢問那人是否因為某種原因，無法留下文字，那人說「是」——原來竟是因為這個原因！

原來鬼神無法留下字跡嗎？

陸喚將所有的事情從頭到尾回想一遍，又望著眼前這道菜，血液竄到頭頂，幾乎能夠徹底確定心中的這個猜想了。

那人竟是出現在他身邊的鬼怪神明……

等等——

那麼，那人莫非現在還在自己身邊？！

陸喚腦子裡冒出這個念頭之後，漆黑的眸子頓時凝了凝，手指下意識攥緊。

少年渾身緊繃，眼珠漆黑透亮，劃過一些細微的、連他自己也分辨不出的情緒，興許是欣喜、期待、忐忑、緊張——他下意識朝四周看去，不過屋內空蕩蕩的，簷下兔子燈也安靜地亮著燭火，似乎沒什麼人在他身邊，可萬一呢？

萬一那人就在屋內呢？

陸喚喉嚨有些發乾，強忍住心頭複雜的情緒，他抬起頭，亦不知道看向何處，視線只好落在那盞搖曳的燈上，輕聲開了口。

「祢……還在嗎？」

這一次不是冒出的白色氣泡，不是崽崽的內心想法，而是彈出的對話方塊。

螢幕外的宿溪眼睛睜大，心中已經充滿「我靠」兩個字——

我靠我靠我靠崽崽在和她對話？！

螢幕上的崽崽抬頭透過窗子看著簷下，視線分明不是落在自己身上，但宿溪就覺得，他好像是隔著螢幕看向自己似的。包子臉上的一雙眼睛黑白分明，漂亮清澈。

宿溪一瞬間雞皮疙瘩都起來了。

她是真的產生了，這已經不再是個遊戲，而是隔著一塊螢幕的兩個時空交匯的感覺了。

宿溪心跳很快。

而幾乎不等她做出反應，螢幕裡的崽崽又連聲問道。

「祢是否在這裡？」

「若是祢還在……可否讓我知曉……？」

一行一行的字幕在螢幕上彈出，宛如直接和宿溪對話。

他屏住呼吸，渾身繃緊，望著無盡的夜空，燈火落在他臉上，明明暗暗，宛如兩個時空交匯的痕跡。

他臉上的神情有希冀和渴望，但這似乎只是冰山一角，他內心澎湃洶湧的情緒，只能從他緊緊攥住、幾乎發白的身側的手指看出來。

等了半天，仍然無人應答。

陸喚又張了張嘴，輕聲道：「祢無法出聲，是不是？若祢還在，牽一下我的袖子，好不好？」

他的聲音落下後，他便垂下頭，緊張地等待著自己的袖子被撥動。

自己雪白色的袖子被燭光照著，在地上落下一角影子。

可是那影子安安靜靜的，沒有絲毫動靜。

過去了一秒。

兩秒。

三秒。

陸喚心頭無法抑制地劃過一些失望的情緒，他抿了抿唇，不由自主地心想，難道，那人——不對，或者說他的鬼怪此時不在嗎？那麼，下一次來又是什麼時候呢？

宿溪在螢幕前只是遲疑了一下，崽崽膽子真大，真的不怕嗎？那自己真的可以在他清醒的時候碰碰他嗎？

猶豫了一下下後，宿溪伸手去動了動崽崽的手指頭。

陸喚仍盯著自己的袖角。

可就在這時，他垂在身側的手指彷彿被輕輕觸碰了一下。

陸喚：「……」

那是種非常輕柔、前所未有的感覺，沒有肌膚的觸覺，沒有溫度，而是像一陣細微的風，碰了一下他的手，又稍縱即逝。

但接著，那風似乎是在努力把控力道，好不傷害到他，又小心翼翼地試探著碰了碰他的手背——

再碰一下，又收回去。

陸喚呼吸一點點變得急促。

他死死盯著自己的手，啞聲道：「不疼，無礙，妳力道不大。」

於是，那風稍稍放鬆了一些，圍繞著他的手纏繞起來，撥了撥他的手指頭，像是牽著他的手，輕輕晃了晃。

陸喚的右手落在地上的影子，也跟著晃了晃，看起來是一個人的手在動。

但陸喚知道，那是兩個人，那人握住了他的手。

那是一種非常奇妙的感覺，分明只是沒有溫度、沒有形狀的風，但卻親昵而溫柔，落在陸喚手上的肌膚宛如一道電流，順著陸喚的指尖，一路火花帶電地落至他心臟。

他指尖輕輕跳躍一下，他的心臟也重重跳動了一下。

陸喚眼圈隱隱發紅。

果然是出現在他身邊的鬼怪。原來自己一直被陪伴著嗎？

四周萬籟俱寂，大地安靜一片，陸喚靜止不動，低頭垂眸盯著自己的手，只能聽到自己胸膛中的心臟劇烈跳動。

時間幾乎靜止了。

他竟然終於感受到了那個人的存在……

他難以言說他此時此刻心中紛湧的情感。他自小到大都很孤寂，活著便很好了，從未奢望有人會出現在他身邊，陪伴他、與他交流、給予他善意。什麼玩伴、親人、朋友，他從不貪念，也不大在乎。

他從未想過有朝一日，他生命裡會出現一個人，提著一盞幽幽的兔子燈，將他四周昏黑、不見天日的霧氣緩緩撥開，前來渡他，不似塵間世人。

那人原來一直在他身邊嗎？注視著他？陪著他？

那人……不，不是人，可即便是鬼，也是獨屬於他的唯一的鬼。

陸喚安靜地垂著頭，脖頸肌膚冰涼白皙，但心中血液卻瘋狂奔湧，一雙眸子宛如黑曜石，閃耀著細碎的、從未出現過的神采。

他感受著指尖的風，想竭力按捺住自己的欣喜若狂，但仍無法抑制，眼角眉梢都是鮮亮的神情。

……像是在黑夜中踽踽獨行了許久，一直望著光，而今終於觸碰到了那束光。

他想起一些事情，便抬頭看向空蕩蕩的身側，輕聲問道：「怪不得祢那日沒來赴約，不是不想來，是無法出現對嗎？」

「若是『是』，祢便牽一下我的左手，若是『不是』，祢便牽一下我的右手。」

陸喚含蓄地道，不知為何耳根有些微紅。

螢幕外的宿溪萬萬沒想到還可以這樣溝通，那豈不是可以解釋清楚，自己當天為什麼放了崽崽鴿子？！

她興奮起來，當然是立刻牽了一下崽崽的左手。

——軟綿綿的小手，雖然摸不到，但是戳一下，老母親的心臟也都化了啊！

果然，螢幕內的崽崽一掃之前坐在屋門門檻前四十五度角仰望天空的憂鬱狀，整個人肉眼可見地開心起來，雖然他竭力想忍住，也竭力繃著臉，但他頭頂卻「啪唧」一下，冒出了一顆亮晶晶的、小小的心。

陸喚咳了咳，又問：「所以，祢並未怪我突然提出想見面的請求，是嗎？」

他的左手被溫柔地撓了撓。

陸喚吊起來整整八日、不得安寧的一顆心終於落下地，他心頭稍稍鬆了一口氣，又再接再厲地問——

這個問題問出口之前，他頓了頓，竭力裝作不大在意，隨口一問的樣子。

「唔，為何救下二皇子，是想助他一臂之力嗎？」

他的右手被扯了一下——否。

陸喚心頭一沉，聲音又有點啞，猶豫了下，才問：「那麼，便是出於好心？二皇子的確人中之龍——」

可話還未說完，又是右手。

宿溪快把崽崽的右手拍飛了。

陸喚被那人力道之重愣了愣，他心中忽然有一個猜測，這個猜測乍然出現在他的腦海中，他的眼眸便亮了亮，接著，越來越亮。

「那是因為……」陸喚沒說下去。

只見，桌案上的毛筆突然憑空轉了個方向，簡單粗暴地指向了他——

「是因為我？」陸喚的聲音落了下來。

桌案上的筆被大力拍了兩下，啪啪，就是因為你，沒錯。

陸喚此前並未想到與自己有關。他雖然想進入太學院，可他從未與那人說過。莫非那人，不對，他的鬼猜到他心中的想法，所以救下二皇子，只是因為不想耽誤他進入太學院？

竟然，全是為了他——

陸喚竭力繃住神情，用力繃住、拚了命地繃住，可是嘴角卻越來越上揚，越來越抑制不住。

螢幕外的宿溪就見到，螢幕上突然多出一排小心心，在崽崽的頭頂跳動得像是快爆炸了。

崽崽超級開心，螢幕外的宿溪終於解釋清楚了，也捂著臉超級開心。她這該死的姨母心！

陸喚心中其實還有許多的疑問，比如——為什麼會來到我身邊？為什麼會對我這麼好？為什麼陪著我？為什麼剛好是我？是希望從我身上得到些什麼，抑或是讓我捲入京城權勢爭鬥，好替祢完成什麼事嗎？

可是，此時此刻，他感受著那人在他身邊，輕柔的風纏繞著他……這些問題都變得不那麼重要了。

他更在意的是——

能長久地留在他身邊嗎？以後的某一天，會離開嗎？也曾對別人這般好嗎……以後，可以不要別人、不要任何人，只看著他嗎？

他心中捲起無數細微的情感，希冀、喜悅、不安，一層一層，宛如細浪拍打岸邊……而伴隨著他的心臟跳動，這些在他心中聒噪不停的聲音卻漸漸落下，最終便只剩下了一個最重要、最篤定的想法——

出現在他身邊的這個鬼神，來到他身邊是他這輩子最好的事情。

他別的都不害怕，他只怕對方突然消失。

思及此，陸喚便想起了對方這八日以來杳無音訊，像是突然中斷了聯絡，他不知道發生了什麼，一直枯守在院內，可是看了八天的日出日落，卻什麼也沒等到。

……若是今後再出現一次，他恐怕仍不知道該去哪裡尋找對方。

陸喚雖然不想表現出自己這八日都在眼巴巴等對方來的樣子，但他又實在想知道，於是忍了忍，還是沒忍住，脫口而出地問：「祢消失的這八日，是發生了什麼事情嗎？」

落在宿溪眼中，螢幕內的崽崽就像是被落在幼稚園裡整整八天一直沒被接走的小朋友，滿臉淒苦、滿臉幽怨，好不容易等到她來了，趕緊牽著她的手，仰著包子臉，急切地非得問出她到底去哪了，為什麼沒來接他不可。

追問也就罷了，還非得裝出一副漫不經心、就是隨口問問的樣子……

宿溪中箭倒地，簡直快被萌化了。

她覺得自己可能中了遊戲的毒，嗷，為什麼崽崽做什麼她都覺得可愛？！

可是，她要怎麼解釋自己去考試了？！

還一考就是兩天半，手機也被沒收了？！

宿溪撓了撓腦袋，冥思苦想了一下，然後隔著螢幕翻開崽崽桌案前的書卷，隨後拿起毛筆，在桌案上擺出書寫的畫面，最後將毛筆一丟，將書卷捲起。

開窗，用風捲起書卷，做出終於溜出去的畫面。

她試圖告訴他——在她這邊，也是要上太學院，也是要考試的，而且他們考了班級前三，還不能進京當狀元，還要繼續上大學讀碩讀研，總之非常辛苦。

但是這麼一長串顯然解釋不清楚。

崽崽盯著身前的風將書頁吹得亂七八糟，又將窗戶開來闔去，半點也不介意，反而眸子有些亮，猜測著問：「祢的意思是否——這幾日，祢的魂魄被拘在地府了，地府中亦要考查，查完過關才能出來？」

在桌案上書寫——考查。

打開窗戶出去——逃出。

宿溪聽到崽崽的話，差點沒從床上下來，她哭笑不得，什麼鬼啊，什麼地府啊？！崽崽這是把她當成什麼鬼了嗎？！

但是拋開鬼這個身分不說，其他的倒是猜得八九不離十。學校可不就是和地府沒什麼兩樣嗎？考完試才能放學。

反正也解釋不通，就讓他這麼理解吧。

宿溪唇角揚起促狹的笑意，拽了拽崽崽的左手——是。

陸喚此前從不信怪力亂神，但今日卻不得不信。更何況，只怕鬼神也有鬼神的法則，雖然有超過凡人的力量，但是和他們人間一樣，也有規則要遵守……

他腦海中漸漸建構出一個地府的模樣，魑魅魍魎、光怪陸離，開始猜測，那麼他的鬼神來到他身邊，是否因為地府那邊派了什麼任務，讓祂不得不完成呢？

畢竟，這個陪伴在自己身邊的鬼神，除了對自己溫柔之外，做的許多事情也有目的。或許是有什麼獎勵懲罰機制……令祂不得不透過自己，或者說借助自己去完成一些事情。

這樣的話，許多的事情便可以解釋得通了……

即便猜想到這些，陸喚的心緒也並未產生多大的波動，他眼角眉梢仍是鮮亮。無論祂有什麼目的，至少陸喚早就確認了一點，祂對自己全無害心，且始終對自己溫柔以待。

祂是他的第一個，也是唯一一個朋友……亦是他最想要接觸到的那一束光。

「原來如此。」陸喚輕聲道。

他看向燭火下被自己全都燒掉後，只留下一片灰燼的那些紙條，自嘲道：「這幾日，我還以為……祢再也不會來了。」

螢幕外的宿溪看著崽崽，崽崽淡淡垂著眼簾，包子臉很平靜，可宿溪一顆老母親的心陡然很愧疚。我也不想把你一個人丟在幼稚園……

她看著崽崽，忍不住做了一直以來都很想做的一件事情——伸出兩根手指頭，捏住了崽崽的包子臉，輕輕地捏了捏。

雖然完全感覺不到指尖是什麼感覺，但是看著卡通風格崽崽的包子臉被輕輕揪起來，光是想一下那軟綿Q彈的觸感，宿溪都快陶醉了。

啊啊啊捏到崽崽的臉了！讓她死吧！

而螢幕內崽崽很震驚，猶如五雷轟頂，被劈了動彈不得！

他眼睜睜地感覺到那輕柔的風落在自己臉頰上，還沒等他耳廓慢慢薄紅，那風就捏他的臉——

那人摸他臉？！

陸喚整個人都僵硬成石板，他從未見過如此輕薄之事！下意識想要打開落在自己臉上的那人的手，可是又琢磨不定那人在何處，怕傷害到那人。

於是他只能立在原地，滿眼驚愕地不動，任由右邊臉頰被扯了一下，又彈了回來。

陸喚：「……」

雖然他與那鬼神已經認識許久了，可這未免也太、太輕佻——不過那鬼神性格素來跳脫，或許不覺得此事有什麼大礙。

祂送了自己那麼多東西，待自己那麼好，是自己唯一的朋友……想輕薄一二，便、便由祂去了。

風捏了下他的臉之後，似乎還沒走，還流連地摸了一下。

陸喚耳廓上的紅色一瞬間染到了脖子上。

直到宿溪收回手，他還脖頸通紅。

「……胡鬧。」他憋了半天，憋出兩個字。

雖然這麼說，但燭火映照著少年的臉，照亮了他紅得像是天邊雲霞的俊臉，他眸中卻無半點不悅，而全是細微的笑意與亮意，一貫冷清得宛如白玉的臉上，因為過於紅，而添了三分豔。

不過這樣一來，陸喚心頭的那些低沉的情緒完全一掃而光了。

他看向身側，嘗試著得寸進尺一些，對他的鬼神道：「祢既占了我的便宜，便要答應我一件事。」

宿溪心滿意足地收手，拍了一下桌子，意思是：什麼事？

陸喚抿了抿唇，竭力裝作只是隨口一提，道：「日後，不要再突然消失。」

他提出要求之後，便渾身繃緊。

但那人卻飛快地同意了，拽了拽他的左手，意味著「好。」

陸喚心中陡然升騰起狂喜，但他竭力按捺，又約定道：「日後祢來時——」

他視線落到桌案上的梨花種子，想到了一個主意，飛快地道：「日後祢來時，放一片梨花花瓣在我手心，祢離開時，將花瓣從我手中拿走，可好？」

螢幕外的宿溪看著崽崽的要求，雖然很想感嘆他的聰明，可是，等等，她怎麼突然和崽崽發展成上下線必須打招呼的網友關係了？她不是在玩遊戲嗎？！

宿溪有點風中凌亂。但還是拽了拽崽崽的左手，表示「好。」

這樣也好，以後上下線都說一下，崽崽就不會枯等了。

約定完這些，陸喚臉上神情顯而易見地更加鮮亮，他又趕緊一股腦地問了許多事情，問宿溪沒變成鬼之前的家在何處，宿溪沒辦法回答，只能說是很遠的地方。崽崽還問了許多別的事情，宿溪雖然給不出什麼具體的回答，但都有一搭沒一搭地陪著他聊天。

崽崽似乎並不介意得到了多少資訊，而是在努力地，在腦海中試圖構建出她的音容相貌和身形。

此前陸喚從未想過能得到這麼多資訊，而現在，雖然觸碰不到對方，但是無論如何，比之前只能單方面紙條溝通時要好太多。

陸喚立在窗前，望著漆黑的夜空，此生有史以來第一次眸子璀璨如星，他彷彿長途跋涉、乾渴至極的人，終於獲得了一汪清泉，心靈得到熨貼。

不過，陸喚突然想到一個問題——

他遲疑著道：「祢今日是何時來的，我傍晚時坐在屋門口……祢也看到了嗎？」

左手被碰了一下。

陸喚：「……………」

他頓時血液上湧，臉色漲紅！

所以說，自己失魂落魄坐在門口，以為對方再也不會來了，全都被看到了？而他方才還寫紙條，口是心非地說他這幾日並未著急，說他並不在意，也全都被對方看到了？！

還有，「那些木雕——」

陸喚未曾說出口，但是想想也知道，他每日雕刻那些小東西送給對方，卻在紙條上說是自己在街市上隨手撿的，這些對方必定也都知道了！陸喚臉上的紅頓時四散，令他脖子都染上一片紅暈。

螢幕外的宿溪看著崽崽無措地垂下眼睫，心跳急促，跟恨不得找個地洞鑽進去一樣，差點被樂壞了。

出來混總是要還的，誰讓崽崽之前那麼口是心非！

陸喚又想到此時此刻，自己臉紅，那人也能看得到，他心中頓時更急，急忙快走幾步，走到一邊，把臉狠狠一搓揉，道：「祢且先轉過頭去。」

宿溪哈哈笑著勾了勾他手指頭，表示自己轉頭了，但螢幕外仍笑呵呵地盯著崽崽看。

小小一隻奶團子促狹到無路可逃，站在牆角努力揉臉，讓自己冷靜下來，嗚嗚嗚可愛死了！

過了好半晌，陸喚才稍稍冷靜下來，他竭力忘記剛才發生的事情，竭力鎮定，裝作若無其事。

他轉過身，走到桌案前，拿起第一個盒子裡的梨花樹，道：「祢既然贈予我這些梨花樹的種子，我便在這裡和農莊那邊都種下一些，祢和我一起出門種嗎？」

他眼裡有些期待，畢竟，從未與那人一起做過什麼事情。

宿溪拉了拉崽崽的小小左手，表示同意。

陸喚便推開門去，特意稍稍等了一下，像是等鬼神跟著他一起出來後，才掩上柴門。

他走到先前挖開準備等春天到來弄成魚塘的那一小塊土地那裡，拿起鏟子蹲下去，開始將梨花樹的種子埋進去。

宿溪就看著小小人在那裡種樹。

但現在和先前不一樣，先前雖然也是看著崽崽做事，可是不能和他溝通，怕突然有什麼東西飛起來，嚇到他。

但是現在——宿溪也拿起牆角的水桶，水桶憑空飛起，往崽崽種好的地方倒了一些。這樣一來，宿溪的參與感就更強烈了。

而陸喚抿著唇，眼睛亮晶晶，唇角忍不住上揚。

他總是一人吃飯睡覺、一人挑水砍柴、一人做所有的事，從來沒想過有朝一日身邊會多出一個人陪伴他。

雖然這人是鬼神，看不見摸不著，但是他知道那人在便夠了。

種好了樹，還差最後一個埋土的過程，天上忽然下起了小雪。

這雪越下越大，慢慢變成鵝毛大雪。

陸喚對身側解釋道：「這應當是燕國最後一場雪了，可惜京城下雪，北地卻是乾旱。」

雪下大了，他忍不住看了眼身側，站起身，跑回屋內拿了把油紙傘出來。

他將油紙傘撐開，立在地上，對身側的風道：「祢進來，蹲在這裡吧。」

鵝毛大雪落在油紙傘上，很快就在傘面上積了一層，悄無聲息，像是一層潔白厚厚的月霜。

宿溪化作風，鑽進傘下，裝作自己進去了，但是她有些奇怪——之前京城一直下雪，她從來沒見過崽崽撐傘，這把油紙傘放在柴門後面，她都沒見過崽崽用。

而且她一個鬼，有什麼好撐傘的。

宿溪有些想笑，就見螢幕上彈出崽崽的話，崽崽蹲在旁邊，一邊埋土，一邊解釋道：「雖然祢家住何處、是哪裡人、姓氏名誰、長什麼樣子，全都沒辦法告知我。但祢性情純真，生前必定有一個幸福溫暖的環境，有寵愛祢的家人，若是他們，必定不會讓祢淋雪生病。」

頓了頓，他抬頭看著身側的傘，彷彿注視著傘下的少女，輕聲道：「現在祢來到我身邊，便換我來做這些。」

「我不想委屈了祢。」

大雪紛紛揚揚，少年神色無波，可表情異樣認真。

沒有月色，只有遠處簷下燭光，隱隱將他臉龐照亮，他白得像雪一樣的臉蒙了一層光。

「……」不知道為什麼，宿溪心臟忽然被輕輕地撞了一下。

雪地裡，崽崽小小一團蹲在雪中，傘放在身側，並沒顧及他自己。他出生在一個並不好過的環境，說是艱難惡劣的泥沼也不為過，但他卻對自己說出這樣一番話。

第十三章　因占有慾而不悅

兩人一起將梨花樹種下，院中很快多了幾個小土堆，宿溪看著螢幕上的小土堆，嘴角飛揚，心中充滿了期待，在遊戲裡種樹比在外面種樹有成就感多了，因為遊戲裡時間過得快，能夠想像得到來年幾棵小樹苗茁壯成長、被風吹著搖晃的樣子。

本來梨花樹對於宿溪而言，就只是普通的、和別的樹沒什麼區別的樹木而已。

但現在，好像因為崽崽，梨花樹在她心中被賦予了更多、更飽滿的意義。

崽崽看到手中出現梨花花瓣，就會期待她的到來，而她走在街上，如果看到哪裡有一棵盛開的梨花樹，也會想到遊戲中那個口是心非的小團子。

宿溪握著手機，情不自禁地彎了彎眼角。

種完樹，院中大雪已經落了一層。宿溪這邊還只是下午四五點，但遊戲裡已經到了子時，正是夜裡最冷的時候，宿溪見到崽崽白皙乾淨的皮膚都被冷得有些蒼白，她忍不住用手指頭推著崽崽的腦袋，把他往屋子裡趕。

小孩子正在長身體，該睡覺了。

「是趕我去睡覺嗎？我不睏。」陸喚好不容易能感受到一直陪伴在他身邊的那個鬼神的存在，心中激動又歡喜，自然半點睡意也沒有，恨不得多和鬼神說說話。

哪怕一直都是他在說和問，鬼神只能用「是否」來回答。

不睏個屁，宿溪在螢幕外分明看到崽崽眼睛都熬紅了，還悄悄地用袖子掩著打了個呵欠，她的一顆姨母心像潮水般氾濫，只覺得天吶，包子臉的崽崽打呵欠都這麼萌。果然還是不要課金成原畫了！

陸喚回到屋內洗了下手，用布巾擦乾，又望向屋內虛空的位置，眼角眉梢都是亮意，又問道：「不過，祢們鬼神需要睡覺嗎？」

一般神仙鬼怪都不需要睡覺吃飯，但是宿溪怕自己說自己不需要，此刻滿臉都是好奇的崽崽就更不想睡了，於是她拽了拽崽崽的左手，表示——對，鬼神也要睡覺。

只見崽崽神情立刻嚴肅起來，道：「祢定然是睏了，怪我，纏著祢問了太多問題。」

宿溪心中一樂，這麼乖的嗎？

崽崽說完這句話之後，便環顧四周，思索了下，然後轉身去了隔壁屋子，對鬼神道：「跟我來。」

柴院裡屋子倒是不少，而且前些時間崽崽都修補過一番，看起來有模有樣的。

他將他隔壁的那間屋子推開，然後抱了一床新的被褥鋪上去，仔細地整理出一個乾淨的房間。

不過房間裡沒有桌椅，只有一張床。

他用指尖輕撓額角，有些歉意地對身邊的鬼神道：「不知祢平日是怎麼睡覺、在哪裡睡覺的，但日後便不要風餐露宿了，我怕別的大鬼欺負祢，祢若不嫌棄，先在我這裡住下，這間屋子裡還缺少許多物件，我明日去採辦，祢今晚先住在我的房間。」

螢幕上一字一句彈出這話，而崽崽包子臉上神情滿是認真。

螢幕外的宿溪快要笑死，完蛋了，崽崽真的把她當成鬼了。

還大鬼欺負她咧。

為什麼這麼可愛啊。

不知道崽崽到底把她腦補成什麼模樣，方才崽崽問東問西一大堆，她便告訴了崽崽自己的性別，崽崽臉紅了好半天。而且，如果是看不見的鬼的話，住一間屋子也不是什麼問題吧，但崽崽知道她的性別之後，竟然開口就是兩間房。

宿溪簡直又控制不住自己想捏他臉的邪惡心思了，但怕他又和剛才一樣，臉紅半天，因此努力忍了忍，還是把衝動憋了回去。

……剛開始玩遊戲時，崽崽一直冷冰冰的，宿溪倒是沒想到，崽崽對外人警惕防備，但對自己人卻保護欲極強，而且還是個非常細心的崽崽。

她怕自己今晚不去住崽崽的房間，崽崽要惆悵得睡不著了。反正崽崽又看不到鬼神到底去了哪裡，那她乾脆遂了崽崽的心意好了。

於是宿溪拽了拽崽崽的左手，笑著表示：「好。」

那道桂花鱸魚都被兩人忘了，已經在冬夜裡變得冷冰冰的了。陸喚回到自己屋子，將那三個盒子收起來，準備將桂花鱸魚的菜碟拿到隔壁臨時收拾出來的房間。

宿溪立刻拽住他衣角——崽，乖，我們家已經不窮了，冷掉的我們不吃。

陸喚見走不動，就知道鬼神的意思，是在擔心菜已經冷掉了，他吃了會不舒服嗎？

陸喚心中淌過一道暖流。雖然只是極細小的關心，但對他來講，卻仍彌足珍貴……畢竟從小到大，連關心他是否餓肚子的人都沒有，更沒有人在意他是否會吃冷掉的東西……

只可惜她不能與自己一起吃。

他回頭對身後的風道：「放心吧，我拿去放在廚房，明日可以溫一溫。」

宿溪這才鬆手。

陸喚拿著食盒踏出門檻，回身幫她將門關好。

屋門掩上時，他忍不住稍稍駐足，看向屋內。

屋內仍空蕩蕩的，雖然看不見她，但是心底知道，她就在這裡。或許是坐在床邊，或許是立在窗前，又或許是蹲在他面前有些好笑地看著他……

陸喚想到這些，便對明日太陽升起都充滿了期待，以往他總是獨自一人，日子死氣沉沉，但現在，他心中宛如被點亮了一盞燭火，搖曳著充滿希冀。

「明日見。」陸喚望著虛空，星眸璀璨。

宿溪還是第一次得到崽崽的「明天見」三個字，就像是每天都要見面的約定似的，讓人心裡暖融融的。

她看著屋門前小小一隻的崽崽，忍不住伸出手指頭，充滿愛憐地揉了把他的小腦袋。

「……」陸喚的神情卻有些奇怪，這鬼神為何待他像待孩童一樣，他已過了十四生辰，許多人十五歲已經上戰場了，已然不是小孩子了。

而螢幕外的宿溪自然不知道崽崽內心的想法，她滿臉慈愛地看著崽崽回屋睡覺，就打開了商城。

反正已經考完了，閒著也是閒著，抓緊時間把溫室做出來。

任務二是要求糧食產量兩千公斤，任務六是要求治理災荒，養活一方百姓，都和糧食產量有關，必須要把溫室弄好。

考試之前她就打算做好送到崽崽的農莊，但是一直耽誤了。

宿溪分班之後直接選擇了文組，對物理化學生物什麼的都沒有研究，要不是玩這個遊戲，她根本不會搜尋「溫室的原理」這樣的問題。

她一邊埋頭自學一邊感嘆，說出來還真讓人不信，遊戲督促她學習新知識！

現代溫室的功能已經很齊全了，但是降溫系統、自動控制系統那些，遊戲裡古代條件顯然完全無法做到，宿溪直接將這些一刀切除了。

而對於目前天寒地凍的燕國來講，對糧食產量影響最大的自然是保溫系統和灌溉系統。

宿溪按照上次摸索防寒棚時那樣，從商城裡兌換了溫室的簡易版本圖紙，然後用木材和燭光等拼拼湊湊。

像是拼積木一樣，這一次比上次更難一點，足足花了好幾個小時，才勉強拼出個簡易版溫室。

宿溪也不知道能不能用，但是先放在了崽崽的院內，然後將從商城裡兌換的圖紙也直接放在了崽崽屋內的桌案上。

崽崽這麼聰明，說不定看了自己的溫室之後，能有所啟發，改善成更好的。

做完這些，宿溪就期待滿滿地下線了。

陸喚躺在隔壁屋子，實則一夜未眠，他斜斜靠在床榻上，望著窗外春日到來之前的最後一場大雪，大雪紛紛揚揚，他輕輕抿著嘴唇，眼裡是透亮的神采。

翌日清晨，他便看到了院中多出來的像是用木頭和油紙布做出來的小屋子，形狀與先前的防寒棚有些類似，但樣式又更加新奇一點，莫非又是她弄來什麼有助於種植的東西？

陸喚嘴角抬起來，半天都壓不下去。

他走到隔壁屋門前，不知道她是否還在，於是敲了敲門，不過，無人應答——是有事回地府了嗎？

陸喚和那鬼神做了約定，以後出現時便往他手裡塞一片梨花。因此現在見她不在，心裡雖然生出一些失落，但並無先前那般患得患失，而是多少得到了一些安定，大概是有事，她會再來的。

他隨即推門進去，齊整的床鋪並未被動過，而桌案上多了一張圖紙，以及昨夜他放進去的那張紙條也被拿出來了。

陸喚一看到那張紙條，便想起自己做的丟臉事，頓時快步走到桌案前，耳廓發紅地將紙條燒掉了。接著，他視線落到那張圖紙上——

圖紙似乎繪製著什麼建築物的原理，陸喚拿起來，凝眉細看，越看越吃驚。

他總覺得，自己身邊的這個鬼神所來自的地府，彷彿比自己所處的朝代領先了數千年。

陸喚認真思考一番她交給自己的東西其中的原理，便能理解，但她若是不曾將這些東西拿出來，陸喚這一朝代的人，便想也想不到，總之全是些非常新奇的東西和理念。

和上次的防寒棚一樣，這次的新棚子必定也非常有效。

陸喚顧及到此刻燕國霜凍災害、舉國無糧刻不容緩，而現在鬼神又不在，自己不如趁此時間去一趟農莊。

於是他換上外出的斗篷出了門。

農莊內，自從上次陸喚安排之後，便一直在師傅丁等三人的帶領之下，井井有條地運作著。

雞舍已經全都建造好，還趁著冬日行情差，將別的農莊裡生不出雞蛋、或是產雞蛋量極其少的母雞低價買了很多回來。

農莊現在加起來已經有一千多隻雞了，因此，雞舍也比原先計畫的多建造了一些，仍然按照每個雞舍六十隻雞的容量。

別的養殖雞蛋的農莊現在幾乎已經產不出雞蛋了，但是達官貴人們即便在冬日，也需要以雞蛋做菜，甚至是放進羹湯裡。

因此這段日子以來，集市上流通售賣的雞蛋已經陸陸續續都產自陸喚的農莊，相當於趁著嚴寒冬日占領了市場。

只是他特地吩咐師傅丁安排那些工人，分成不同的商販去賣，以至於集市上無人發現罷了。

除此之外，還將雞蛋分成三六九等，達官貴人們不在乎銀兩，且虛榮心強，見到雞蛋被分成優劣，自然不惜多花一些錢去買好的雞蛋。

但實則，好一些的雞蛋也只是被工人們打理得更加光滑一些、包裝上加一些廉價絲綢罷了，再裝進盒子裡，賣出的價格比普通雞蛋貴十倍。

賺取達官貴人們的銀兩之後，也並未敲普通老百姓的竹槓，將一些雞蛋抹上泥巴，仍按照原價售出。

而每日剩下的一些雞蛋，陸喚讓長工戊拿去發放給一些懷孕或是家中有孩童的難民。

這樣一來，雞舍井井有條地運轉著，陸喚手中的銀票宛如滾雪球一般越來越多，短短數十日，加上原先的兩百五十多兩，扣除支出，便已有五百多兩了。

這一日陸喚來，則是交代在工人們種植的農作物上方安紮新型棚子的事情。

長工戊先前製造完防寒棚之後就一直很惆悵，一個是恩公許久沒來了，另一個是自己木匠出身，除了幫工人翻翻地，再派不上什麼用場了。

但現在——他雖然並不懂這新棚子又有何用，可他對恩公信任無比，陸喚讓他做什麼他便做什麼，因此他宛如接到了什麼重大任務一般，激動地又開始去割木頭製造新棚子了。

將這些安排下去之後，陸喚便離開了長工戍駐守在農莊的小屋。

他來時一身黑色斗篷，去時亦然，在農莊裡工作的工人們大多數沒瞧見他，有的瞧見了，也不知道他是誰，只覺得農莊背後的東家異常神祕。

而與此同時，京城也有些傳言開始甚囂塵上，說先前那位救治了永安廟數千百姓的少年神醫，如今在暗地裡救濟難民，有些窮苦人家蒙受恩惠，家門口多出一些雞蛋。

只是，要想查證卻並不是一件容易的事。

陸喚從農莊回來，脫掉身上的斗篷之後，先前被他派遣到院子外的侍衛便來稟告，老夫人風溼已經好轉許多，能下床行走了。

今夜在梅安苑擺了一桌，祝賀他秋燕山圍獵得勝而歸，讓他前去。

稟告這件事時，侍衛旁邊的幾個下人低著頭，心中都暗暗吃驚。

按照以往來講，老夫人的宴席，庶子是不得上桌的，這和姨娘無法上桌一樣，但現在老夫人竟然根本不計較這些，特意讓他們這些下人來三請四請——

老夫人這是因為經過一連串事情之後，將三少爺當作嫡子看待了嗎？

幸好三少爺為人雖然冰冷，但似乎並非什麼睚眥必報的人，這十幾日以來，雖然得勢，可並未對府中曾經狗眼看人低的下人們做出什麼報復行為。

當然，也有可能只是沒將他們瞧在眼裡、懶得費那個力氣而已……

但不管如何，曾經怠慢過他的下人，現在心情都非常複雜，提著腦袋做人。

還有些蠢蠢欲動地，動了阿諛奉承的心思。

老夫人的宴席，寧王夫人和陸裕安、陸文秀兩兄弟自然也是要上席的，陸喚不太喜歡這種場合，但他也大致猜得到老夫人的心思，先前陸文秀、陸裕安兩兄弟百般找他麻煩，老夫人看在眼裡，今日擺這一場宴席，就是為了敲打那兄弟倆，讓他二人不要再阻礙自己——

當然，陸喚心裡清楚，老夫人這樣做，是突然長輩慈愛之心發作了嗎？突然關心起自己了嗎？

不，當然不可能是。

老夫人只是經過秋燕山圍獵一事之後，將籌碼壓在了自己身上。

她希望自己專心進入朝廷，自然不想讓自己再為兩個蠢貨嫡兄分心。

換句話說，老夫人只是以為她和自己是一條繩上的，此時略盡綿薄之力為自己排除一些麻煩罷了。

陸喚面上有些冷淡，並沒多說話，徑直換了身衣服，隨那下人去了。

他這裡過去了一天一夜，宿溪那邊也剛好睡醒了。

宿溪醒過來，剛好是週末，太陽照進了窗戶，她迷迷糊糊地抓起手機，就聽見手機彈出一則提示。

系統：『請接收主線任務七：明日皇宮內為秋燕山圍獵擺的宴席上，請幫助主角解決鎮遠將軍的刁難，並後續輔佐幫助主角得到更好的武藝、兵法、以及體力，最終獲得鎮遠將軍的隱形支持。』

『任務難度：九顆星，獎勵金幣為五百，獎勵點數為十。』

宿溪一看到就立刻醒了，下意識打開遊戲。

獲得鎮遠將軍的支持？

她稍微分析了下，鎮遠將軍是個非常嚴苛的人，對軍營中的兵卒非常苛刻，但也因此有著剽悍英勇的威名，現在已經年近古稀，可是卻煢煢孑立，後繼無人。

寧王府的老夫人算是他的遠房親戚，按道理來說，他應該對寧王府較為重視，多多提牆的。

但他大約是十分瞧不起寧王那爛泥扶不上牆的樣子，因此順帶也瞧不上陸裕安他們。

崽崽現在身世沒有揭開，還是寧王府的庶子，因此更加被他瞧不上了。

……不知道他明天會怎麼刁難崽崽，看來明天有重要的任務要完成了。

不過今天還不急，這樣想著，宿溪就把畫面切換到崽崽所在的位置。

只見，他正朝著梅安苑走去。

先前宿溪因為解鎖不了梅安苑，一直沒見過梅安苑是什麼樣子，但上次秋燕山圍獵，她完成了救二皇子的支線任務，還有兩個點數，可以再解鎖一個地方。

因此，她直接選擇解鎖了梅安苑。

梅安苑是老夫人住的地方，風景比寧王府別處都更加美，昨晚最後一場大雪已經下過了，現在整個院子裡大片的梅樹上壓著細白晶瑩的雪花，放眼望去，猶如一片梅花雪海。

崽崽穿著一身雪白色的大氅，走在青石小路上，身後跟著幾個下人，已有隱隱的貴冑之像。

只是他眉宇微擰，看起來似乎在想什麼。

宿溪找半天沒找到哪裡有梨花樹，於是飛快地把畫面切換到秋燕山上，從那棵約會的梨花樹上拽了一片梨花下來。

唉，梅花不行嗎，非要梨花。

可必須滿足崽崽的儀式感啊。

然後把畫面切回來。

螢幕內的陸喚只覺得身邊一陣微風拂過，他微微一怔，心臟失跳，下意識地抬起頭，下一秒，他微微攥緊的掌心被撥開，一片梨花被風捲著落在他掌心——

「妳來了。」陸喚輕輕喃道。

他方才還緊蹙的眉間驟然舒展開來，漆黑眸子裡多了細微溫柔的笑容。

像是忽如一夜春風來，千樹萬樹梨花開。

陸喚雖然沒有表現出來，但這整整一日，他都是期待著鬼神再次到他身邊來的。

此時見她終於來了，而別人都不知道，只有自己知道……

他像是懷揣著什麼隱祕的喜悅、不願意與任何人分享的祕密一般，唇角忍不住微微上揚。

他忽然想到什麼，朝跟在自己身後的幾個下人掃了眼——青石小路很窄，兩側梅樹木枝伸展出來，只能容一人通過，她若是跟在他身後，必定會從這些下人身體裡穿過。

陸喚心中忽然生出幾分因占有欲而不悅的情緒。

他突然大步流星地走起來，將身後下人甩開一段足夠她行走的距離。

他身後下人：「……？」

三少爺突然走那麼快幹什麼？

他身後幾個下人本來就在琢磨怎麼討好他，現在陡然見被他甩開，頓時以為三少爺對他們幾個走得太慢不滿，也急了，額頭流汗，趕緊小跑著追上去。

陸喚：「……」

而螢幕外的宿溪見到的就是，崽崽對著掌心中的梨花花瓣開心了一下，忽然就邁著小短腿走得飛快！忽然就和身後的下人競走起來！而且像是強迫症一樣，非得和身後的下人隔開一段距離！

見下人追上去，他不滿地皺著一張包子臉走得更快了，直到徹底將幾個下人甩開。

……？？？

宿溪一臉呆滯。

陸喚不是第一次踏入梅安苑，但這次絕對是所有下人和嬤嬤最恭敬的一次。

尤其是一些陸文秀帶過來的下人，站在朱牆綠瓦的正廳外，見到他，渾身打了個哆嗦，彎下腰，恨不得將頭埋進土裡，像是生怕他因為以前的事情報復。

而陸裕安和陸文秀兄弟倆，一個因摔斷了的腿上綁著木棍，一個因為風寒拉稀而如病死鬼，見到這一幕，心情都非常的複雜。

老夫人坐在上座。

當著老夫人的面，寧王夫人和陸裕安還能勉強維持住表情。

但陸文秀完全按捺不住自己心頭的嫉恨！臉上的表情異常難看，咬牙切齒地盯著陸喚從進門到入座。

自己一向學藝不精，輸給這庶子也就罷了，為何大哥也輸給他了？！

還真讓他把神醫找來了，替老夫人治了病，從此得了老夫人的另眼相待！

而不只如此，居然還讓他撿了便宜在圍獵上獲得頭籌？！那雪狼王也感染了風寒才被他瞎貓撞上死耗子吧？！要是自己和大哥去了，還有他什麼事？

這小子未免運氣也太好了，像是老天爺都在幫他一樣，竟然讓他短短幾月，從一個庶子變成了寧王府中讓人不可忽視的存在了！

陸文秀臉色發青，陸喚冷眼無視，權當沒看見，入座時特地看了身邊一眼，坐在了圓桌邊稍稍離其他人較遠的位置。

他讓跟隨自己的下人呈遞上來一件東西：「老夫人，這是圍獵時獵取到的狼牙，送給您，今日立春，求個辟邪的吉兆。」

老夫人頓時展露笑容，拿過錦盒裡的狼牙仔細看，道：「不錯，喚兒有心了。」

老夫人最重權勢，之前想盡辦法將兩個嫡孫送往二皇子身邊，也是為了越過鎮遠將軍，直接攀交二皇子。

陸喚送她的狼牙，代表秋燕山圍獵頭籌的勳章，明顯比送任何金銀首飾更令她高興。除此之外，也可以時刻提醒她秋燕山圍獵她這庶孫嶄露頭角，堅定她捧陸喚上位的心思。

宿溪在螢幕外看著，倒是發現，崽崽的心思籌劃其實很深沉，倒也是，在寧王府這種環境下長大，他若不多幾個心眼，早就被寧王夫人弄死了。

只是，畫面上卡通風的崽崽坐在那裡猶如雕琢玉砌的雪白湯圓，外表總讓她忘了這一點。

宿溪忍不住笑了笑，捧著臉繼續看，但就在這時，她發現了不對勁——這幾人吃飯吃菜，怎麼都不碰崽崽面前那道燕蛋啊！老夫人素來不喜燕蛋裡淡淡的腥味，所以從來不食用，但寧王夫人和陸裕安兄弟倆也都不吃，這就奇怪了。

宿溪難免懷疑，這燕蛋裡是不是下了什麼瀉藥之類的？

寧王夫人和陸裕安面上表情都看不出來什麼，還在老夫人面前對崽崽寒暄幾句，但陸文秀這蠢貨臉上表情就有些憋不住了，他時不時盯著崽崽看一眼，臉上表情有些異樣。

宿溪的懷疑立刻變成了篤定——陸文秀這傢伙又找死！

陸文秀則根本不知道有人在螢幕外盯著自己，他一邊扒飯一邊盯著陸喚看，聽說老夫人賞賜了陸喚一片院子之後，他做的第一件事情是餵雞？真是可笑，丟了寧王府的顏面，難不成這庶子很喜歡吃雞不成？

陸文秀想得很簡單，既然如此，便將瀉藥下在他面前的那道蒸蛋裡，以及他的酒水當中。

嘿，即便他不吃蒸蛋，總不可能不碰酒水吧？！

陸文秀風寒好後，不知為何竟然還瀉了半個月，都快拉脫肛了，整個人肉眼可見地瘦成了病死鬼，他心中恨意滔天，覺得是那神醫的藥有問題，但是又不敢和母親說，於是便怪罪到替老夫人找來神醫的陸喚頭上。

無論怎麼說，也要讓他承受一下自己遭過的罪！

陸文秀自然知道現在老夫人重視陸喚，可那又怎樣，他已經死豬不怕開水燙了，他整蠱陸喚又沒整死，只是區區瀉藥而已，老夫人頂多是罰自己再面壁思過個三月半年，總不可能讓自己這嫡孫去死！

陸文秀這樣想著，便一直盯著陸喚看，心中有些緊張，怎麼還不吃？！

螢幕外的宿溪已經對陸文秀無語了，她都快熟悉陸文秀這副犯蠢的樣子了。

她看向崽崽，只見崽崽從頭到尾，都沒動過面前的蒸蛋，漆黑眼睫抬也不抬，完全無視陸文秀的樣子。

宿溪頓時豎起大拇指，不愧是她聰明的崽。

但陸文秀當然不會死心，他突然站起來，拿起面前的酒杯，對崽崽道：「三弟，先前溪邊的事是我不懂事，這次風寒在鬼門關走了一遭，我懂事不少，希望那件事，你也不要再計較了。」

他突如其來的行為，讓宿溪第一反應就是酒水中也有什麼藥物，頓時下意識綳緊，看向崽崽。

崽崽淡淡垂眸，神色無波，聽到陸文秀的話之後，抬起眸朝他看了一眼。

宿溪心想，崽崽這麼聰明，一定也能發現，用不著她操心……

但隨即就見，崽崽亦站了起來，伸手朝著面前的酒杯，像是打算拿起來，和陸文秀一起一飲而盡似的。

宿溪：！

等等，崽崽沒發現酒水中有毒嗎？！

宿溪不知道酒水裡面有什麼，但知道肯定有異樣，不然陸文秀那麼緊張幹嘛。

她眼睜睜地瞧著崽崽拿起了那杯酒，端到嘴唇底下，她頓時急了，顧不上什麼，將畫面切換到正廳外，「啪」地一下一手朝屋簷剁下去。

於是劈裡啪啦，老夫人的正廳外的屋簷突然碎掉了一地的瓦片，聲響巨大，令老夫人和陸文秀等人都嚇了一跳，下意識看過去。

就在這個瞬間，宿溪飛快地擰了崽崽的手一下，奪過他手中酒杯，飛快地替換他手中的酒杯和陸文秀面前的杯子。

待老夫人和陸文秀等人回過神，老夫人吩咐下人去看看是否院牆年久失修，而陸文秀繼續盯著陸喚，逼他喝下這杯酒時——

陸喚仰頭將手中的酒杯飲盡了，抬眸看他：「請。」

陸文秀心臟都快竄到喉嚨了，見陸喚酒杯空了，這下子頓時狂喜，也趕緊將自己手中的酒一飲而盡。

只是，喝完之後就見陸喚輕輕勾了唇角，瞥向身側，不知道在看什麼，眉角眼梢有幾分繾綣，像是極為開心似的。

陸文秀：「……」

靠，喝杯瀉藥而已，開心個鬼啊！待你回去看拉不死你！

陸文秀心頭痛快了，就等著陸喚這幾日丟臉，聽說他明日還要和老夫人一起去皇宮裡參加宴席，看他如何去！

老夫人的這頓家常飯很快就在陸文秀喜滋滋的幻想中結束了。吃完飯後，老夫人將陸喚叫到書房裡，叮囑了幾句話，又賞賜了他一些東西，陸喚才轉身離開了梅安苑。

他前腳剛離開，陸文秀就衝進了茅房，一臉吃了屎的表情——為何，他拉肚子不是前幾日好了嗎，怎麼今日又開始了？！

不過陸文秀想著陸喚也會和他一樣痛苦，他就沒那麼咬牙切齒了。

陸喚照例沿著青石小路，從梅花雪海中原路返回，他揮了揮手，遣走跟著自己的下人，然後獨自一人負手回柴院，步子踱得不快不慢，像在和誰散步一般。

崽崽先前每次回柴院，穿過竹林，要麼大步流星、步履匆匆，要麼心裡懷著事情，思緒重重，臉上從來沒有露出這種輕鬆愉悅的神情，宿溪在螢幕外看著，心情彷彿也一起變好了。

等回到柴院後，陸喚才輕聲問身邊：「妳還在嗎？」

宿溪拽了拽他負在身後的小手，陸喚感覺到指尖被風纏繞，一片酥麻，立刻有些不好意思，鬆開了手。

「今日立春，妳知道嗎？」螢幕上的崽崽抬頭看向院子上方的夜空。

宿溪順著他的視線，也朝著傍晚的夜空看去。

昨夜是燕國最後一場大雪，今天雖然沒有出太陽，但是傍晚有了些星星，細碎地掛在天上。

就見崽崽伸出小手，指著其中幾顆星星，認真解釋道：「立春時分，萬象更新、大地回春，斗柄回寅，妳看天上那七顆星星，是不是宛如一隻勺子，那是北斗七星，今日勺子指向了寅方。」

宿溪雖然聽不懂，但是心裡覺得崽崽仰著一張包子臉，十分可愛，於是捲起一片樹葉飛在他面前，樹葉尖上下點了點，告訴他自己聽懂了。

又聽崽崽道：「立春這日，百姓會拜神祭祖、納福祈年，街市上會十分熱鬧——」頓了頓，他竭力繃住神情，假裝隨口一提，淡淡道：「妳今夜若無事，便多待一下。」

「妳雖然不能吃東西，但擀麵十分有趣，我們可以一起擀麵……若不做這個，我們也可以一起去逛集市，今夜必定有許多漂亮的燈會，若是嫌集市擁擠，妳可想騎馬出京城瞧瞧？郊外的雪還沒融化，定然有一片雪海草原。」

說完之後，崽崽垂下包子臉，負著手，裝作十分隨意的樣子。

但腳尖無意識地踢了踢地上的小石子。

像是有些期待和她一起做一些事情，但又怕她拒絕。

而螢幕外的宿溪眼睛一亮，靠，聽起來每一件都好吸引人啊！早知道能一起做這麼多事情，她一早就不該怕嚇到崽崽而不現身了，早就該裝鬼跳出來了！

不過恐怕那時候崽崽還沒對自己產生信任，自己變成鬼跳出來，恐怕更難接近他。

她有選擇困難症，在螢幕外撓了撓頭，半天不知道該選哪一項。

就聽崽崽道：「若選擇不定，便今日去看燈會，明日騎馬，後日煮麵。」

他仍垂著包子臉，雖然竭力裝作若無其事，但耳廓仍悄悄地染了薄紅。

宿溪不由自主地想起上次崽崽和長工戊在錢莊外分開，獨自一人穿過街市回來，小小身影被夕陽拖得很長的場景……

他獨自一人在寧王府長大，沒有人可以說話，身邊從無人陪伴，即便是身處熱鬧喧嘩的街市當中，也是瞧著別人的熱鬧，孤零零的融入不進去。

自己雖然不能真的在崽崽的世界，和他說話、牽他的手、揉揉他的腦袋，但是如果能陪他去看一場熱鬧的燈火會，日後他走到那條街上，看見別人一家三口和和美美、熱鬧團聚，他至少會想起自己陪伴他的這一晚。

他至少能擁有一些快樂的回憶，便不至於去羨慕別人，也不至於孤獨地快步從街市穿過，面無表情，頭也不抬。

往後回想起來，人生裡便不全是苦楚。

這樣想著，宿溪幾乎是毫不猶豫，飛快地拽了拽崽崽左手的袖子，積極激動地表示：好！先去看燈會！

——反正今天也是週末。

而陸喚看著自己在風中獵獵作響、快要被拽脫線了的左邊衣袖，有些驚訝於鬼神的熱烈響應，但也因為如此，他心底悄悄鬆了口氣。

他其實怕她覺得這些都十分無趣，不想和他一起去做。

她先前給了他那麼多，但她看不見摸不到，陸喚不知道自己該如何去做，才能讓她也開心……

現在見她欣喜，陸喚心中亦滿滿當當，他唇角翹起，眸子裡添了幾分色彩，眉眼潤澤地望著虛空，道：「我們收拾一番便去。」

而所謂的收拾一番便是換上出行的便服，畢竟街市上都是粗布衣衫的老百姓，若是穿著錦衣玉裘，未免太過顯眼。

自從請回神醫救治老夫人一事之後，崽崽在寧王府中的日子就好過了不少，單薄的補丁衣裳早就換下了。不過被鬼神縫補過的那幾件舊衣袍被他好好地疊了起來，細緻妥貼地收藏進了箱子，像是存放什麼寶物一樣。

他進了屋子，拿了一件普通的淺灰色袍子出來，卻遲遲沒有脫衣服換衣服，而是捏著衣服，問道：「……妳還在屋內嗎？」

螢幕外的宿溪看著卡通風二頭身的崽崽躊躇地站在衣櫃前，包子臉上一片難為情，頓時心中一樂——怎麼，還以為誰對你軟趴趴的小手小腳、奶白湯圓一樣的身體很感興趣嗎？

笑話歸笑話，但宿溪還是吹了吹門，表示自己已經出去了，不會看他。

屋內的陸喚確定鬼神已經出去——她一向信守承諾，說不看便應當不會偷看——他耳根薄紅稍稍褪去，才飛快地換了身衣服。

宿溪從柴院抵達街市，只能靠畫面切換，中間這段路是沒辦法和崽崽一起走的。因此陸喚從寧王府側門出去，穿過狹窄的小巷，抄著近路朝最熱鬧的街市燈會那邊走去，時不時看向身側，心中有些奇怪，怎麼出門之後，鬼神立刻安靜得像是離開了一樣。但等他走到街市上，身邊立刻吹起細微的風，有風勾了勾他的手指頭，他心裡這才安定下來——還在自己身邊。

長街上果然熱鬧，兩側擺滿了賣燈籠的小攤，還有賣糖人的、賣字畫的，甚至不遠處還有拋繡球招親的。

京城外城有很多百姓較為清苦，但內城一般都是達官貴人所在之地，因此繁華無比。今夜是燈會，兩邊掛起來售賣的燈籠格外多，還有猜字謎的。

隔著螢幕，一切都很細緻、真實無比，像是放大在宿溪眼前的另一個世界一般。

宿溪被深深吸引，不停將螢幕拉近，仔細去看一些小攤上售賣漂亮的胭脂盒之類的，嘖嘖稱奇，眼睛都亮了。這各種顏色，不是和口紅色號一樣嗎？！媽耶，左側下方的那個珊瑚色好好看！

但是崽崽不移動，她螢幕也不好切換，怕把崽崽丟出自己的視野範圍之外。

因此她牽起崽崽的手，拉著他去自己想去的攤位前面。

陸喚見到周圍人潮如此之多，忍不住微微張開手臂，把自己身側撐出一點距離。他剛要問身側：「妳想去那邊瞧瞧嗎？」就感覺身邊的鬼神像是十分興奮，徑直拽著他的手腕，橫衝直撞地往前走。

很快便帶著他在一處賣胭脂的攤位前停下來。

陸喚低頭看向那些各種形狀的小鐵盒，裡頭裝著差不多的紅色，心裡好笑地想……世間女子大抵都喜歡這些，她也不例外。

宿溪見螢幕上那小攤主擠眉弄眼地問崽崽：「小公子是為家裡長姐挑選，還是為長輩挑選，還是為心上人挑選？這其中門道可大大不同。」

崽崽垂眸看向那些鐵盒子，像分辨不出來有什麼不同，一個頭兩個大。

螢幕外的宿溪：呸，沒想到崽崽也是個直男，我自己挑。

她先用手指頭撥了撥左側下方的那個珊瑚色，但是琳琅滿目的胭脂盒，每一個都很精緻，她完全無法取捨，於是她又忍不住撥動了另外幾個，但是會不會花崽崽太多銀兩？她有點捨不得花太多，朝著小攤右上角掛的木牌上看去，只見——

一盒胭脂二兩銀子？！

這是搶錢呢？！

宿溪頓時放棄想買的想法，反正買了她也用不上，她拽著崽崽的袖子就想走。

落在小攤主眼裡就是有些奇怪的景象了，先是見到自己攤上有好幾個胭脂莫名被風吹得動了動，今夜哪裡來的風？他忍不住看了看天邊。但是接著又見面前這位長相英俊的小公子的衣袖竟然被風吹得拽了起來──

這……

還沒等小攤主懷疑自己是不是見鬼了，就聽那小公子道：「總共十二種嗎？每樣都拿一盒。」

小攤主頓時喜極而泣，大客官？！

他生怕這小公子後悔，急忙以迅雷不急掩耳之速，將十二種胭脂每種都拿了一盒，用布袋子包起來，遞給小公子。

螢幕外的宿溪驚呆了，忍不住去算錢，等等，二十四兩銀子啊，崽崽不要這麼大手大腳！好不容易才脫貧！

她見崽崽掏出白花花的銀兩遞給了小攤主，心中十分肉痛，快要滴血，但是銀兩已經遞出去了，來不及了。

宿溪更加用力地拽著崽崽的袖子，而崽崽拎著布袋子，繼續往前走，街市兩邊熱鬧的燭火落在他臉上，蒙了一層明黃暈亮的光，他見身側的風仍然將他袖子拽得死緊，便小聲道：「不必心疼，我願意的。」

「但凡喜歡的，便不應該錯過。」

「雖然用不上，但擺在那裡也是好看的，況且妳生前——」

陸喚似乎想說什麼，但頓了頓，還是將話嚥了回去。

宿溪的確有點心疼崽崽的銀兩，但是見到崽崽眼角眉梢有淺淺的笑意，好像比自己還要開心一樣，也就隨他了。

崽崽雖然出生在寧王府那樣的困境中，卻沒有長歪，一向懂得知恩圖報的道理。自己之前送這送那的給他，雖然他嘴上沒說，但心裡一定很想回報，要是自己不讓他做點什麼，他可能還要糾結。

小孩子嘛，都是這樣，小心思可可愛愛的。

宿溪這麼一想，就不心疼崽崽的銀兩了，不過接下來她打算慎重一點，不能再表現出對什麼的瘋狂喜愛了。

雖然街市兩邊的各種小紙片剪紙、小木馬，全都精緻無比，讓人很想擁有。但是為了孩子的錢包，老母親必須節省。

但陸喚微微垂下漆黑的眼睫，望了自己手中的十二盒胭脂一眼，心裡欣喜之餘，又摻了幾分別的情緒。

自己身邊的鬼神這麼喜歡這些東西，若是她能夠用上，必定更加開心。

但她沒有自己的身體，也無法被別人看見，只能終日這樣遊蕩，還不能開口講話……

雖然跟在自己身邊，但是連姓氏名誰、以前家住何處都無法告訴自己，她又何嘗不是孤零零的呢？

自己看不見她，若是有別的鬼欺負她——自己也派不上用場。

何況，自己也永遠觸碰不到她。

陸喚盯著青石路上自己的影子，旁邊是擁擠的百姓人潮，而沒有她，他眉宇間染上些許黯然。

宿溪不知道崽崽垂著一張包子臉在想什麼，只知道他剛才還負手昂藏地往前走，神情很開心，這時又像是思緒沉沉一樣。難不成是看著旁邊這些抱著孩子出門看燈會的夫妻百姓，想起他根本不知道姓氏名誰的母親，有些情緒低落？

她忍不住想帶崽崽做些事情來轉移崽崽的注意力，便用指尖推了推崽崽的背。

陸喚緩過神，輕聲問：「還有別的想買的嗎？」

宿溪握著他的手，拽著他進了前面的一家成衣鋪子。

剛才宿溪已經切進去看過了，鋪子二樓有少年人的衣服，還有束髮的玉簪和玉冠，以及腰帶、玉墜配飾什麼的。

宿溪看著有點激動，除了這款遊戲之外，她唯一玩過的遊戲就是《奇蹟暖暖》，但是幫平面卡通人物打扮，遠遠沒有打扮崽崽來得快樂。

陸喚有些茫然，不知她帶他來這間男子成衣鋪子要做什麼。

他先轉身給老闆一些碎銀，讓老闆去樓下等著。

然後，他一轉過身，面前便飄了件白色的錦緞衣袍、一條鑲嵌著象牙白玉石的少年腰帶，一根殷紅的錦緞束髮、一塊淺白色晶瑩剔透的玉石——這幾樣東西在他面前飄來飄去，劇烈抖動。

陸喚揣測鬼神的心思道：「妳想讓我換上？」

螢幕外的宿溪趕緊拍了拍他左手，對，聰明。

然後就見崽崽臉上神色有些古怪，像是疑惑為何她這麼樂此不疲地裝扮他一樣。

但是既然是她的要求，崽崽沒有太猶豫，便將東西從空中取了下來，走到角落裡去換。

脫衣服之前，照例耳廓微紅，對宿溪道：「妳可否閉上眼睛？」

螢幕外的宿溪翻了個白眼，崽崽難不成還以為她饞他的身子嗎？卡通風格的火柴人有什麼好饞的啊。

何況，古人穿得厚實，崽崽脫了外袍，不是還有中衣嗎？

崽崽穿得很快，穿好之後，便渾身緊繃走過來，有些局促地抬頭看向虛空，像是不確定宿溪要幹什麼一樣。

宿溪隔著螢幕捏起他的手，替他撫平了手肘的皺褶處，並替他抖了抖衣袍下擺。

她做這些時，只知道崽崽渾身僵硬無比，並沒看到崽崽臉上神情。

陸喚目不斜視地看著成衣鋪二樓的窗外，死死盯著屋簷那處的積雪融化，看著融化的雪水順著屋簷淌下，墜入搖曳的燈籠裡，聽著街市外喧鬧嘈雜的聲音，假裝心神鎮定……但少年人的心音早已急促一片。

撲通、撲通。

從未有人為他做過這些——

他那夜風寒高燒病重，已經昏迷不醒、神智不清了，她那夜也是這樣替他換下被汗水浸溼的衣裳嗎？

幫他整理好衣服，螢幕外的宿溪看著崽崽，心頭忍不住狂叫，啊啊啊太好看了啊！

簡直想把這些衣服全買回去，讓崽崽一天換一套給自己看！

還玩什麼《奇蹟暖暖》，她可以玩一整天崽崽換衣秀！

宿溪之前送衣服給遊戲小人，就是想看他穿不同的，但是讓他換上，比自己親手幫他換上，感覺截然不同。

而且崽崽好乖，就這樣站著動也不動，讓她擺弄。

換好衣裳後，宿溪又讓崽崽轉身，用手撥了撥他烏黑的青絲，古人所說的瀑布長髮便是這樣了。

她摘掉崽崽用來束髮的低調灰色麻布條，然後將方才挑好的那支上好的白玉木蘭花簪斜插進他的黑髮當中——

再轉過來，少年黑眸烏亮，宛如既貴冑又遺世的少年仙人了。

宿溪熱血沸騰，順手又幫崽崽整理了一下長髮，螢幕外一顆老母親的心簡直氾濫成災。如果不是要完成遊戲任務的話，她可以跟著崽崽逛街逛到燕國改朝換代！

她的所作所為，落在陸喚身上不過一縷清風。

這清風分明沒有任何溫度，也沒有任何觸覺，但是落在陸喚髮頂，將他微亂的頭髮輕輕撥整齊時，他渾身僵硬得宛如一塊石板，動彈不得，心臟跳得快要發出聲響了。

鬢邊肌膚宛如觸了電，酥麻的感覺一下子抵達四肢。

陸喚也不知道自己這是怎麼了。

……褻瀆神明嗎？

腦子裡猛然冒出這個念頭，陸喚眼皮重重一跳，只覺自己有幾分不堪。

他心臟一下子被一些說不清道不明的、隱隱滋生起來的、他尚且還未察覺的東西緊緊纏繞了……

他有些害怕鬼神聽見他莫名其妙跳得像是快竄出來的心跳，急忙往前走了幾步。

他站到窗邊去，感覺冷風吹在自己臉上，心慌意亂的感覺才稍稍鎮定了些。

這冷風，與鬼神的冷風，又不是相同的風——他能感覺得出來。

宿溪見包子臉的崽崽立在窗邊，包子臉漲紅，攥著小拳頭不敢回頭，以為崽崽害羞了。

她忍俊不禁，去拉了拉崽崽的手朝著成衣鋪外面拉，看看晚上還逛些什麼地方。

但就在此時，陸喚忽然瞧見，成衣鋪樓下來了個穿著黑色道袍的算命先生，正張著旗幟，張羅著算命。那張算命幡上書寫著幾行字：算卦問卜、法事超度、托胎問靈。

陸喚忽然想到了什麼，神色之中立刻多了一絲狂喜和渴望。

這些出現在他臉上，竟讓他顯得隱隱有幾分瘋狂。

倒不是這個算命先生有什麼名聲，而是他忽然想到，若是當真有什麼托胎轉世的辦法呢？身邊的她，若是能擁有一副身體呢？

從前他全然不信這些怪力亂神之事，但現在，他但凡有一線希望，便必定要去嘗試！

第十四章　想讓時光停下

這個週末宿溪還有事，她腿上的石膏差不多可以拆了，雖然走路還要小心些，但是慢慢行走已經沒問題了。爸媽不在家，她和顧沁還有霍涇川約好了，先去拆石膏，然後再去逛街，要買一些教科書，不能玩太久遊戲。

於是逛完燈會，她就打算要下線了。下線之前，她碰了碰崽崽的小手，從屋簷下抹了一點雪，抹在崽崽的鼻尖上，逗了他一下。

陸喚感到鼻尖一片冰雪的涼意，伸手揩掉，莞爾道：「別鬧。」

可隨即，他意識到什麼，嘴角雖然還噙著笑意，可眸子裡陡然染上幾分惶然的情緒。他眼睫不安地抖了抖，抬眸望著虛空，低聲問：「……是有事要走了嗎？」

宿溪碰了碰他左手。

他怔了怔，臉上的神情像是熱鬧沸騰過後人走樓空一般，有幾分寂寥之感，但他竭力不讓自己的失落被看出來，仍微笑道：「那麼，明日見，注意行事一切小心。」

宿溪算了算時間，自己逛街回來，遊戲裡應該剛好是第二天晚上，剛好可以趕上皇宮夜宴的劇情。那樣的話晚上還可以再陪崽崽一陣子，於是她又碰了碰崽崽的左手，便抬手打開系統退出遊戲。

遊戲退出時，畫面不是直接關掉的，而是緩緩淡出回到主畫面。

先前崽崽不知道宿溪的存在，所以宿溪每次上下線，他都不知道。

但這一次，宿溪退出遊戲時卻愣了愣。只見到漸漸變得暗淡的螢幕裡，崽崽小小的一個小人，仍然立在那窗前，因為不知道她從何處離開，所以視線也不知道該目送何處，仍落在虛空中。

他似乎不確定她走了沒有，在她最後一次碰了他左手之後，仍傻站在那裡，動也不動的。

螢幕上彈出對話方塊——他又問了一句：「已經離開了嗎？」

沒得到回答，他頭頂緩緩浮現出白色氣泡——「那麼，明日什麼時候見呢？」

仍沒有任何回音。

他被留在那裡，看著虛空。

白色氣泡——「已經離開了啊。」

他垂下了眸。

螢幕徹底淡出之前，崽崽還是等在那裡。再沒等到任何反應，確定她已經走了之後，他才緩緩轉過身，從窗子那裡看著下面仍舊熱鬧的街市。

只是此時他負手而立，背對著宿溪，看不清他臉上的神情了。

宿溪：「……」

為什麼她只不過是退出遊戲而已，被遊戲小人弄得像是生離死別一樣？！

崽崽這樣，搞得宿溪都有種重新上線的衝動了！但是顧沁打來電話，催促她快點出門，她注意力一下子被轉移，怕約會遲到，便趕緊單腳跳下床去換衣服了。

而這邊，陸喚又在成衣鋪待了一下，看了街市上的萬家燈火，懷裡抱著她挑選給他的衣袍，以及那一布包的胭脂，從成衣鋪裡下了樓。

喧鬧的燈火之中，他從人群百姓中穿過，獨自回了寧王府。

他固然知道鬼神有她自己的事情要做，不可能永遠待在自己身邊……可或許是因為她看不見摸不著的緣故，他心中便半點安全感也沒有。

就像是面對著一團虛無，只能被動地等待，既不知道她何時會出現，又不知道她何時會悄然離開。

若是有朝一日，發生了什麼意外的事情，和上一次一樣，整整八日——乃至更久、永遠都不再出現，那麼他又能如何……

陸喚心裡想著這些，面上卻沒表現出來，他照例從側門回了柴院。先前老夫人提出將西邊一處新修葺的院子給他，讓他搬過去，那處院中有小橋流水，假山清泉，比起陸裕安陸文秀兄弟倆的宅院也不輸一二。

但陸喚拒絕了。

寧王府到底不是久留之地，他從來沒想過一輩子待在這裡，除此之外，這柴院中也有太多他與那人的回憶。

他抬眸，看著簷下搖晃的燈籠，眸子裡染上一層暖意。

宿溪換上了一件粉紅色的休閒衣，和顧沁挽著手臂，慢慢走在人行道上。霍涇川在兩人身後百無聊賴地幫兩人拎著書，已經到了中午，三人打算在商場找個地方吃飯。

「說起來，妳有沒有覺得妳最近運氣變好了？」顧沁看了眼她順利拆了石膏的腳，道：「自從買彩券中獎之後。」

先前宿溪可以說是倒楣至極，喝口涼水都會嗆到的那種，和她一起走在街上，顧沁和霍涇川這兩個青梅竹馬從來不敢讓她走在靠車流的那一邊，生怕突然發生什麼車子撞上花壇而波及到宿溪的事情。

但自從她出院之後，這種倒楣的事幾乎沒再發生過了。

「……的確變好了。」宿溪是感覺最明顯的人了，尤其是這次大型考試，她居然沒有發生答卷筆中途斷裂之類的事情，簡直老天開眼，讓她順利地考完了一場考試。

顧沁吐槽道：「妳年年都穿紅內褲，完全不起作用，怎麼現在突然轉運了？」

宿溪當然沒辦法說是因為一款遊戲才轉運，說了好朋友們也不會信，可能還覺得她腦子有問題。畢竟他們的手機裡都找不到這款遊戲。

三人找了一家川菜餐廳坐下。

顧沁和霍涇川決定狠狠削宿溪一筆，多點了幾道菜。

三人一邊聊著學校裡的事情，一邊開動，等剩下的菜上齊。一個服務員端著一鍋剛出爐還淌著熱氣的魚湯，對宿溪道：「美女把菜往裡面挪挪，我好把魚湯放下——」

但就在這時，服務員話還沒說完，她腳底忽然滑了一下。

眼瞧著她手中看起來極燙的魚湯就要砸到宿溪肩膀，顧沁嚇呆了，尖叫了一聲：「小心！」

霍涇川也頓時站起身。

宿溪瞳孔猛縮，心臟也跳到喉嚨，慌忙往另一邊躲開。

那服務員也快嚇死了，手忙腳亂地試圖挽回。

可是。

「哐當——」魚湯鍋卻砸到了地上，雖然湯水濺了一地，卻沒有半點潑到宿溪身上。

地上熱氣直淌，這一幕發生在一剎那之間，別的服務員都來不及反應。

好不容易反應過來後，顧沁趕緊站起來，跑到宿溪那邊去，問：「宿溪，妳燙到了沒有？」

霍涇川有些生氣，抬頭看向那服務員：「姐姐，妳怎麼搞的啊？！」

宿溪驚魂不定，但搖了搖頭。

剛才那一瞬間，那魚湯真的看起來就像是要砸在她身上似的，但是又好像有外力一下子將它掃開了。宿溪身上發生太多倒楣的事情了，但這還是第一次倒楣事在發生之前被力挽狂瀾——是系統所說的那些錦鯉帶來的運氣？和自己的倒楣抵消了？

顧沁鬆了口氣，說：「妳這也太倒楣了，幸好沒發生什麼大事。」

端湯的服務員嚇得快哭了，連連道歉：「抱歉，真的非常抱歉。」

經理過來調解，說：「幾位客人沒事吧？」

霍涇川見宿溪沒事，黑著臉道：「幸好我朋友沒事。」

宿溪見那服務員也不容易，擺擺手，道：「再上一鍋，小心點就好了。」而且，發生這件事說不定不是服務員的問題，而是自己倒楣體質的問題。

她拍了拍心口，也悄悄鬆了口氣，這一大鍋要是砸在自己肩膀上，雖然自己穿得很厚，不至於燙傷，但是萬一有點油濺到自己脖子上，那也會起幾個水泡啊。

本身被綁定系統，遇到幾乎宛如真實世界的一款遊戲，中了彩券，就已經是很神奇的一件事了，現在再發生什麼，宿溪都已經淡定了。

吃完飯，她便和顧沁、霍涇川分別回家。

遊戲裡還沒到皇宮夜宴的時間，但宿溪還是忍不住看看崽崽在做什麼。便翻開教科書，一邊做作業，一邊打開了遊戲。

只見寧王府中下人正忙忙碌碌，正是為今日老夫人和寧王夫人前去皇宮赴宴做準備，女人嘛，哪個朝代都一樣，參加夜宴之前都要沐浴更衣，打扮幾個時辰。

而崽崽這邊，雖然老夫人也派了人來為他更衣，但他將那些下人丫鬟趕出去，一切都自己來。

宿溪在螢幕外見崽崽嚴肅地繃著包子臉，不近女色的樣子，忍俊不禁。

香軟溫柔的女孩們多可愛啊，崽崽是不是還沒長大？看那些丫鬟的眼神竟然和看路邊的石頭沒什麼區別？！

不過現在專心搞事業也好，等到劇情進展到恢復了九皇子的身分，還不是想要多少美人就有多少？

到時候她要好好比較，多挑一些美人，除了燕國的之外，還要選一些異域美女！

宿溪之前見顧沁玩過一款名為《妃子大選計畫》的遊戲，她在後面看著顧沁玩，簡直急昏了頭，她最喜歡那個額頭貼了金箔的美人，顧沁竟然不收入後宮！這誰能忍？！現在這遊戲裡的美人們只會比那款遊戲裡更多，到時候說不定會挑花了眼！

宿溪想想就有點激動，簡直熱血沸騰，恨不得劇情快點進展到那裡去。

不過現在，還是老老實實陪著崽崽長大。先立業，後成家，暫時不為他考慮娶老婆的事情。

她見崽崽忙碌，便暫時沒打擾他，而是一邊寫作業，一邊開著遊戲放在一邊，時不時抬頭看他一眼。

遊戲時間轉到申時。

三頂轎子來了，兩頂紅緞垂纓的載了老夫人和寧王夫人，後面一頂厚呢青色的來到崽崽的院子，載他進皇宮。

宿溪本想撩起崽崽的轎帷，告訴他自己來了，跟他一起進皇宮，但是就在這時，她猛然想起一件事情——

皇宮的地圖她沒有解鎖啊！

目前點數有三十二點。這遊戲的解鎖規矩是，每逢二、五、七或八跟十可以解鎖一個新區域，區域按照大小劃分，而皇宮那麼大一塊，想要解鎖肯定至少還需要六個點——也就是點數攢到三十八。

這一時片刻，自己要去哪裡去完成什麼任務，得到六個點？

按照遊戲設定，解鎖每一個區域，都應該跟著任務在走，難不成她有什麼任務沒有完成？

她忍不住問系統：「是哪一步走錯了嗎？還是遊戲有 bug ？」

系統：『問題出在主線任務三。』

『主線任務三是『主角在秋燕山圍獵上結交二皇子，並進入太學院』。一共獎勵十二個點數。主角只要在秋燕山上和二皇子搭上話，就能完成二分之一的任務，得到六個點的獎勵，但是不知道為什麼，主角在秋燕山上和五皇子說話了，卻對二皇子十分排斥。所以這二分之一的主線任務算是失敗。』

系統又提示道：『而且主角對二皇子好感度為負六十。』

宿溪：？？？

宿溪驚呆了，沒想到還能這樣。

為什麼，崽崽為什麼要討厭二皇子？二皇子那個小人在她印象裡還挺低調，沒做什麼讓人討厭的事情啊？！

難不成是因為她救下了二皇子，崽崽不高興？

這樣豈不是因為她去做支線任務，一不小心影響了主線？

宿溪問：「那如果那天不救二皇子呢，劇情會怎麼樣？」

系統道：『必須救下二皇子，沒有如果。因為主角要進入太學院，只能透過成為皇子陪讀這一條途徑。救下了二皇子之後，皇子們之中就有了一個陪讀的空缺。而主角不一定會成為他的陪讀，有可能會成為別的皇子的。』

宿溪明白了，崽崽討厭二皇子，所以沒有主動去結交——結交任務失敗。

但是二皇子又不討厭崽崽，反而因為秋燕山崽崽嶄露頭角一事，二皇子和另外幾個皇子都對崽崽有了印象——成為陪讀一事會成功，進入太學院的任務應該也會成功。

只不過現在，因為自己的失誤，暫時解鎖不了皇宮區域，沒辦法跟著崽崽進皇宮了。

宿溪有點可惜，便停下準備掀起轎子帷簾的手，以免讓崽崽知道自己來了，但又沒辦法跟著他進皇宮，空歡喜一場。

她在長街，目送崽崽的轎子進了宮門。

遊戲裡的天空烏沉沉的，皇宮極其雄偉壯觀，殷紅的宮牆、琉璃的屋簷，在黑夜之下宛如盤踞在此處的雄獅，氣勢恢宏、森嚴肅穆。崽崽的轎子緩緩消失在宮門內，宛如徹底一腳踏進了京城的旋渦。

在這巨大旋渦裡，一個沒落王府的庶子顯得何其渺小。

與此同時，陸喚也掀開轎子帷簾一角，一路進入皇宮，兩邊院牆高深，只能仰頭看見一條狹窄的漆黑的夜空。

他神色之間，多了幾分凝重。

宿溪沒有跟著崽崽進皇宮，暫時也不能知道皇宮裡發生了什麼，但她開著遊戲等著，並繼續寫作業。

今晚宴席的劇情裡，有鎮遠將軍出言刁難崽崽的劇情，自己沒辦法跟進去，就沒辦法幫他了。

不過宿溪覺得以崽崽的聰明才智，也能應付，自己不用太擔心。

她在這邊花了四十幾分鐘寫了一張卷子，遊戲裡足足過了兩個時辰。

徹底入夜，宮門終於打開，陸續有參加夜宴的轎子出來。

宿溪一眼發現了崽崽的轎子，而就在這時，螢幕上也彈出了剛才的大致劇情——

『夜宴上，鎮遠將軍嘲諷地看了老夫人一眼，對老夫人一直擠破了頭想要攀交二皇子、把孫子往二皇子身邊送的行為十分輕蔑，若是寧王府的男丁有點出息，他還能高看寧王府一眼，但偏偏寧王府從寧王到陸裕安陸文秀那兩個小子，全都是成不了大器的，現在也完全是爛泥扶不上牆罷了。』

『聽說此次秋燕山圍獵，是寧王府的一個庶子嶄獲頭籌，他也不以為然，他對老夫人的手段司空見慣，以為只不過是老夫人又從中作梗，想辦法讓自己的孫子嶄露頭角。因此，連帶著他對主角的印象也不怎麼好，在席間，主角對他敬酒，他屢次置之不理，讓人難堪。』

宿溪看得捏住了筆，這鎮遠將軍怎麼這樣？！

好歹崽崽也是他的遠房親戚，怎麼還用有色眼光看人？

『不過令人意外的是，席間五皇子主動提出，二皇子一直以來沒有陪讀也不太好，他想要主動將他的陪讀送給二皇子。接著，又趁著皇上賞賜主角金銀珠寶時，向皇上提出，想要讓主角成為他的陪讀。』

『二皇子與他爭了一番，但此時皇帝心裡猜疑二皇子在秋燕山上被刺殺是自導自演，對二皇子心生不悅，於是偏袒了五皇子，竟然答應了他這無理請求。』

『主角本次夜宴獲得兩箱金銀賞賜，即日起便成為五皇子的伴讀，進入太學院學習。』

系統：『恭喜主線任務三（初級）完成二分之一：秋燕山結交二皇子失敗，獲得點數獎勵零，金幣獎勵零，但進入太學院成功，獲得點數獎勵六，金幣獎勵一百。』

宿溪：「……？」

宿溪被這場夜宴上不動聲色的爭鋒看得愣了愣。

五皇子對崽崽生出幾分看重，這一點她是知道的，在秋燕山上五皇子的心思就表現出來了。

這個五皇子一向鋒芒畢露，不怕得罪人，無論什麼人才都想要爭奪到手上，上次聽說戶部尚書見那位神醫，就趕緊也去相見——他這樣行事也是正常的。

但這位二皇子，怎麼好像因為自己做了那個支線任務，導致他的形勢變慘了？

如果自己不救下他，他至少會躺在床上三個月，傷勢這麼慘，皇帝就不會輕易懷疑他。

但是他突然受傷，又突然被治好，短短十幾天就恢復了，還稱病不上朝、不去北地邊境，這就讓皇帝心生不悅了。

宿溪：「……」二皇子對不起。

不過不管怎麼說，這樣一來還是順利完成了「進入太學院」的任務。

只是，因為完成支線任務時，沒能阻止二皇子刺向他自己的那一箭，變成等他自刺之後才救下他，導致主線稍微有點偏，崽崽成為的不是二皇子的伴讀，而是五皇子的。

宿溪不知道主線偏向這裡會有什麼後果，但無論發生什麼，她都會好好護著崽崽。

想到這裡，宿溪稍微凝重了些，她拽了片梨花花瓣，去和崽崽打招呼。

她先將視角切換到轎內，卡通風格的視角下，崽崽短腿不著地，一隻短手揉著眉心，包子臉皺著，月光從偶爾被風拂起的簾外灑進來掃過他臉上，也看不出來他怎麼了——是席間飲酒了？

宿溪第一次見崽崽喝酒，有點好奇他喝完是怎樣的，忍不住課金一分鐘。

螢幕切換成原畫。

少年靠著轎子一角斜坐，微垂著眸，眸子冷清。月光在他臉上明明滅滅，他抬手按了按眉心，眉梢擰著，白皙玉面上有一層緋色，這緋色也顯得冷淡。

他飲酒之後，比平時更加安靜，神色無波，不知道在想什麼。

宿溪心想，看來崽崽酒量不錯，這種宮廷夜宴應該會喝很多，但是他看起來沒醉。正這麼想著，螢幕上一團霧氣「啪」地一變，霧氣散開，又變成了短手短腳面無表情的小團子。

宿溪擺出強顏歡笑的表情。

習慣了就好。

她拂起一道風。

螢幕內的陸喚今日已經被無數的風掠過了，每一道風吹拂過他身上時，他心中都稍稍一跳，下意識去想，是否她來了，但每一道都不是。

直到此時，白瑩如玉的梨花落至他眉心，從他鼻梁上劃過，落至他掌心。

他眉宇一瞬間從冷淡到融化，眼睫欣喜抬起，宛如等候已久，放下懶散支著的手腕，正襟危坐起來：「一日一夜未見了。」

螢幕外的宿溪笑了笑，崽崽未免把時間掐得太精細了。

「妳今日去做了什麼？」陸喚忍不住低聲問。

昨夜在街市燈火上分別，今日入了夜才相見，已經過去整整十二個時辰了，她是有什麼事情嗎？見了什麼人？做了些什麼？但他卻完全沒辦法知道。

宿溪心想，這我哪裡能回答？

似乎也意識到自己的問題，對方無法回答，陸喚莞爾道：「依然是以『是否』提問，妳來回答我好不好？」

宿溪發現崽崽以前從不笑的，自從發現可以接觸到自己之後，他笑容好像變多了一些——當然，仍不算多。

陸喚低聲問：「妳今日是去玩了嗎？開心嗎？」

宿溪勾了勾他的小小左手。

他便又問：「可是見了什麼人？」

當然見了，不見人出什麼門？不見人洗頭都不用。宿溪笑著在螢幕上繼續勾了勾他的左手。

只見螢幕上的崽崽看了眼他自己的左手，似乎也被她歡喜的動作感染了，眸中笑意深了些，但他竭力裝作若無其事，只是隨口一問的樣子，輕聲問：「所見之人是男是女？」

宿溪勾了下他左手——但還沒等他有所反應，又勾了下他右手。

今天見到顧沁和霍涇川可不就是有男有女嗎？

螢幕上的崽崽頓了下，又問：「是妳的朋友……妳很喜歡他們？」

他的左手被勾了勾。

這樣一問一答，宿溪覺得還挺好玩，還等著崽崽繼續問，誰知就見螢幕上的崽崽不知道在想什麼，雖然竭力繃住神情，但包子臉還是皺起來了。

頭頂也冒出一片枯葉，葉子上下著雨。

宿溪：？？？

宿溪剛要繼續和崽崽交流，就見螢幕上陡然彈出來一些劇情對話。

原來轎子正路過鎮遠將軍的將軍府，便自然而然地出現了接下來和鎮遠將軍有關的劇情提示。

鎮遠將軍正在將軍府中的書房與兵部尚書深夜低聲談話。

兵部尚書壓低聲音道：「今日夜宴上，暗潮湧動，皇上似乎對二皇子有些不滿。」

鎮遠將軍擰著眉頭，沉聲道：「本將軍之所以支持二皇子，無非認定他懂得在其他幾位殿下爭搶之時，避其鋒芒，是位低調能忍、能成大事之輩！但此次北地暴亂，該他出頭的時候，他卻仍然低調不爭，甚至稱病躲避！若他心中有百姓，便該知道此時北地百姓受苦，便不該如此！他這樣，倒還不如冒進爭功的五殿下呢！」

兵部尚書又道：「此時皇上還未定奪到底由誰去北地鎮亂，若一旦定奪，兵權必定要交予那人。」

鎮遠將軍嘆息道：「若我還寶刀未老，此次必定親自帶軍前去，可惜，皇上已經嫌棄我老了。」

兵部尚書低聲勸道：「大將軍，難道您還不明白嗎？這次皇上之所以不肯讓您帶兵前去，並非覺得您老了，派不上用場了，而是想藉此機會，收回多年以來掌控在你手中的兵權啊！」

鎮遠將軍眉梢輕輕一跳。

兵部尚書知道鎮遠將軍忠心耿耿，但也不得不提醒道：「功高震主，木秀于林，風必摧之。若是您將兵權交出來，將軍府恐怕真的大勢旁落，任由宰割了，但若是兵權還在您手上，將軍府上下三代，皇上還是動彈不得。」

「因而，您必須早日尋到可替您去北地鎮亂之人！」

鎮遠將軍道：「這又談何容易？我征戰多年，膝下無子，唯一的女兒也病死了，如今煢煢孑立，信任的人都不多，又去哪裡找到接我衣缽之人？」

談話間，鎮遠將軍白髮蒼蒼，嘆惋怔忡。

而就在這時，系統彈出了訊息：『請接收主線任務八（中級）：在完成任務七後，成為鎮遠將軍繼承人，並前往北地鎮亂，立下軍功。』

『任務難度十五顆星，金幣獎勵兩千，點數獎勵十二。』

宿溪看這個任務看得眼皮一跳，前七個任務都是初級，到了這個任務，已經變成中級任務了嗎？

怪不得上個任務是改變鎮遠將軍對崽崽的看法，得到鎮遠將軍的支持，原來是要為接鎮遠將軍衣缽做準備。

如果想在朝廷立足，立下赫赫戰功的確是最快的辦法。

但是……

宿溪看了眼螢幕上精雕玉琢的小團子，是真的沒辦法想像他去帶兵打仗！不僅想像不出來，而且還心疼無比。

上戰場的話，肯定會受傷的吧？

不過有自己在的話，應該還好。

而且這個任務雖然這時候彈出來，但是距離完成它還有很長一段時間。

想到這裡，宿溪稍稍安下了心。

轎子緩緩進了寧王府。

陸喚垂著眸子，沒有再問問題。

他雖然知道，鬼神可能要去見別的鬼神，她的世界裡還有許多別的事情，不是只有他，這再正常不過。可他心中仍細細密密地產生了一些焦灼與類似占有欲的情緒。

若是能看見她就好了，若是能觸碰到她就好了。

若是……

更多的陸喚不敢去想，怕冒出的想法太過貪婪。

但她身邊的那些鬼神是否都能看到她呢？自己不是她的同類，所以才看不見摸不著……真是嫉妒她身邊那些人……

雖然知道她陪在自己身邊，已經是自己此生以來所擁有最幸運的一樁事情了，可大概人心總是貪婪的，從她身上得到那些溫暖和善意之後，竟然又想要知道她的音容相貌，時時刻刻將她放在眼裡。

那樣的話，她便不會輕易跑掉，不會突然消失不見了吧。

看，就像現在，分明知道她在自己身邊，卻不知道她臉上神情，也不知道她站在自己哪一邊。

更不知道，她沒有勾住他手指頭時，是否還在。

他宛如一個盲人一般，所看見的世界裡沒有她。

陸喚這樣想著，面上卻半點不顯。

他明白自己過強的占有欲與不安實在不對，若是顯露出來，恐怕會嚇到她，因此竭力按捺，不讓那些陰鬱的情緒表露分毫。

但宿溪關掉任務發放畫面之後，就看到螢幕上的崽崽頭頂還掛著那一片淒涼的枯葉。

他的包子臉垂著，眼睫也垂著，一副姥姥不疼、舅舅不愛的模樣。宿溪頓時被逗樂，揉了揉他的頭，又捏了下他的臉。

她希望他能明白，她喜歡她的朋友，但也很喜歡他，否則就不會整天上線打遊戲，把時間分給他了。但是這些話的意思太長、太複雜，無法表達。

螢幕上的崽崽被她揉亂了頭髮，又捏紅了臉之後，耳廓染上一層薄紅，頭頂上那片淒涼的葉子終於消失了。

回到柴院之後，崽崽急匆匆進屋將身上大氅脫了，又急匆匆穿著衣袍出來，急匆匆伸出手，掌心立刻被輕輕捏了捏，他這才確定她還沒走，安心下來，眸子亮晶晶地對空中輕聲道：「今夜按照昨日之約，擀麵？」

宿溪握了握他右手，表示：不。

今晚還有別的重要的事情要做。

她打開商城，發現之前一片灰色的一些技能欄已經被解鎖了，也是，現在點數已經三十八了，這些技能也是時候解開了。

任務七是掌握更好的武藝、兵法、體力，獲得鎮遠將軍的賞識和支持。

崽崽的武藝是跟著偷學的，雖然因為天賦，已經在京城少年裡出類拔萃，但完全可以再進一步。

除此之外，點數裡除了主線、支線任務、人際關係、外在環境之外，還包括技能、身體素質這兩個大類。

培養技能，達到一定精通程度；增強體力，少年身形茁壯成長，也能獲取點數。

昨晚玩耍，今晚還是要做點正事，老母親把崽崽安排得有條有理。

宿溪打開了商城。

而一秒之後，陸喚發現自己面前憑空懸浮了幾本書，《孫子兵法》、《六韜三略》、《百戰奇略》、《算無遺策》、《劍法圖解》。

見崽崽臉上空白了一秒，宿溪以為他不想念書，鼓勵般地揉了揉他的腦袋。

並還從商城兌換出一個糖人，在空中晃了晃，暗示崽崽，乖乖念完就可以吃糖人。

陸喚：「……………」

他面色有些古怪，先前永安廟一事，她想辦法替他贏取京中名聲，他便猜測她是有意讓他捲入京城紛爭。而現在將這些給他，是督促他學習上進嗎？這倒也罷了……還拿小糖人誘惑……陸喚有些哭笑不得。

他身形頎長，手臂修長有力，已然是個半大不小的少年郎了，在她眼中，卻怎麼……像是把他當成孩童一般？可先前一問一答，她分明又只有十六七歲。

但陸喚並未多想，只是莞爾攤開手，那幾本書便劈裡啪啦地砸進他懷裡，他抱著那一疊書卷，無奈地看向面前的空氣，打算進屋挑燈夜讀。

可在他要坐到桌案前時，宿溪又攔住了他。

按照主線任務，遲早要帶兵打仗了，老母親擔心得很，提升計畫刻不容緩。

不如一邊做伏地挺身一邊讀書？

於是陸喚茫然地任憑身邊的輕風將書卷都抱走，放在了桌案上，接著，那風將他打橫抱起來——

他：！

螢幕上崽崽頭頂白色氣泡裡冒出個驚嘆號，宿溪在螢幕外忍不住哈哈大笑，然後將崽崽輕輕放在屋內的床上，而這時崽崽不知道在想什麼，臉色已經紅成了天邊的雲霞，他連呼吸都屏住了，但宿溪要做的，只是將床上的奶團子像是翻湯圓一樣，翻了個面。

讓他背朝上，趴在床上。

崽崽頭頂冒出了一串刪節號及問號。

宿溪又輕輕將崽崽身體抬起來，將他手臂微微壓下去，然後一根手指頭按在他背上，讓他慢慢往下，這樣一來，一個伏地挺身做完了。

被她折騰一番的陸喚也明白了，她是想讓自己做這個動作，來鍛鍊身體？

但是壓在自己背上的重量……

莫非她坐在了自己背上？

螢幕外的宿溪並不知道崽崽想到了什麼，只知道他一張包子臉莫名緋紅，緋紅漸漸染到了脖子，然後他像是為了證明什麼，跟學校裡的臭屁男孩一樣，突然一上一下飛快地做起了伏地挺身！

一瞬間做完了幾十個！

速度之快、力氣之大、動作之輕鬆！令宿溪驚訝！

崽崽做伏地挺身時，宿溪將一本《百戰奇略》移到他面前，翻開第一頁，讓他一邊做伏地挺身一邊看書。

從商城中兌換出來的很多書，顯然是古代有，但遊戲裡燕國那個背景沒有的，崽崽之前從未見過，這些書冊對他而言便十分新奇。

他很認真好學，沒過多久就沉迷在那些兵法詳解裡面了，他博聞強記，看得也很快，做幾個伏地挺身就往後翻了一頁。

而與此同時，螢幕外的宿溪把手機充電，放在桌上，也攤開試卷，沙沙沙地寫起作業。

宿溪的房間十分安靜，除了宿媽媽進來送杯牛奶，宿溪手忙腳亂地用試卷將手機蓋住之外，就沒有別人來打擾。

陸喚的柴院也非常安靜，只有外面寒風颳過發出的細微聲音。

兩人隔著螢幕，做著相同的事情，互相陪伴著彼此。

宿溪喝了口牛奶，下意識抬頭看螢幕裡的崽崽一眼，忽然忍不住會心一笑，她定力不強，要是她一個人寫卷子的話，可能會因為覺得很無聊，時不時刷刷社群網站什麼的。

但是崽崽志向遠大、動心忍性，做起事情聚精會神、全神貫注，彷彿無形中給她激勵一樣，而且有人陪著自己寫作業，也不會覺得太孤單。

而螢幕裡的崽崽也時不時抬起頭，朝著虛無的空中張望一下，像是想要確定她是否還在。

沒等崽崽問出口，宿溪便揉了揉他卡通風格的小腦袋，表示自己還陪著他，如此一來，他臉上神情才浮現出幾分安寧，勾了勾唇角，低下頭繼續看書。

陸喚的修長指尖落在書頁上翻過一頁，心思卻不由自主地落在了身側的鬼神上，他抬起眸子，看了簷下在風中搖曳的暈黃明亮的燈籠一眼，那燈籠落下的光猶如溫暖的長河，不僅落在書頁上，也落在了他的身上。

萬籟俱寂。

他眸中不由得有了安寧的笑意。

她還在。

這好像是第一次，寒風柴屋，他挑燈夜讀時，有人陪伴在他身側。

雖然不知道她此時在屋子裡做什麼，或許是斜靠在床上打瞌睡，又或者是在發呆，有可能也攤開了一本書，看著鬼神世界的書——但她的存在對他而言已經是足夠的慰藉。

從未想過有朝一日身邊會有一個人，令他心中某個空蕩蕩的地方，不再貧瘠陰冷、不再淒風苦雨，而是被安寧和溫暖填滿。

這一刻空氣黏稠而暖融融，讓人心中生出眷戀之感，想要讓時光就此停下。

接下來每隔一日的夜裡，兩人都會以這種互相陪伴的方式，各自開始念書。

他。

宿溪刷卷子，而螢幕裡的崽崽似乎明白了鬼神想讓他幹什麼，開始做伏地挺身、舉水桶、對準靶心拉弓射箭、練劍，同時一本一本地看鬼神給他的那些書。

他過目不忘，一目十行，看書看得非常快，宿溪不得不又從商城裡兌換了一大堆書給他。

那些比較重要的看過之後，接下來的各種工程營造、屯田水利、官吏任免考核、科舉司法等等屬於兵部、吏部的學識範圍，便大當涉獵，有所了解。

除此之外，商城裡還有很多雜書，是燕國根本不會有的書冊，涉及一些遊記、別的朝代的風土、地域、人情等。

宿溪見崽崽看得實在太快，不得不將這些也買來給他，這些他也看得津津有味，甚至還開始看起了一些畫冊。

似乎是有些好奇來自地府的畫冊是怎樣的，想要了解宿溪所生活的世界。

宿溪：「……」

崽崽除了穿上斗篷去農莊，探視溫室和農作物的情況之外，這幾日便閉門讀書，廢寢忘食，練劍打木樁，早起貪黑。

如此一來，簡直進步飛快。

宿溪一顆老母親的心得到了莫大的慰藉，還有什麼能比親眼看著自家的孩子孜孜不倦地讀書、進步，更加滿足呢？

只不過，崽崽這麼努力了，系統裡的技能和體力點數卻還沒增長。

系統：『伏地挺身、舉鐵、練劍、打樁，每樣都必須做一萬次，才計算一個點數。』

宿溪：？？？

打樁一萬次都要變成打樁機了，我看你就是在刁難我的崽崽。

不過既然這方面點數這麼難漲，宿溪倒也不心急，反正本來就不是為了點數才讓崽崽做這些，而是為了讓他在之後征戰北地的任務裡不受傷。

而崽崽看起來似乎也有自己的打算，他雖不知道宿溪這邊的任務，但他是最懂得苦心志、勞筋骨，方能成大事的人。

第十五章　有一盞明燈作陪

就這樣遊戲裡過了十天。

十日後，太學院春學開始。

太學院一共七位學士，除了太傅之外，另外六位學士分別傳授禮、樂、射、禦、書、數。

太學院算是整個燕國學識最高的地方了，但無論這些太傅學士多麼見多識廣，所見所聞也不過來自於燕國歷代歷史，以及他國遊歷見聞。

而宿溪從商城裡兌換出來的許多古書，卻是這些學士都前所未見的。

十歲出頭的陸喚最想要踏入之地便是太學院，但是對於博覽群書之後的十五歲的陸喚而言，太學院所傳授的這些東西，便都乏善可陳了。

崽崽入學第一天，老夫人派人送來許多東西，而宿溪則從商城裡兌換了一個結實的布袋子給崽崽當書包。

老母親看著崽崽第一天上學，比崽崽本人還要興奮，當天特意早早衝回家，專心致志送崽崽上學。還給他大小狼毫筆、宣紙硯臺等各一份。非常大方地擺在崽崽的桌案上。

這日清晨，朝陽初露，陸喚看見桌案上這些東西，眉梢彷彿也落了一道暖陽。

雖然極有可能用不到，但他還是將這些東西一樣一樣地裝入自己的布袋子裡，半點也不嫌棄重，畢竟那是她的一番心意。

當他還是寧王府中終日被迫挑水幹重活、一不小心便要挨打被栽贓的庶子時，也想過有朝一日要憑藉自己的力量踏出這片泥沼，踏進太學院的大門。

但他當時心中滿是刺骨冷意、陰鬱恨意，以為自己即便踏出了寧王府的這道大門，心中也不會有什麼快樂，仍是孑然一身，孤寂無依罷了。

無人為他溫酒，無人為他高興。

他那時沒想過有一天，自己身邊會有個人陪著……

陪他每夜讀書寫字，聽雨聲沙沙，陪他從寧王府一腳踏入皇宮與京城，面對接下來的漩渦與暗潮……

陪他實現他小時候想進入太學院的夙願，並為他感到激動和高興，提前為他準備好筆墨紙硯與裝書的布袋子——她盼著他好，甚至比他自己還要開心與奮一些。

陸喚心裡彷彿有了歸處。

他望向屋內的虛空之處，眉目潤澤，低聲道：「謝謝妳為我做的這些。」

螢幕外的宿溪正吃完晚飯，等崽崽清晨起來去上學呢。見崽崽背著布袋子，穿上伴讀的從九品飛鳳殷紅錦衣，大包子臉烏黑的眼珠十分可愛，還不去上學，還在這裡瞎念叨什麼。

便伸手推了推他，示意：快上學了，等下遲到了。

陸喚倒是被她突然出現吃了一驚，因為她最近都是夜裡才來。而今日陡然清晨出現，不禁讓他喜出望外。

「妳今日是得了空嗎？」螢幕上的崽崽頭頂彈出對話方塊。

宿溪拉了拉他右手。

陸喚便立刻了然，她今日清晨是沒空的，但大約是不想錯過自己第一次入學，所以特地趕來陪著自己。

陸喚心頭動容，看向虛空的眼珠漆黑透亮。

入學前兩日因為天氣晴朗，授的是射箭，在太學院硯水湖旁，皇子世子們站成一排，被騎射少師要求射中池塘裡胡亂游竄的魚和天上的飛鳥。

陸喚先前在秋燕山上出了一次風頭，進了太學院之後，作為五皇子的伴讀，便避其鋒芒，竭力保持射中次數少於各位皇子。

但是，雖然少於各位皇子，卻遠比那些世子們厲害得多。

五皇子性格爭功冒進，對他十分滿意，越發覺得他比自己先前那個手無縛雞之力整天之乎者也的伴讀強多了，於是又隨手賞了陸喚一些東西。

陸喚漫不經心地收下賞賜。

待皇子世子們簇擁著下學後，他將地上散落的箭支撿起來，隨意往前走了兩步，信手一丟，精準無誤地將那把箭丟入了硯水湖中碑亭裡的箭簍裡。

太子已經過了上太學院的年紀，且有專門的太師教導他，因此這太學院便只有其他幾位皇子，以及一些王府侯府的嫡世子們。

世子們和伴讀們紛紛巴結著皇子，彼此之間暗流湧動。

京城勢力劃分較為複雜，這些讀書的雖然還都只是少年，但也已經有了些心眼。

先前寧王府的陸裕安和陸文秀兩兄弟雖然也有進太學院入學的資格，但是兄弟倆一直都只能在學堂後面旁聽，當不上伴讀，又爭不過其他世子們，根本沒有和幾個皇子結交的機會。

現在一個腿瘸了，一個風寒休養，都沒辦法來上學，正躺在寧王府中對陸喚恨得牙癢癢。

本來陸文秀是最不喜歡上太學院的，能告病多久便告病多久，但現在見陸喚能進太學院了，他反而又氣得捶床。

當然，現在這兩兄弟已經不是陸喚需要在意的事情了。

他收拾好布袋子，走向太學門時，忽然聽到角落的鐘樓裡有幾聲挨揍聲。

他警覺地看過去。

螢幕外的宿溪正開著手機螢幕，在桌前寫作業，聽見這動靜，也抬起頭看了眼。

只見是幾個世子領頭帶著幾個侍衛，正在揍一個約莫十五六歲的少年。

那少年在螢幕上看起來白白胖胖，快要把衣服撐破了，但是看起來卻非常窩囊，頭髮凌亂，鼻青臉腫，哭著求饒，被幾個比他瘦多了的小人圍在一起用拳頭打、用腳踩。

怎麼回事？太學院霸凌？

宿溪的畫面上很快彈出人物介紹。

原來這個正在挨揍的是太尉的小兒子，名為雲修龐。

『雲修龐：太尉幼子。作用：暫無。智謀：暫無。武力：暫無。背景權利：暫無。』

『在燕國，太尉是掌管樞密武院的文職，為一品大官，但是三個月前，雲太尉瀆職，犯了大錯，被皇帝發落到柳州當刺史，此職暫時空缺。而雲太尉的一家人仍然留在京中，他的兩個兒子便成了落水狗，被人欺負。』

『雲修龐可以發展成主角的朋友，如果上前救援，會開啟支線任務，請問要接下這個可選擇的支線任務嗎？』

等等，這個小雲胖子什麼都沒有，武力值和智謀全都為零，救了他除了惹上那群世子，能有什麼好處啊？！自找麻煩嗎？！

但是這小胖子突然有了名字，而不是朋友甲，令宿溪覺得他會不會是個關鍵人物。要不還是悄悄地救一下？

想到這裡，她推了推崽崽的手。

陸喚知道鬼神在自己身邊，應該也看到了這一幕，便壓低了聲音問：「妳希望我救他？」

宿溪碰了碰他左手。

陸喚沒拒絕，快步走到太學院門口，隨手撿起地上的幾塊石子，然後反手一拋。只聽見鐘樓裡頭兩個世子侍衛哇哇大叫，疼得罵娘，片刻後捂著腦袋衝出來。

但是陸喚已然大步流星消失了。

待救了那小子，陸喚走到了街市上。

他固然也覺得那小子可憐，在鬼神沒開口之前，就動了幫他一把的心思。但是他身邊的鬼神先開口了，讓他心頭有點說不出來的納悶……

他也意識到自己極為自私——她幫助了他，便也可以幫助任何人，她這麼好，做這些都是應當的。

可他心中滋生出的那些占有欲，卻讓他像是無理取鬧一樣，不願她看向別人，不願她將任何視線和情緒給別人，哪怕是同情。

這些心思，陸喚也覺得醜陋，他怕讓她憎惡，不敢流露分毫。

不過她和自己一起出來了，還纏繞在自己身邊，這讓他心中的那些占有欲得到了一絲疏解。

他繼續往寧王府走。

今日因為陸喚回得晚，此時天已經黑了，街市上酒樓開張。

兩個從太學院回來的世子正勾肩搭背地走進青樓，認出他，頓時笑嘻嘻地打招呼：「陸喚，五皇子的陪讀嗎，來和我們一起嗎？」

陸喚在太學院也認識了些人，雖然稱不上朋友，但與京城中各位世子、達官貴人之後都混了個臉熟。

他剛要拒絕，卻覺得身邊的鬼神興奮地抓住了他的袖子！

陸喚：「……」

螢幕外的宿溪已經放下筆，眼睛亮得不行，緊緊盯著青樓上「煙花三月」的招牌了，媽耶，隔著螢幕都能想像得到裡面有多少美人，如果能進去的話，等等課金幾分鐘，看看原畫，簡直是視覺盛宴！

但是崽崽怎麼死死釘在原地不進去？

她拽了拽崽崽的袖子，拽得快脫線，崽崽還是動也不動。

十五歲了，古代應當可以進青樓了吧，就算不做什麼，去長長見識不行嗎？

宿溪忍不住繼續拽他。

崽崽微微垂下頭，注視著他的袖子，臉上表情很平靜，低聲問：「妳是想進去瞧瞧嗎？」

宿溪瘋狂拉他左邊小手，快，帶媽進去長長見識！

崽崽卻微笑著，十分體貼、十分溫柔地低聲道：「我不便進去，妳若想去，便飄進去，我在外面等妳，一炷香時間出來便好。」

這對話方塊彈出來，宿溪就打算鬆開他的袖子，自己把畫面切進去看看裡面都有哪些美女了。

但是就見此時，螢幕上飛快彈出大片的白色泡泡，直接把螢幕淹沒。

——「妳敢。」

——「妳敢。」

——「妳敢！」

宿溪：「……」

滿螢幕偌大兩個字，震得宿溪手一抖，她想進青樓的心頓時被嚇沒了。

老夫人先前對陸喚從不過問，但自從陸喚進了太學院，成了五皇子的從九品伴讀後，老夫人每日傍晚都急切地讓陸喚過去請安。

問的自然全都是陸喚與各位皇子的結交情況。

寧王府沒落已久，近些年在朝廷中無人，早就成了京城中各位官員根本不想與之來往的府邸。多年以來門可羅雀，無人問津。

這對於曾經出身於輝煌家族的老夫人而言，是一件無法忍受的事情！

現在她好不容易從陸喚身上看到了些希望，便裝成關心庶孫學業的好長輩了。

甚至還特地在寧王府中開闢出一處園子，名為靜園，賞賜給陸喚作為他的書房。

老夫人的心思，寧王夫人和陸裕安兩兄弟全都看在眼裡，暗自氣急敗壞，妒火攻心，但卻拿陸喚無可奈何。

不過，在寧王府中有老夫人的看重，在寧王府外可沒有。

這日，寧王夫人見屋外開始下雨，正是初春雨水連綿的季節，便問身邊的嬤嬤甲：

「父親前段日子奉命去雲州監督行宮，這幾日可已經回來了？」

「回夫人，上官學士昨日剛回，因回來得晚，便沒有派人通知您，今日一大早去朝廷面聖了，現在想來應該已經去太學院上課了。」

寧王夫人不知想到了什麼，臉上神色流露出幾分得意，指甲掐進掌心裡，冷冷道：

「給我備好馬車，今晚我要回父親那裡一趟。」

宿溪陪著崽崽在太學院讀書上課。除了幫五皇子磨硯、豎箭靶之外，崽崽這九品伴讀當得還算輕鬆。

就這樣過了十幾日的太平日子。

崽崽異常勤勉，除了每天晚上練功讀書到深夜之外，還抓緊其他時間學習。早晨五更，天還沒亮時，他便起床，繼續看昨夜未看完的書。

直到朝陽初升，才匆匆梳洗，從院外下人手中拿幾個饅頭，邊走邊吃，飛奔到太學院繼續上學。

之前的十幾天，宿溪還不知道他每天清晨五更雞還沒叫的時候就起了。

只是每次上線都看見他書卷又被翻爛了一些，又多出來許多密密麻麻的批注，覺得很奇怪。

明明昨晚崽崽還只看到這書三分之一的部分，怎麼今晚突然看完了！

夢遊的時候看完的嗎？！

而崽崽像是怕她擔心，也一直沒告訴她，宿溪直到週末，在遊戲裡的清晨時間，搞了個突襲，才知道崽崽竟然勤勉到這個地步！

簡直讓老母親自愧不如！

宿溪不知道崽崽為什麼這麼努力，只是感覺得到，這十幾天以來，崽崽明顯清瘦很多，已經變成了個瘦奶團子了。

這天晚上，她就忍不住讓崽崽停下來放鬆一下，先別學習了，去城外騎馬吧。

陸喚感覺那縷風停留在自己眉宇之間，她彷彿是想幫自己按按睛明穴，便不由自主放下書卷，紅了紅耳根。

此前陸喚一心想獲得更多學識，無非是想早日擺脫自己在寧王府的困境。

但現在他廢寢忘食，更多是為了早日變得更強、有能力、有辦法為她找到合適的身體，讓她有朝一日不必這樣飄來飄去。

除此之外，京城水深，四處明槍暗箭，他要有足夠的自保能力，日後才能護得了她。

他清晨起來看的那些書之所以瞞著她，是因為全是一些講述鬼神寄身之法的書。

在還沒有找到辦法之前，陸喚想先不告訴她，等找到了那個辦法，再給她一個驚喜。

宿溪當然不知道遊戲裡的小人已經想得那麼長遠了，她寫作業的間隙，還在思考怎麼去完成那個獲得鎮遠將軍賞識和支持的任務七。

她趁著崽崽練功的時間，去皇宮外的街市上轉了一圈，看看能不能找到什麼突破口。

就在這時，突然看見長街上的布告欄附近，圍著一群卡通小人，正對布告欄上張貼的字張議論紛紛。

宿溪借著玩遊戲的優勢，直接將布告欄放大，一下子就看清楚張貼的是什麼。

原來是最近北境因為霜凍災害和旱災而生出暴亂，鄰國又虎視眈眈，燕國兵力不夠，鎮遠將軍府正奉命招兵。招兵既是給鄰國一個警告，也確實是為了前去鎮壓而做的準備。

藉由招兵進軍隊，顯然只是小兵小卒，根本接觸不到鎮遠將軍。

崽崽已經不是昔日的寧王府庶子了，現在好歹也是個從九品的五皇子伴讀，肯定沒必要透過這個管道進入軍營。

但宿溪還是趁著那些圍在那邊的卡通小人們不注意，撕了一張公告紙，將畫面切換到崽崽屋內，急匆匆地將公告「啪」地一下拍在他桌上給他看。

崽崽停下正在寫批注的毛筆，掃了一眼，道：「我昨日下學時，也聽聞鎮遠將軍府招兵的消息了，近日北境禍事頻發，我如果想建功立業，的確應該前去，這是在朝廷中立足最快的辦法。只是，透過招兵進入兵營的辦法不大可取，過於繞遠路了。」

宿溪和他想的是一樣的。

宿溪正有點頭疼，這任務七根本無從下手嘛。

就聽崽崽又道：「不過，前幾日我聽說兵部員外郎之職有個空缺，此職位從五品，倒是十分適合。但鎮遠將軍與兵部尚書對寧王府的印象都不大好，若是無人舉薦，要想進入兵部，很困難。」

宿溪沒想到崽崽進入太學院的這十幾天，根本沒閒著，已經透過太學院內的世子們，把朝廷官員之間的關係大致都摸清楚了。

她不由得很佩服，太省心了，這還要自己輔助什麼？

「妳不必擔心，我已有了辦法。」陸喚望著空中的虛無，眸中有著淺淺笑意，「妳只需陪——」似乎是意識到「陪」這一字太過溫情繾綣，少年突然耳廓微紅，聲音也戛然而止。

他換了個字眼道：「跟在我身邊便好。」

宿溪雖然還不知道他有什麼辦法，但是永安廟那件事，自己也只是從旁輔助，主要的事還都是崽崽自己完成的。

所以宿溪對崽崽非常信賴。

她見到崽崽這般胸有成竹的模樣，老母親的驕傲之心頓時油然而生，心裡也陡然敲起了戰鼓。

崽，快點搞事業！

京城連日大雨，農莊的溫室起了作用，所種下的農作物開始迅速發芽。

而宿溪時不時將畫面切換過去，隨手幫忙翻翻土，從商城中兌換一些效果百分百的肥料等物丟進去。

長工戊每天都在驚愕為什麼溫室裡的農作物比其他農莊的長勢更加驚人，不得不找陸喚討要了一些銀兩，將僱傭的十三個工人增加成了二十六個。

農莊這邊運作良好，而陸喚這邊，因為下大雨，無法出去騎射，太學院所傳授的科目也調整了，這日所授的是宮廷禮儀。

這一門課十分無聊，除了低調且循規蹈矩的二皇子，和不得不來上課的世子們之外，貪玩好淫的三皇子和自視甚高的五皇子一向都是翹掉這門課的。

五皇子雖然沒來，但作為五皇子的伴讀的陸喚卻必須來，將功課記錄在書卷上，到時候給五皇子。

來上課的世子們和達官之子們也都在睡大覺，反正寧王府的陸喚那裡有筆記。

這段日子以來，太學院的幾位學士都非常喜歡五皇子的這位伴讀，因其勤勉聰慧，無論什麼都對答如流。

但今日情況似乎有點不同。

幾個正在睡大覺的世子們忽然聽到講臺上被猛地拍了一下，傳授禮儀的上官學士臉色鐵青，道：「陸喚，你給我站出去！」

螢幕外正在寫作業的宿溪也被嚇了一跳，發生什麼事了？

她拽了拽崽崽的袖子。

陸喚垂眸，朝自己左袖處看了眼，示意無礙。

他抬起眸來，望向講臺上的那位上官學士，漆黑眸子裡有幾分冷意，臉上沒有任何表情，倒也沒反駁，徑直走出廣業堂外。

可外面還在下著大雨啊！

幾個世子不知這突然是怎麼了，有一個沒睡著的人對身側的人交頭接耳道：「上官學士方才說陸喚交上去的是白卷，所以勃然大怒，罰他出去淋雨。」

「這怎麼可能，你我都交白卷，陸喚也不可能交白卷。若他作答，試卷必定完美無缺。」

另一人古怪地嘀咕道：「先前來太學院和我們一起聽學的那兩位寧王府世子一個平庸

一個愚蠢，他們的三弟雖是庶子，但卻聰慧過人，寧王府的智商大概全都點在這個庶子身上了。」

有一個腦子轉得比較快，琢磨出了一點門道，伸長了脖子對前兩人低聲道：「你們有所不知，上官學士是寧王夫人的父親——」

「哦。」前兩人這才反應過來。

這原來竟是家事。

怪不得今日上官學士進來時就一直盯著坐在後面的陸喚，眼神像是恨不得將他剝了一樣。

世子們雖然最近抄陸喚的作業抄得十分歡欣，但是對上這種事，也不好說什麼。誰讓陸喚自己沒投好胎，投成了庶子呢？

唉。再朝外看去，見陸喚一人孤零零地被趕了出去，上次喊他去青樓的那兩人都心生不忍。

廣業堂外屋簷極其狹窄，怎麼站都會被淋溼一半身子。

但是此時卻沒有一滴雨落到陸喚身上。

他抬頭看了眼，就見頭頂莫名其妙多出來一片巨大的葉子，像是一把傘一樣，掛在屋簷上，剛好將他頭頂的雨全擋住了。

雨滴順著巨大葉子淌下去，連成了珠線。

陸喚心中生出一股踏實的暖意。

他接過巨葉，壓低了聲音對虛空解釋道：「前兩日寧王夫人回了一趟娘家，而這位上官學士正是她的父親。妳不要舉葉，手酸，也不要淋雨，進來一起遮。」

寧王夫人對陸喚得到老夫人的重視一事，一直咬牙切齒，想找機會報復，她暫時找不出辦法針對陸喚，便讓她的父親來。

宿溪牽了牽崽崽的左手示意，哦，知道了，自己也在葉子下蹲著了。

但她心裡有點鬱悶，崽崽那麼乖，怎麼總有人想著辦法要欺負他。今天要不是自己剛好一邊寫作業一邊上線，崽崽肯定又要淋雨了。

她有點心疼，但是見到屋簷下，崽崽頭微微仰著，望向瓢潑大雨，一張包子臉上卻好像並沒有什麼鬱色，而是悠然和安寧。

陸喚十五年裡淋過無數的雨，說出來有些荒謬和可笑，但今日淋的這場雨，卻讓他感到快樂。

他感到鬼神還在他身側，但是似乎因為他被欺負了，而感到鬱卒，都沒拉他的手了。他便低聲道：「妳放心，我自有辦法，回去與妳說。」

有個屁的辦法，螢幕外的宿溪將畫面切換到廣業堂內，見到上官學士那個老頭子還在講臺上一本正經地講什麼禮儀之道，就覺得一肚子火，不管崽崽有什麼辦法，她要先教訓這個老頭子一頓。

上官學士正要傳授下一部分的內容，忽然眉梢動了動，感覺頭頂有什麼東西發出了「吱嘎」一聲。

他下意識抬起頭，瞳孔頓時猛縮，只見頭頂的瓦片不知道是被連日的大雨壓得搖搖欲墜還是怎樣，總之好巧不巧，他頭頂的橫梁突然承受不住瓦片的重量。

「砰——」琉璃瓦片劈裡啪啦陡然落下，他快嚇死了，大叫一聲往旁邊躲開，但是被絆了一跤，避之不及，被砸了滿頭包。

瓦片掉下來之後，外頭的大雨頓時鋪天蓋地砸下來，一瞬間將他身上的瓦片和灰塵沖刷掉，又將他淋成了落湯雞。

他差點被砸暈了。

這下，廣業堂內昏昏欲睡的世子們再也睡不著了，目瞪口呆地看著眼前這一幕。有人匆忙叫道：「快傳太醫！上官學士暈過去了！」

廣業堂內亂成一鍋粥，外面的陸喚仍立在那裡，即便不進去，也知道發生了什麼事。他竭力繃住自己想笑的神情，但仍憋不住，眼角眉梢都是亮意。

他自己早已習慣這些刁難，也並未覺得屈辱，而是已經想好了別的辦法除去後患。

但她似乎每次都格外心疼他，格外替他憤怒，想要立刻替他報復回去。

現在想來，此前寧王府中兩個下人稱廚房鬧鬼一事，陸文秀莫名其妙推老夫人掉入溪中一事，恐怕也都是她在替他教訓那些人。

陸喚心中滋生出一些暖意，不禁低聲問：「妳在我的左邊，還是右邊？」

螢幕外的宿溪處理完那欺負崽崽的老頭子，才把螢幕切換到廣業堂外，見崽崽這麼問自己，她就隨便扯了下崽崽的左手。

然後就見崽崽將那片巨大的葉子從右手換到了左手，並且往左邊移了移，像是兩人真的站在傘下一般。

她：「……」

可憐的崽，老母親並不在傘下啊。

崽崽朝左側看去，彷彿凝望著虛空中並不存在的人。

不知怎麼，似乎是覺得靠得太近，他耳廓漸漸染上幾分紅色。

於是他繃了繃神色，小腳悄悄挪動，往右站了一點。然後昂首挺胸，竭力讓自己的側身顯得更英俊一點。

宿溪：「……」

這樣一來，崽崽就有半邊袖子淋在雨中，但他並不在意。

宿溪心裡有些犯愁，之前一問一答時，她不小心誤導了崽崽，讓他以為自己是陪在他身邊的鬼了。

原先宿溪覺得沒什麼，反正自己的確一直都陪在他身邊，螢幕內外，和鬼神也沒什麼區別。

但是直到最近，宿溪悄悄發現，崽崽開始翻閱一些《卜卦問靈》的書籍，似乎是想找到替她寄身的辦法……

宿溪看到時嚇了一跳。

他現在開心，是因為心裡還有寄託，以為有朝一日能夠讓她出現在他面前。

可一旦他發現這根本不可能，他所有的渴望會不會全都碎裂？

宿溪有些不安，但是竭力先不去想這件事，目前還有更要緊的事情要做。

上官學士和寧王夫人串通一氣，只怕不會就此罷休，而崽崽想要獲得鎮遠將軍賞識的任務七暫時也沒有著落，還有一大堆事情亟待解決。

她等崽崽放學，撐著油紙傘回到柴院內，趕緊將桌案上的筆墨紙硯攤開，然後拽了拽崽崽的袖子，意思是問他在太學院說他有辦法，是什麼辦法？趕緊說給她聽。

陸喚在紙張上落下「上官」、「柳州」、「雲州」幾個字，對身側道：「妳可知上官學士前段日子並未來太學院任職，是去做什麼了？」

宿溪不知道，她打算打開系統查一下，卻見崽崽繼續道：「他本是工部主事出身，前三個月，皇上想看雲州的雪，命他去雲州監督建造行宮。」

「雲州本身就是常年積雪之地，要想建造行宮，用不了三個月。而他回京之時，命人送了一些雲州特產來寧王府，給寧王夫人。」

宿溪滿頭霧水，不知道這其中有什麼關聯，但是仍繼續聽著螢幕上崽崽的分析。

崽崽的對話方塊繼續跳出來，他道：「他去建造行宮，本身就是大事一樁，在朝廷有賞，過陣子可能還會加官進爵，他回來時若是招搖一些，送來一些貴重的首飾珠寶，反而還符合寧王夫人娘家的作風。但他卻只是送來區區一箱雲州菌菇特產。」

宿溪明白了，事出反常必有妖。

崽崽下了定論，道：「只有一個原因，他從雲州行宮工程中，必定有所貪汙，斂獲錢財，這才不想招搖行事。雖然不知貪汙多少數目，但上官學士絕對不乾淨。」

可是，宿溪心想，即便有這個揣測，又怎麼借著這件事，在朝廷上弄死上官學士呢？

彷彿是猜出她心中的疑惑，崽崽又道：「此事自然不能借由我的手，我若是去告知五皇子，以五皇子擅功的秉性，必定會立刻告知皇上須查明此事。我若是告知二皇子，以二皇子彎彎繞繞的性格，此事必定會拖上數月。那樣一來，遲早會讓人知道是我最先猜疑上官府。我們必須藉一個急需立下大功翻身的人的手。快、狠、準。」

宿溪心想，崽崽和幾個皇子相處不過數日，倒是將各位皇子的脾氣摸得清清楚楚。

而這件事的確不能和崽崽牽扯上半點關係，必須要讓某個人發現這件事。

崽崽又指了指紙張上的「柳州」二字，對身側微微一笑。

他道：「柳州與雲州很近，前段日子被貶的太尉正是被貶到柳州當刺史。他若是開始猜疑此事，必定會去查，去往雲州，來回不過兩日，三日之內，此事便能有結果。」

「但雲太尉絕對不會無故去往雲州，貿然書信告知，以他猜疑的性格，也不會相信。還需要一個辦法將他引去雲州。」

「比起他，他的小兒子雲修龐倒是沒什麼頭腦，若是書信一封，先誘雲修龐去往雲州，再讓雲太尉知道自己兒子抵達了雲州，他必定會前去接人。」

「屆時，只需要讓行宮稍稍坍塌一些，便能讓他自己發現此事。」

「他一旦發現此事，為了這份功勞，為了官復原職，必定會快馬加鞭回京稟告此事。若無遺漏，屆時雲太尉將官復原職，上官學士會被貶。」

「待到雲太尉官復原職，他回想起來，或許這時才會疑慮起為何雲修龐會被一封假冒他之手的書信叫到雲州去。但那時他已得了我的好處，他即便知道了是我們所為，也不會如何。」

宿溪聽得眼睛冒光，但她知道，崽崽選擇雲太尉，絕對不會只是一箭雙雕！

肯定還有別的原因！

果不其然，又聽崽崽道：「除此之外，雲太尉是樞密武院的一品官員，掌管兵部任職一事，他能找出一百種由頭，將我安插進兵部員外郎這一空缺職位當中。屆時他官復原職，我們亦得到我們想要的，豈不兩全其美？」

這樣一來，宿溪糾結怎麼讓崽崽完成任務七，接近鎮遠將軍的事情，也有了初步的解決辦法！

她在螢幕外簡直想給崽崽鼓掌！

崽崽的籌謀布局比她想像的還要完美很多。

宿溪此刻有點搞大事、搞陽謀的激動感了。

先前收穫農莊和宅院，她還只是有了種倉鼠囤物般的滿足感，但現在更有了玩遊戲時的刺激感，一旦成功，崽崽的人才結交那一欄，搞不好就有雲太尉。

日後崽崽恢復皇子身分，雲太尉應該不出意外，會站在崽崽身後。

她心若擂鼓，和崽崽商量好對策後——當然，幾乎全都是崽崽分析，她聽著，並時不時做做筆記——她就和崽崽分頭行動了。

她已經解鎖了皇宮區域，弄來了雲太尉之前上書時留下的奏摺字跡。崽崽模仿雲太尉的字跡，寫了一封稱雲太尉想見雲修龐，讓他盡快前往雲州的書信。

接著，她在雲修龐上太學院時，將信放入雲修龐的書袋之中。

現在宿溪明白為何前些天會有救下雲修龐的支線任務了。顯然當時崽崽如果露了面，自然會從雲修龐那得到一些關於雲太尉的情報。

但換來的可能就是崽崽被那兩個世子記恨。

可顯然，崽崽很聰明，即便沒有從雲修龐那裡得到什麼資訊，他也能想出遊戲為他設定好的辦法。

這段時間以來，崽崽連夜挑燈夜讀和練功，練功體力方面已經累積了一個點數，武藝兵法方面也已經累積了一個點數，這兩個點數讓宿溪的累積點數達到了四十，正好能將雲州解鎖。

雖然崽崽已經讓長工戊私底下買人，讓人在兩日後雲太尉抵達雲州時，想辦法在建造完成的行宮弄出一點岔子。

但宿溪依然不放心，她特地將畫面切換到雲州幫了一把。

而接下來……

宿溪興奮地搓了搓手，就等著事情出結果了。

五日後，宿溪放學，而陸喚正在太學院作答考卷時，朝廷中傳來了一件大事。

說是前任雲太尉從柳州快馬加鞭回來，與皇上密談之後，舉報了雲州督公上官學士貪贓枉法、中飽私囊，皇上徹查之後發現果然確有此事。

皇上震怒。

一朝之間，雲太尉立下大功，官復原職，而上官學士下獄，其兩個兒子受到連累，被貶往邊遠州郡。

而其女寧王夫人因已經出嫁多年，受到皇上寬恕，暫未受到懲罰。

這件事的消息傳來，太學院還在考試的學子們震驚失色，議論紛紛。

窗外大雨瓢潑，陸喚面不改色，繼續作答。

但是剛放學的宿溪在公車上高興得差點跳起來，大事搞成功了！她參與感極其強烈！迅速打開螢幕，激動地拽了拽崽崽的後領子。

陸喚還在答卷，突然感到領子被拽了一下。

他嘴角露出無奈笑意。

他停筆，漆黑眼珠透亮，抬起頭，望向虛空的窗外，彷彿望向身側之人。

雖然一切都按照計畫順利進行，令他歡喜，但更令他歡喜的是，他身側之人的高興。

長路漫漫，孤寂且看不到盡頭，陸喚從來沒有想過會有一盞明燈作陪。

而今……他有了。

第十六章 從五品員外郎

宿媽媽最近對宿溪非常欣慰。

她家宿溪先前成績雖然好，但並不屬於非常用功的類型，反而每天放學後還要看電視劇看到很晚。

但是最近宿溪不知道是怎麼了，每天放學後不出去逛街了，也不賴在沙發前看電視了，一回來拎著書包，就衝進房間攤開作業本開始寫作業。

前幾天宿媽媽還擔心宿溪是關起房門打遊戲，中途數次藉著送牛奶推門進去查看。但每次推門進去，都發現宿溪還真的是在認真寫卷子……她疑惑之餘，心裡不由得十分寬慰。

除此之外，宿溪雖然先前因為骨折落下了一段時間的功課，但是上次考試卻仍保持在班級前三名，宿媽媽去參加家長會回來後便喜笑顏開，又多給了宿溪一點零用錢。

而宿溪在宿媽媽關上門之後，就悄悄鬆了口氣，將壓在手機螢幕上的試卷拿開。手機螢幕正開著，停留在遊戲畫面上。

屋內的崽崽正站起身，將快要燃盡的燭火重新點亮，絲毫不知道螢幕外發生了什麼。

不得不說，宿溪玩這款遊戲，覺得崽崽給了自己莫大的激勵。

他的勤勉程度讓宿溪望塵莫及，宿溪也不好意思每天只是完成學校裡的作業，便又買了一些課外的講義來寫。

而除此之外，和崽崽隔著一塊螢幕，一個在春雨綿綿的柴屋內，一個在窗明几淨的公寓房間裡，一起用功，也是一件讓宿溪感到身心非常愉悅的事情。

就好像有了陪伴自己並肩戰鬥的人，對於將來的升學考便沒有那麼焦慮了。

雲太尉官復原職沒過幾天，就透過雲修龐邀請了陸喚前去太尉府，說他與雲修龐同窗，希望他能為雲修龐慶生。

陸喚當時在那封給雲修龐的書信中留下了一些線索。

雲修龐是個單純的少年，沒什麼腦子，但雲太尉能爬到一品官員的職位，可不是什麼心思簡單的人，必定能聯想到什麼。

於是這日，太學院下學後，陸喚收拾好書冊，便和雲修龐一起前去。

——這些都在他和宿溪的預料當中。

只是，宿溪悲傷地發現點數不夠用了，雲太尉的太尉府也沒辦法解鎖，她就只能目送崽崽一個人去了。

宿溪倒是很想跟去，看看太尉府長什麼樣。

這整個遊戲和真實世界沒什麼兩樣，燕國江山風景如畫，她前幾天將畫面切換到雲州時，就被雲州那高聳入雲、宛如仙境的崇山峻嶺，以及建造好的飛閣流丹、畫棟飛雲驚豔了一下，四處悠轉，把每個角落都逛完，才幹完正事回來。

要是之後等崽崽恢復了皇子身分，閒暇之餘，她倒是很想帶崽崽一起去遊歷一番。

不過，她雖然不能去，但是系統很快彈出了太尉府中大致發生的情形。

『雲太尉認為主角年僅十五，不可能籌謀這一切，甚至將他這個為官數十載的太尉算計進去。他疑心主角背後有人，於是為難和考驗了主角。但主角全都對答如流。很快便令雲太尉刮目相看，心中對這少年生出了一些提拔的想法。』

宿溪在螢幕外非常的驕傲，太學院這一群應該是京城中世家子弟中最聰穎的一批少年們了，但是在她看來，全都不如崽崽。

何況，崽崽年紀還比他們小。

『雲太尉和丞相之間一向冤家路窄，是矛盾重重的政敵。他上次瀆職被貶一事，丞相在背後脫不了干係。但丞相是當今聖上的國舅，一人之下萬人之上，絕非什麼能夠輕易扳倒的紙老虎。雲太尉此次雖然官復原職，但是仍然和丞相府之間有著恩怨，即便暫時保持著表面的和平，可太尉府與丞相府之間的矛盾遲早會加劇。』

『他將此化作一個委婉的故事講述，把他和丞相化名為偏遠郡縣中兩個爭功奪權的下屬，想聽聽主角有什麼解決之道。』

宿溪心想，能問出這考驗，說明雲太尉已經對崽崽有幾分重視了。

『主角的回答是，下屬甲此時雖然暫時處於下風，但這卻也能成為他的優勢。下屬乙現在處於風光之中，但這卻也剛好是他的劣勢。畢竟下屬乙功高震主，沒有一個郡縣縣長不怕自己的位置被奪走。下屬甲不妨藉此暗示郡縣縣長，『坊間都傳言下屬乙立下了許多功勞，郡縣廟小，下屬乙難免自視甚高，起了反心，不如想什麼辦法對其進行牽制，除了郡縣夫人之外，再娶進來另外一位專寵的妾室，對下屬乙『老丈人』的身分進行削弱』。如此一來，下屬甲乙之間的博弈，便變成了三人博弈，分散掉下屬乙的精力。待到扶持第三人上位，令下屬乙與郡縣縣長之間有了裂隙後，下屬甲再休養生息，以逸待勞。』

螢幕外的宿溪：「！」

她宛如在看史書，她仔細讀了一番這行文字，就能明白崽崽的算計。

無非攪亂這攤水，然後渾水摸魚！

正所謂欲聲東先擊西嘛。皇帝整天想著怎麼馭臣，肯定也害怕國舅功高震主。往宮中送去美人，看起來是在分散掉皇后在後宮的寵愛，但實際上卻是在培養另一個國舅，分散掉丞相國舅的勢力。

等局面成了一灘渾水，三足鼎立，便有了機會，總好過雲太尉現在單方面挨打。

『雲太尉對主角的回答感到眼前一亮，不可思議主角年紀輕輕，卻能有這些心智。於是當夜叫來自己的小兒子雲修龐，希望小兒子既然與主角是同窗，今後便能和主角多走動。』

宿溪心想，果然，就算之前那個支線任務沒有完成，雲修龐也會成為崽崽的朋友。不過，崽崽如果真的能結交到第一個朋友，倒也是好事。

這段劇情過後，翌日，寧王府中竟然來了一道聖旨！

不知道雲太尉進宮和皇上說了什麼——也可能只是隨口一提，畢竟現在雲太尉剛立下大功，皇上滿足他的建議也不是什麼大事。

況且兵部員外郎這個職位是從五品，算不上什麼大官，更算不上什麼肥差，本來也是一些王侯世子們當職的。

再加上皇上對上次秋燕山圍獵第一的崽崽也有點印象，便隨手下了一道聖旨。

這對於沒落已久的寧王府而言，可是一件天大的事情！

要知道寧王府中已經多久沒有接過聖旨了！

自從寧王被派去邊遠地區之後，寧王府只剩下婦孺老幼，在京中一天不如一天。

老夫人這些年來急著將孫子們往朝廷裡送，也是因為這個原因，生怕自己還沒死，寧王府就徹底凋零了。

但萬萬沒想到，才剛進入太學院多久，她這個庶孫便得到了舉薦，一下子從九品伴讀之職升遷為從五品的兵部員外郎！

雖然是從五品，暫時還只是個小官，連上朝都不必，可是此舉卻讓老夫人看到了希望。

老夫人的激動自然表露無遺，但這幾天寧王府中，寧王夫人和陸裕安、陸文秀兩兄弟卻是宛如蔫了的茄子一般，喪得抬不起頭。

畢竟，寧王夫人的娘家上官府直接倒臺，這意味著寧王夫人便再無仰仗了。

她原本在老夫人面前就要低人一頭，現在更是不敢見到老夫人，夾起尾巴做人。

寧王府一件悲事、一件喜事，寧王府上上下下也議論紛紛。

宿溪因為心情激動，特地等著聖旨來的這一幕。她現在的心情就像是親眼看見，崽崽在她的輔導下，從幼稚園小班最後一名，變成小組長了。以後就可以開始收作業了！媽能不高興嗎？！

聖旨來之後，崽崽又被賞賜了些東西，還有許多老夫人讓嬤嬤送來的東西。這些賞賜之物，放了幾個箱子，已經擺滿了半間屋子，算進他的家財的話，已經遠遠勝過那兩個嫡子許多了。

陸喚不以為意，但是他轉過身，聽見身後箱子裡面的珍珠項鍊之類的珠寶發出被撥動的細微響聲，眉梢便忍不住流露出些許的笑意。

她一向對這些亮晶晶的東西很感興趣。

燕國普遍入朝為官都是二十幾歲，最早的也不過十七歲的世家公子們。十五歲入朝為官，且升任從五品，已經是較為罕見了。

不過，因為從五品只是個小官，倒也沒在京城中引起太大的矚目。只是寧王府中上上下下心情複雜了一番，以及太學院的學子們悄悄議論了一番罷了。

等到這一道聖旨下完，陪老夫人吃過晚宴，陸喚回到柴院，開始收拾行李。

官從五品，是要搬去兵部住的。

陸喚從幼年起便時常想像，有朝一日自己得以離開寧王府，究竟會是以何種方式現在這個地方，他終於要離開了。

他立在屋簷下，宛如擺脫了什麼困縛自己多年的泥沼一般，深深地舒了口氣。他抬頭看向更加廣闊的天空，夜裡月朗星稀，天高地遠。

雖然離開寧王府是他長久以來的夙願，可是他卻十分捨不得這處柴院。

柴院處處都是她留下的痕跡，原本東倒西歪而被她扶正的竹林、被收拾整齊的廚房、簷下這一盞暈黃明亮的兔子燈、還有修補過的屋門和屋頂——這些都是陸喚先前不願搬去老夫人賜給他的靜園的原因。

他沒有什麼行李，要帶走的都和她有關，炭盆、燈籠、衣服、長靴、那些來往過的被他悉心收藏的紙條。

他將燈籠取下，將這些好好地收進箱子裡，打算隨身帶著去兵部任職。

宿溪吃個晚飯的時間，遊戲裡就天黑了。

她再次上線，只見崽崽又坐在屋門前的門檻處，望著虛空的地方，彷彿耐心地等她來。她先進屋子看了眼，發現崽崽已經把東西都收拾好了，不由得心裡也生出了一點悵然，雖然寧王府很討人厭，但是這柴院她和崽崽的確住過很久——當然，是崽崽一個人住，她時不時上線。

現在終於要離開了。雛鷹要離開起始點，變為雄鷹，振翅高飛，飛向更加廣闊的天地。

她固然為崽崽感到高興和喜悅，但心頭還是有一點複雜的情緒。

她將畫面切換到屋門處，在崽崽腦袋上點了一下。

崽崽方才還安安靜靜的神情，立刻因為她的到來而變得欣喜。

每次她上線時，崽崽都這樣，雖然竭力控制住喜悅，但眸子裡剎那間亮起的光是騙不了人的。

這讓宿溪心頭不由得有點愧疚。

可是……崽崽，你接聖旨時我不是才上線過嗎？到現在也不過遊戲裡半天的時間！怎麼搞得跟一秒不見如隔三秋一樣？！

崽崽乖乖坐在門檻上，雙手放在膝蓋上，仰著頭，對她道：「我明日出發去兵部，在那裡會有住宿，妳仍會跟著我嗎？」

廢話。

宿溪戳了戳他的左手。

他垂下頭去看自己的左手，微微抿了下唇角。

他知道她會跟著他去往兵部，兵部和寧王府都在京城，只不過隔著幾條街的距離而已。

只不過是因為太過在乎，所以害怕出現什麼變動，所以仍然不確定，想要問出口，想要得到確切的回答，如此心中才能踏實下來。

過沒多久，崽崽像是極力鼓起勇氣，垂著頭，又問：「日後，無論我去哪裡……妳都會在我身邊嗎？」

宿溪被崽崽那副小媳婦樣逗樂了，心想這可未必，崽崽你去茅房，媽就不方便一起了。

陸喚沒得到她的回答，立刻繃緊了身子，茫然地看向空中。

——是沒辦法做出承諾嗎？

他心中直直下沉，張了張嘴巴，正要開口說些什麼，左手又被拍了一下。

陸喚：「……」

他的一顆心臟這才停止墜落，平安無事地落至了地面上。

所以，若是她始終跟著他一起，天大地大，在哪裡並沒有什麼區別，在柴院不過待了三月之久，在別的地方說不定會待半年之久，而有朝一日，他們會尋到一處住處，安下家。家裡面要擺滿了她喜歡的珠寶和胭脂。

螢幕外的宿溪不知道崽崽在想什麼，只見他莫名其妙的，雙眸中就生出一絲明亮的嚮往，包子卡通臉也微微發紅。

宿溪：「……」

孩子傻了，兵部不是苦差事嗎？有那麼令人嚮往嗎？！

宿溪沒有忘記竹林裡還埋著自己先前放在裡面的木箱子，木箱子裡全都是崽崽送給自己的寶貝。既然要搬家了，那這些也要搬走。於是她拽了拽崽崽的袖子。

陸喚不解地看向自己的袖子，見自己袖子被拽向竹林的方向，心想竹林裡應該是有什麼，便跟著她過去。

宿溪從廚房抓起一把鐵鍬，塞進崽崽手裡。

之前她是從商城兌換挖坑的操作，但現在既然崽崽在這裡，這點苦力活就讓他做好了。

陸喚立刻領會，莫非她有什麼東西埋在這裡？他立刻挽起袖子，露出修長的手臂，拿起鐵鍬開挖。

很快，宿溪埋在這裡的箱子便露出來了。

陸喚打開，見到裡面所裝之物後，頓時愣了愣。裡面整整齊齊收藏的全是他那段日子送給她的小木雕之類的小東西，後來他為她買的胭脂盒，他一直不知道她放在哪了，原來也埋在了這裡。

裡面還有一些疊好的小紙條。

月光鋪灑下來，這些木雕栩栩如生。

陸喚抬頭朝虛空中看了一眼，彷彿在眼中描摹了她的身形，心頭微微動容。

他一直以為，她的出現與存在，對他而言，是茫茫灰霧中的唯一一束亮光，也是他所得到的最大的幸運與饋贈。但自己對她而言，可能只是興之所起，隨手救贖的一個人而已。

自己無時無刻不在等待她來，但她卻是興之所至，隨時來，也隨時可以離開。

陸喚一直知道這一點，但從不敢表露半點苛求，因為怕有一日，她與自己打招呼離開後，便再也不來了。

可現在看到這些東西，被她仔仔細細地收藏起來……

陸喚心中忽然生出幾分澀意……他沒有想過，他也被她珍之重之著，他也被她在乎著、惦記著。

即便這些分量，可能只是她世界的十分之一。

但那樣對陸喚來講，便已經是他拚命奢求都想要的東西了。

他有了真真切切被在意著的感覺，心頭好似被什麼一點點填滿，他望向空中，不確定她在哪個方向，便抬起手。

宿溪見崽崽沉思了好半晌之後，眼眸似水地抬起頭——雖然不知道他想幹什麼，但他這包子臉上亮晶晶的眼神就像是「好開心要抱抱」一樣，確實，好不容易晉升幼稚園小組長了，半夜又辛辛苦苦地挖箱子，是該鼓勵一下，於是宿溪牽了牽他的左袖。

然後猶豫了下，用另一根手指往他懷裡蹭了下。

最後安撫性地拍了拍他後脖頸。

一個來自老母親非常草率、簡陋、敷衍的擁抱就完成了。

螢幕上的崽崽頭頂冒出：「……？」

陸喚不可思議地睜大眼睛——

他方才怎麼感覺那道風鑽進了自己懷裡？

……是他的錯覺嗎？他方才是不是被抱住了？

可是因為她只是一道看不見的風，他也並不確定是自己胡思亂想，還是方才確有此事。

他竭力裝作若無其事，俯下身去搬箱子，可耳廓仍是難以控制地紅了。

當他將箱子放在一邊時，仍忍不住去想此事，於是頭頂問號變成了兩個：？？

宿溪拽著他袖子往回走，見他腳步飄忽，耳根微紅，不知道在想什麼，頭頂的問號不知何時變成了四個：？？？？

而等他走到屋門前，進了屋子後，頭頂的問號已經變成了一大堆占據了整個螢幕：？？？？？？？？？？？？？？

宿溪：「……………」

你他媽怎麼還在想？

這一夜，宿溪陪著崽崽收拾好東西，便一如既往地勤學苦練，等到夜深了，崽崽睡下後她才扔了片梨花給崽崽，告訴崽崽自己走了。

但實際上，她還沒走，她這邊才晚上七點多，她一邊繼續寫作業，一邊繼續開著螢幕，看崽崽睡覺。

翌日，太學院中許多人也聽說了此事。

但是這些學子們道聽塗說，且不知道其中緣由，以為是寧王府的庶子巴結了雲太尉的小兒子，這才令雲太尉進宮替他討了個官職。

五品員外郎雖然不算什麼大官，但是陸喚一無什麼背景，二又是個庶子，直接從九品跳到了從五品，還是很讓這些學子們眼熱。

雖然明知道肯定會出現這些言論，但是見到太學院那些聚集在一起交頭接耳的卡通小人，宿溪就有點生氣。好好的時間不做正事，天天討論她的崽崽幹什麼呢。

陸喚倒是習以為常，低聲對她說：「讓他們說，這種流言於我反而有利。」畢竟，他如今確實沒什麼靠山背景，如果過於嶄露頭角，反而木秀於林，風必摧之；但若在眾人心中成為靠著朋友走後門的無用之人，反而對他更加有利，待到他真的立下實功，有了立足的根本，到時候這些流言便可不攻自破了。

宿溪見崽崽彈出這麼一段話，心頭怒火稍稍平息了。

而自從雲太尉讓雲修龐和崽崽結交之後，這雲修龐倒是十分聽他爹的話，一下課、一放學就黏著崽崽。

這天放學後也是，一直跟著崽崽，從廣業堂走到太學院門口。

崽崽像是有些不耐煩，十分冷淡，但這小胖子卻眼巴巴地一直跟著。

宿溪能明白雲修龐為什麼這麼跟著崽崽，因為雲修龐在太學院一直受到欺負和霸凌，即便現在雲太尉官復原職了，那些人有所收斂，但也沒有停止對他的嘲笑。而崽崽雖然年紀比他小，可是氣場卻較懾人，他本能地想跟著崽崽，以為能受到保護。

宿溪想完成上次沒完成的支線任務，讓雲修龐成為崽崽的朋友。

除此以外，她看著螢幕上一前一後兩個小包子。前面一個面容漠然，氣場冷冽，後面一個宛如肉球，跌跌撞撞跟著，就像看見兩個幼稚園小朋友，其中一個想和另一個做好朋友一樣，心中難免生出了幾分老母親的慈愛之心。

崽崽也應該交一個朋友了。

這樣的話，自己偶爾不在，崽崽也不至於太孤單。

長工戊年紀二十多了，雖然這麼說很殘忍，但就是門不當戶不對，肯定和崽崽聊不來。

而這個雲修龐雖然愚笨了點，但卻是個老實的小胖子，再加上又是太尉之子，長大以後絕對是京城官員，他適合和崽崽做朋友。

老母親這麼安排著，於是在崽崽走到街市上時，推了推他的手，示意旁邊的糖葫蘆。

陸喚以為身側之人想吃糖葫蘆，眼角眉梢融化了一些，從懷中掏出一些銅板，遞給賣糖葫蘆的小攤販，道：「兩串。」

買完之後，他打算拿回去，雖然她不能吃，但是她可能十分喜歡糖葫蘆，擺著看看也是好的。

但宿溪隔著螢幕突然抓住了他其中一隻手臂。

崽崽：？

接著，宿溪抬起崽崽的手臂，朝跟過來的雲修龐舉起來。

螢幕上的小胖子頓時喜出望外，抹了把眼睛，感動得快哭了：「喚弟——不，陸喚，這是給我的嗎？」

崽崽頭頂：「……」

陸喚眼睜睜看著雲修龐把自己買給她的糖葫蘆拿走，當場開始啃起來，心中不大愉快，死死盯了他一眼，拿著剩下一串，扭頭就走。

雲修龐不知所措，趕緊跟了上去，他一邊小跑，一邊吃糖葫蘆，那糖葫蘆的糖油看起來十分香甜，他吃得滿嘴都是。

見陸喚回頭望過來，他似乎是很想結交這個朋友，於是撓了撓腦袋，努力逗這個朋友笑，便一口氣將糖葫蘆全都咬進了嘴裡，頓時嘴裡鼓起來好幾個包，鼓鼓囊囊，看起來十分好笑。

這小胖子其實挺有意思的，螢幕外的宿溪被他可愛到了，下意識拽了拽崽崽的袖子，讓他多看幾眼，別老嫌棄人家。

可崽崽望向身側，心情好像越來越糟糕。

他陰晴不定地看著雲修龐，轉身繼續往前走，手上拿著那一串糖葫蘆，情緒沉沉，不知道在想什麼。

忽然，他冷著臉咬下一個糖葫蘆，塞到臉頰邊，鼓鼓囊囊。

然後側過頭，沒什麼表情地朝著左邊宿溪的方向看了眼。

宿溪：？

宿溪還沒想清楚崽崽在幹什麼，忽然就見螢幕上，他頭頂跳出個氣泡，那氣泡有點急，趴在他頭頂。

——我也可以。

宿溪：「…………」

螢幕外的宿溪快要笑死，崽崽顯然不知道他的心理活動都變成氣泡一則接一則地蹦出來。宿溪也就裝作不知道孩子爭風吃醋的小心思了。

眼看著崽崽目前對雲修龐還是很排斥，宿溪是個支持交友自由的老母親，就沒有強行逼著兩人做朋友。

但是方才自己抓起崽崽的手送給雲修龐的那一串糖葫蘆，已經被系統判定為主角在主動示好了，於是螢幕上很快彈出訊息——

『恭喜完成支線任務五：結交到第一個朋友，任務獎勵金幣加兩百，點數加二！』

這樣一來，宿溪這邊順利地有了四十二個點數！她的目標是盡快累積到一百個點數，到時候就不必透過拉袖子和崽崽溝通了。

而且根據系統的提示，到時候商城還會解鎖什麼大禮包！現在已經走了二分之一的路了，想想還有點激動！

寧王府中的下人及侍衛替陸喚將行李搬到兵部的官舍之後，陸喚正式去兵部走馬上任。

從五品兵部員外郎的服飾是深青色長袍，上面畫茱萸紋，繡深褐色青虎。

宿溪看見崽崽將殷紅色的九品伴讀服換下來穿上這一身，還覺得有點可惜，畢竟伴讀服的顏色很好看。

不過等崽崽穿上新的一身官服之後，宿溪又立刻打臉自己了。

人靠衣裝都是假的。崽崽居然穿什麼都很好看，有著不同的風采。

穿九品伴讀服像是精雕玉琢的小公子，穿上從五品的武官服又更添幾分銀槍雪劍的清雋。

陸喚去官銜的第一天是辰時，宿溪這邊已經晚上了，本來到了快睡覺的時間，但宿溪臨睡前靠在枕頭上，決定再玩一下遊戲，送崽崽第一天報到。

於是她用支線任務換來的兩個點數解鎖了兵部四部的區域。

兵部老大是兵部尚書，二把手是兵部侍郎，這兩位統管兵部下設的四個部門。一部主管武官承襲及兵吏選拔，二部主管採購與收管戰備物品，如馬匹、武器等，三部涉及軍功賞罰，四部則涉及兵書軍報傳達。

每個部門又有正職——正五品的兵部郎中，副職——從五品的兵部員外郎，底下從屬的有十幾個主事，每個主事手底下又有一些辦事的官吏。

陸喚要任職的部門是兵部二部。

他現在這個職位，就相當於兵部二部的二把手了。

宿溪花了點時間在系統的官員背景介紹裡弄清楚這些之後，就非常期待崽崽第一次當朝為官是怎樣的畫面了。

從五品的兵部員外郎雖然只是個連上朝都不用的小官，但是手底下好歹也掌管著二部的十幾個主事，應當挺有官威的吧。

但萬萬沒想到，崽崽第一天當官，便被兵部二部的主事們下了個馬威。

崽崽出現在官衙大門時，這些主事們還聚集在一起交頭接耳，聲音也很大，完全不顧及當事人已經來了，彷彿就是說給陸喚聽的。

螢幕上彈出大段大段不屑的文字。

「真不知道那小子怎麼就得了雲太尉的賞識，竟將他安排進這裡！這種走後門的方式，真叫人不齒！」

「對，區區一個寧王府的庶子罷了，此前沒有任何功勞，也就和那些世子們在秋燕山圍獵了一次，憑什麼壓我們一頭？」

「我們這些主事，雖說並非全都是高官之家出身，但好歹也都是正經八百一步步升遷上來的。主事甲是戎洲郡守之子，主事乙還是三年前的探花郎呢！我本以為員外郎的職位空缺之後，會是從這二人之中的一個升遷至此位置，可誰料竟然來了個毛都沒長齊的小子！」

一堆人中間，頭頂上有主事甲和主事乙名稱的兩個人，表情尤其古怪。

一個面露憤懣，握緊了拳頭，一個倒是將情緒隱藏得很好，連忙擺手道：「不不不，主事丙兄，我考取探花郎那是多少年前的事情了，現在自然長江後浪推前浪，不如京城中年輕的世子們了。」

宿溪頓時就覺得這個探花郎主事乙心眼挺多的，果然，他這麼自謙一句之後，主事們立刻更加覺得不公平了。

紛紛道：「我們最是看不起那些子承父蔭的人了，世子又如何？京城中誰人不知，寧王府已經沒落了，何況新任員外郎還只是個下賤的庶子！能成什麼大事，恐怕只是個中看不中用的廢物！」

烏泱泱的十幾個人，你一句我一句，口口聲聲寧王府低賤的庶子，將崽崽貶得一文不值。

宿溪沒想到會是這樣的情況，心裡十分不好受。

但這種情況倒也正常，畢竟這些主事們還以為新任的員外郎會從他們中間挑選，誰知突然來了個天降，他們不陰陽怪氣的才怪。

只是接下來，崽崽的處境恐怕不會太好過。

不知道這些人會怎麼刁難崽崽。

陸喚身後跟著兩個寧王府的侍衛，替他拎著包袱，他將這些人的諷刺一字一句聽在耳朵裡，但神色卻並無波動。

他腳步在官衙門口稍微頓了頓，讓兩個侍衛先進去替他收拾桌案，才低聲對身側道：

「妳還沒走嗎？」

宿溪剛才跟崽崽打過招呼，她快要走了，只是洗漱完後，又忍不住在床上打開螢幕。

宿溪悶悶地扯了下崽崽的右手，心裡一陣苦澀。

雖然這段時間以來，崽崽已經很努力了，從永安廟到秋燕山再到雲州行宮一事，終於擺脫了寧王府中的困境。

但似乎還不夠，在這些人眼裡，他只是個可以任由別人欺負的沒落異姓王府的庶子。

在太學院裡也是，那些學子們雖然表面上與崽崽交好，抄他作業，但背地裡還是覺得他只是個寧王府的庶子。

而這些成年官員，欺負一個少年就更加不遮不掩了。

她現在都不指望遊戲中盡快出現有關崽崽身世的劇情了，只希望崽崽能早日出人頭地，不再被這些人小瞧。

陸喚雖然看不見身側之人的表情，亦看不見她的動作，但僅僅只是她拉他手的這個動作，他就能分辨出她情緒似乎不太高昂。

陸喚想了想，猜出了為什麼，便對她道：「妳去休息，先睡上一覺，待妳再來，我答應妳再聽不到這些人說這樣的話。」

而宿溪這邊的螢幕上也突然彈出了第六個支線任務——『支線任務六：將兵部二部收拾服帖，解決二部歷年來頭疼之事，初步引起鎮遠將軍與兵部尚書的注意！任務獎勵兩個點數！』

即便這不是新的支線任務，也必須幫崽崽收拾這幫兔崽子一頓啊！

宿溪勾了勾崽崽的左手，示意他自己這就下線。但是她看著螢幕上崽崽走進官衙裡，而那群主事跟沒看見似的，自顧自地走開，心頭還是忍不住一團火。

她一時片刻想不到這些人該怎麼收拾，便打開商城翻了翻，搜索兵部關鍵字，找來找去，只找到一本往年戰備物品的精簡帳本。

這精簡帳本是二部的東西，應該會有用。

於是她扯著崽崽走到官衙後面，將帳本先交給崽崽再下線。

宿溪也實在睏得不行了，心裡還琢磨著這個支線任務恐怕不是一時之間能完成的，眼皮就開始垂下，沉沉睡意襲來，過沒多久就睡著了。

而陸喚這邊，見他的侍衛幫他收拾好了桌案，那群主事們抬起眼皮瞧了眼，不知是誰發出一聲陰陽怪氣的冷哼。

陸喚掃了這些人一眼，視線很快便鎖定這些人中的主事甲和主事乙兩人。

其他主事似乎是以這兩人為中心的，這兩位身分應該比較突出。

但這兩人之間的關係似乎又不大好，一人各自在桌案的一邊，離得遠遠的。

陸喚心下了然，不再言語，轉身進了官衙幕布裡自己的位置。

見他進去了，這些主事才不再死寂，又開始交頭接耳，稱這少年官威好大，不知道到底有什麼真本領。

陸喚開始翻看二部往年的帳本。

大約兩個時辰之後，外面忽然一陣嘈雜與吵鬧，似乎有官吏來報告，說出了事情。

所出的事情有兩樁。

一個主事負責採辦的馬匹，在兵營中看守的官吏沒看守好，跑掉了幾十匹！

另一樁是，近些日子以來鎮遠將軍府招兵，導致對武器的需求增加，二部不得不增加採買長槍銀劍等武器的數量。

但是問題來了，將武器從鍛造處運輸到武器庫的途中，遭到老百姓的抗議，稱運輸時板車嘈雜擾民。

除此之外，武器運輸時官吏辦事不當，途中也丟了許多武器——燕國禁止草民私人採辦武器，就怕京城中有歹人將這些兵營的武器撿走，為非作歹。

這兩樁問題不算小，外頭的主事們焦頭爛額，議論紛紛，吵成一團。

陸喚裝作沒聽見。

片刻後，二部的郎中來了。

這郎中早就想把自己兒子安插進員外郎的副職了，但怎料還沒來得及安插，這個位置便先被雲太尉舉薦出去了。

他心裡也十分不滿，生出了些齟齬。但是他畢竟比那些主事們圓滑得多，況且他在雲太尉手底下當差，怎麼樣也要給雲太尉幾分薄面，因此不敢當面讓陸喚難堪。

不過，現在既然出了問題，倒不如叫新上任的這小子出來解決。

到時候解決不了，可就不是他們刁難這小子了。

他讓人把陸喚叫出來，問：「不知新上任的員外郎對這兩樁急事有什麼看法？」

陸喚抬眸問：「我若給出對策，主事們便必定去執行嗎？」

主事們心中輕蔑。這人分明還只是個少年，即便穿著官服，身段再好看，臉龐再俊美，也只是個初出茅廬的少年罷了。

底下的主事們不知道是誰低聲不屑地說了一句，「不過是個走後門進來的庶子罷了，太學院都沒上過幾天，能有什麼妙計？」

二部郎中表面功夫還是要做的，立刻呵斥道：「休要胡言！」

他對陸喚溫聲道：「請說。」

「解決這兩件事，很好辦。」陸喚道：「第一件，馬之所以會跑，全是看守方的失職，原本只要揪看守之人的錯即可。只是如今看守的乃三部兵營的人，我們二部勢弱，不便與之起衝突，所以才成了一件頭疼的問題。」

「那麼只需要與三部談妥，減少看守馬匹的兵吏，增加僱傭的馬夫即可。兵吏不擅長管理馬匹，還經常擅離職守。但馬夫是用銀兩僱傭來的，且全是平民，不敢在兵部眼皮底下瀆職。如此可保證這種事情不再發生。」

來自戎洲的主事甲冷笑一聲，駁斥道：「你又怎知三部會同意我們這麼做？」

陸喚神色平靜，道：「你恐怕沒有注意此次鎮遠將軍府招收新兵的公文，招收的兵吏中，有一些是要送到三部去的。說明此時三部明顯缺人。讓他們減少人手，他們又怎會不同意？何況，僱傭馬夫的銀兩從我們二部出便是。」

探花郎主事乙面露難色，委婉地道：「但是，這些銀兩又是一筆支出，豈不是增加了我們二部的財政支出……」

陸喚掃了他一眼，與他算了一筆帳：「僱傭一個馬夫一月半兩銀，五個馬夫一月也才二兩半銀子。」

「而我剛才翻了翻二部歷年來頻發的事件，發現馬匹逃跑這類事件，大大小小，一月至少兩次。每次耗費兵吏去抓，且賠償給馬匹搗毀的田地損失，便已經十幾兩銀子。哪個更增加二部的財政負擔，你算不清楚嗎？」

探花郎主事乙頓時面色訕訕。

主事們雖然並不想承認，但不得不說，這少年的對策言之有理。

「那第二件事情呢，莫非你這天才少年也有了對策？」主事甲環視了身側一圈，見有些主事臉上竟然流露出贊同之色，心中更加怒火中燒，不甘心地嘲諷道。

陸喚不理會他言語中的不遜，轉身對二部郎中分析道：「第二件，擾民、丟武器，本就是運輸的官吏的失職。可為何會這樣？運輸本身並非一件難事，竟然還會弄丟如此多武器？未免令人奇怪。若深究起來，無非運輸途中大小官吏層層中飽私囊，到了底層官吏，掏不出這油水，便拿了武器去變賣，變賣了武器，還稱之為『丟了』罷了。」

探花郎主事乙為難地道：「這些詭異之處我們並非不知，只是二部底下官吏人數眾多，且層層環扣，若是當真追究起責任，只怕是好大一樁事情，會耗費數月去調查。如今二部尾大不掉，並沒有精力去一個一個懲罰這些官吏。何況若是鬧大，鬧到聖上面前，我們還會被追究瀆職的責任。」

郎中雙眉緊蹙，顯然也是想到了這件事情牽扯甚廣，他問陸喚：「你可有什麼辦法？」

陸喚言簡意賅道：「不如讓京城中的貨商接手此事。一來，節省二部兵吏，裁去部分冗雜兵吏，減少開支。二來，貨商常年運輸物資，比半桶水的官吏更加懂得如何安全運輸，可減少路上造成的損耗，避免百姓投訴。」

「三來，也可以減少官吏中飽私囊的環節，避免有朝一日皇上調查起來，問責此事。四來，對貨商們進行考估，京城貨商不下數十位，讓其各自拿出誠意，挑選出最合適的貨商來接手，良性競爭，也能令負責此事的貨商更加嚴謹慎重。」

官民合作，這在燕國此前並非沒有，兵部二部也有權如此做。

只是這辦法，底下的這些主事們卻從沒想到過！

他們先前考慮此事時，一直都在頭疼如何告誡中飽私囊的那些人，可萬萬沒想到，換一個角度想問題，視野頓時開闊了！

陸喚的對策一說出口，有幾個主事臉上的神色立刻不一樣了。

其餘人心中也大為吃驚，覺得這少年所提出的對策都並非紙上談兵，而是直接對症下藥，解決了他們二部目前的困境。

可是，這少年區區十五歲，如何想到這些解決之道的？！

二部郎中雖然有心讓自己兒子坐上這個位置，但此時也不得不承認，自己兒子絕對沒有眼前少年這般能幹。

若是按照他所說的去解決，二部長久以來一直困擾的事情說不定真的可以迎刃而解！

郎中臉上頓時喜出望外。

底下許多官吏其實心中已經服了，怪不得這太學院是燕國第一學院，教導的是各位皇子，太子之師也出身於太學院，教出來的學生果然不一般。

這少年雖然年紀尚輕，但果真並非什麼繡花枕頭，而是有真才實幹，見識謀略也令人敬佩！

但是，心中有些服氣了，卻仍不太能拉下臉來。

他們一個兩個都是二三十歲的青年人，甚至還有四五十的為官者，讓他們聽一個少年調遣？！

主事甲看了眼周圍，見大家都不出聲，一副不得不贊同的模樣，有些冒火，忍不住道：「你了解往年情況嗎？便提出這樣的建議，若是解決不了目前的困境，你當如何？」

桌案後的少年睨了他一眼，反問道：「你又了解往年的情況嗎？去年馬匹多少？官吏多少？武器多少？」

「……」主事甲自然全都答不上來。

而陸喚卻對答如流道：「前年馬匹三千兩百，去年無戰亂，馬匹僅有五百匹。前年二部官吏一百二十三人，去年增加許多，為一百六十三人，其中有一些大約是買了官進來的。前年武器兩庫房半，去年有許多生了鏽，足足兩庫房。」

這些帳本足足有十幾本，且被探花主事乙記載得凌亂無比，只有探花主事乙自己能看懂，可為何他來二部不過半日，在這樣短短的功夫內，竟然能全都記下來？！

這是何等的天才記憶？！

這一下，底下全都大驚失色，噤了聲！

陸喚心想，也不知道她從哪裡翻找來的，弄來的那本帳本倒是剛好派上用場。

他方才粗略一翻，發現全是精簡過的有用數字，便在短短時間內一目十行地掃完，全記下來，此時能拿來唬人，還有她的功勞。

而二部郎中盯著陸喚看了許久，神色一變再變。

片刻後，他揮了揮手，對底下的主事道：「便按員外郎說的辦。」

「員外郎」三個字一叫出口，便是他已經認可陸喚這個從五品的員外郎了。

第十七章　他獨一無二

三日後，陸喚所說的兩個辦法果然見效！

三部本來就缺人，如果用在二部事務上的官吏能精簡，自然是求之不得，何況三部還抱著落井下石的想法，以為二部此次將事情攬過去，必定會處理得焦頭爛額，到時候更加亂成一鍋粥。

但萬萬沒想到，二部另聘了馬夫管理馬匹，並讓人從中斡旋，暗示馬夫們兵民合作，這乃是鐵飯碗。

那些馬夫訓練有素，從二部得到的月銀雖然不算多，但馬夫們自以為在吃國家飯，於是並不在意所發的俸祿少了一點，反而還十分高興！

這樣一來，二部不僅完美解決了此事，長此以往，竟然還能減少許多財政支出。而武器之事，也很快地順利解決。

二部的消息放出去之後，京城中許多貨運的富商便蠢蠢欲動。

陸喚讓主事們先將合作之事炒起來，讓富商們以為會是一塊肥油差事，心中暗自較量。

待到富商們想盡辦法、擠破了頭想要攬這差事時，再適當壓縮克扣給予富商們的利潤空間。

如此一來，成功解決此事之餘，還大大減少了二部的人力、物力、財力。

這兩件事一向讓兵部二部頭疼不已，每年招兵，這兩件事都需要好多個主事去處理。有的走訪京城中安撫百姓，有的焦頭爛額地去追蹤武器去向，總之是手忙腳亂。

但新的員外郎走馬上任之後，卻迅速解決了二部的兩個病灶，堪稱雷厲風行，績效有功。

經過此事之後，二部的主事們心底對陸喚發生了一些微妙的變化。

原本以為這少年是憑藉著雲太尉和寧王府的關係才進到他們的官衙，但現在看來，這少年多謀善斷，確然有過人之處。即便是不和他們比較，在這京城中的世家子弟中，也絕對是不可多得、出類拔萃的人才。

眼瞧著頭疼之事就此解決，二部郎中深深舒了口氣，對自己新上任的這個少年副官終於多了幾分青睞。想來若是這少年一直留在自己這裡做這個員外郎，還愁二部每年的績效嗎？還愁自己不能升官嗎？先前自己還想將他弄走，讓自己兒子任職這個職位，但現在想來，這麼做恐怕太因小失大了。

二部郎中陡然變得親切起來，還特地命幾個主事多擺幾盆綠植擺在陸喚屏風後的桌案上，多放一些炭火，多灑水打掃。

主事們將正五品的郎中的態度看在眼裡，眼觀鼻鼻觀心，自然對陸喚的態度也發生了改變……

等到宿溪第二天再上線時，遊戲裡只不過過了三天，可是她睜大了眼睛，怎麼感覺崽崽所在的兵部二部發生了天翻地覆的變化——

只見，崽崽坐在屏風後的桌案後看書，時不時提起筆，沾取墨汁批注什麼。

墨汁剛好沒了，崽崽正要起身去庫房拿。

外頭卻突然衝進來一個主事小人，熱情地道：「員外郎，您坐著，我剛好無事，來幫您研墨！」

說完也不管崽崽反應，興沖沖地提起袖子，就賴在崽崽桌案旁邊不走了，殷勤地幫崽崽研墨。

崽崽頭頂：「……」

宿溪：「……」

這是巴結態度表現得非常明顯的主事丙。

外面下著淅淅瀝瀝的小雨，崽崽撐起油紙傘，打算回到官舍時，有個主事小人又快步邁著小短腿走過來，也在崽崽旁邊把傘撐開，友好地道：「員外郎，不如我們一起回去吧。」

此人還在眾主事議論紛紛時替崽崽說話，維護崽崽。

這是敬佩態度表現得非常明顯的主事丁。

此次二部的麻煩事被崽崽快刀斬亂麻地解決之後，大部分主事都對崽崽有所改觀，並改變了態度。

但仍有一批人陰陽怪氣地覺得崽崽不過是從太學院偷學了一些治理之法，便拿來兵部班門弄斧，並沒什麼厲害的，此次事件得以解決，並不能說明崽崽能解決今後兵部所有的事情。

這些還不服氣的人仍以主事甲和主事乙為中心，時不時地對崽崽冷哼一聲，且多次議事時，也故意稱病不到，給崽崽找麻煩。

主事甲性格衝動，是明著給崽崽臉色看、找不痛快。

而主事乙明面上對崽崽和平友好，背地裡卻多次用言語挑撥，還裝作置身事外的模樣。

宿溪看著這兩個遊戲小人的嘴臉，恨不得伸出手指，替崽崽把這兩人按進泥巴裡揍一頓。

這兩人帶頭攪亂兵部二部的風氣，即便上次崽崽解決了難題，得到了大部分人的欽佩，但若是這兩人一直攪混水，長此以往，兵部二部仍不會受崽崽管轄。

崽崽讓她稍安勿躁，隨後便做了一件事情。

他先讓自己從寧王府中帶來的侍衛去查清楚主事甲與主事乙每日傍晚離開官衙之後的行蹤，得知主事甲常去賭局場所，而主事乙則流連詩友會。

接著，第一日，在主事乙從街市上路過時，他讓自己的侍衛送去一些金銀珠寶給主事甲，讓侍衛表現出鬼鬼祟祟的樣子，可剛好讓主事乙瞧見。

主事乙瞧見了，臉色有了細微的變化。

翌日，在主事甲遲到大半天來到衙門之時，讓主事甲剛好撞見他在屏風後與主事乙祕密交談，並贈送一本詩冊給主事乙。

主事甲無意中撞見此事，臉色頓時一青。

這樣做之後，不出三日，竟然真的發生了一些微妙的變化！主事甲和主事乙之間的關係越發緊張，而對崽崽卻是陡然一改往日不配合的態度，變成了竭力想要與崽崽結交的樣子！

主事甲和主事乙都開始配合工作了，正所謂擒賊先擒王，其他主事哪還能再搗什麼亂？！

宿溪起初還有點不明白當天崽崽到底讓侍衛送什麼給主事甲，又和主事乙談論了什麼，怎麼這兩人忽然開始爭先恐後地在崽崽面前爭寵了？

這日離開官衙後，路上崽崽對她解釋道：「實際上，第一日，我讓侍衛帶著金銀只是在主事甲的府門口流連了一下，並沒有真的將東西送到主事甲手上。而第一日，我和主事乙也只不過是隨意談論天氣，並未談論什麼結盟之事。」

宿溪牽了牽他的左袖，示意自己在聽。

崽崽眉眼溫和地望向左側，又道：「但是，主事甲和主事乙一向爭鋒相對，生怕對方搶先一頭，做者無心，瞧者卻遐想連篇。」

「我只需利用這兩人的心理，給其中一個人好處，另一個人看著便急眼了。」

「主事乙懷疑主事甲暗地裡被我收買，生怕主事甲若是與我站在一隊，會為難他。而主事甲亦怕主事乙先一步與我結交，到時候與我一起將他踢出兵部二部，那他便完了。」

「這兩人積怨多年，長年累月的仇恨和較量不能輕易化解，兩人不可能聯手，因此只會有一種對策，便是爭先恐後地來巴結我。這樣一來，我在兵部二部想要做些什麼，不就順利了嗎？」

螢幕外的宿溪聽明白了，不僅聽明白了，還忍不住發出驚嘆，她的崽為何這麼聰明？！

她有點懂崽崽的做法了，不就是老師講的賽局理論中所提及的囚徒困境嗎？

自古以來，帝王的馭臣之道都講究平衡，讓臣子們內鬥，而帝王則從中左右逢源。

崽崽現在雖然只有十五歲，但是他顯然已經精通此道，雖然他此時可能還沒有那麼大的野心，但是螢幕外的老母親見他初步顯出帝王的雛形，心中還是欣慰又感慨。

陸喚撐著油紙傘，街市上的人都以為他獨自一人撐傘走在青石路上，卻仍淋溼了半邊肩膀。

但只有他自己知道，她在他身邊。

他有時候並不想讓她看見亂成一團的兵部二部，那些前日還嘲諷輕蔑、後日便曲意逢迎的人心，這樣的人心太醜陋，若是可以，他希望不要髒了她的眼。

可兩人一起走在這漫漫長路上，一起解決難題的感覺又如此之好。好到讓他希望，這條路看不見盡頭，永遠不會走完。

這綿綿的細雨也不知道什麼時候停下，陸喚感覺到被拽住的袖子，眉角眼梢柔和一片，心中想——希望待這雨停時，他能找到辦法，讓她也能和常人一樣，擁有想去哪裡便去哪裡的雙腿，想嘗什麼便嘗什麼的嘴，擁有能看見這世間的眼。

他必須找到辦法。

兵部二部的亂子就這樣告一段落，一時之間，兵部二部上上下下，被崽崽收拾得服服帖帖。

宿溪這邊的「收服兵部二部人心」的支線任務也顯示已完成，又增加了兩個點數。

現在宿溪還沒想好新的點數要解鎖哪裡，就興奮地暫時先存著。

而崽崽除了在兵部二部任職之外，還要繼續去太學院上學。

上官學士已經入獄，崽崽在太學院中繼續清閒地讀書。

趁此機會，非常渴望知識的崽崽又趁機在藏書閣中，沒日沒夜地看了很多書。

有幾次宿溪下線之前，拽著他袖子催促他回去睡覺，他也答應，待宿溪消失之後便轉身回去。

結果第二天宿溪再上線時，發現崽崽又在藏書閣睡著了。

看著在地上草草鋪了張席子、穿著便衣睡著、手中還握著書的崽崽，她簡直氣不打一處來。

養的孩子太愛念書了怎麼辦？！包子臉都念瘦了！

宿溪不忍心打攪崽崽，反正官衙那邊崽崽都是二把手了，遲到一下沒什麼，於是她從商城裡兌換了一張羊皮的毛毯，輕手輕腳打算幫地上的小小一團蓋上。

蓋上之後，宿溪又費盡地將崽崽手中那本《治國之道》拿走。

可就在這時，《治國之道》的書皮下面竟然又掉下來一本書，「啪」地一下差點砸在地上把崽崽弄醒，宿溪連忙一下子用手接住。

她在螢幕外有些好笑，崽崽也和她們上課時一樣，國文課本數學課本下面還藏著一本小說嗎？真是可愛。

可隨即，宿溪看到那書皮下面是什麼書之後，便沉默了。

那是一本快被翻爛了的《召靈回生》。

螢幕外的宿溪將手機螢幕放在桌上，揉了揉眉心，看向窗外。

窗外月亮高高掛著，高樓林立，鱗次櫛比，因為還沒搬去新家，樓下隱隱約約還能聽見車流的響聲。回頭看向房間裡，空調、電熱毯、電腦，因為開著正發出細微的嗡嗡聲。

這一切都提醒著她，即便崽崽不是遊戲裡的人物，她和崽崽也是兩個世界的人。

既然在兩個世界，又怎麼可能站在一起呢？

崽崽對於能夠見到她，似乎懷著魂牽夢縈的渴望，但又不想讓她知道，於是一直在偷偷查閱各種辦法。但這事根本不可能做到，她又不可能進到螢幕裡。崽崽所想的鬼神寄身托胎，也是完全不可能實現的。

崽崽現在有多希冀，將來某一天發現期待的一切都不過是鏡花水月，就會有多失望。

宿溪打開遊戲的第一天，見到那個背著柴火回到小破屋子、渾身是傷的遊戲小人時，心裡沒有任何波動，只覺得好笑又可憐，她那時也沒想過，自己一天天陪著他，會逐漸對他生出割捨不開的感情，到現在，光是想到之後他會很難過，她心裡竟然也有些揪著。

崽崽從小到大，已經夠苦了，宿溪不想讓自己成為他痛苦的事情之一。

因此在太學院裡，雲修龐再來找崽崽時，宿溪看著這個小胖子，心中更加生出了一定要讓崽崽在那個世界擁有朋友和親人的想法。

這樣的話，有人陪著崽崽，她會放心得多。即便有朝一日，崽崽終於發現自己是另外一個世界的人，與他隔了永不可能見面的距離，而並非什麼能夠接觸得到的鬼神時，他應當也不會那麼難受。

但是這麼一想，宿溪心裡反而有點酸澀。

如果真的有那麼一天，自己親眼看著崽崽成家立業，有了親近的人，自己不再是他最重要的那個人，他的時間分給了別人，不再每日眼巴巴地等待自己出現，不再每次孤零零地送自己下線……自己真的會開心嗎？

自己的開心與否不重要，宿溪又心想，崽崽在那個世界過得好就行了。

雲修龐想和崽崽一起走，崽崽見這小子又跟上來了，簡直頭疼，趕緊收拾布袋，飛快地從太學院側門溜了。

但是他已經溜了好幾天，雲修龐也沒那麼傻，今天居然從側門跟上來了，跑得氣喘吁吁：「陸喚，你等等我，走那麼快幹什麼？！我爹說了，讓我多與你一起！」

螢幕上的崽崽頭頂一串「……」。

陸喚正要再加快腳步，將他甩開，身側的風卻突然跳出來，拉了拉他的袖子，定定地拉著他，不讓他走。

陸喚：「……」

他腳步倒是如宿溪所願地停下了，但臉上神情卻不大開心。

他冷漠地看了遠處的雲修龐一眼，用靴子踢著腳下的石塊，悶聲道：「妳又想和那小胖子一起玩嗎？」

螢幕外的宿溪生怕他誤會自己更加在意小胖子，趕緊拽了拽他的右邊袖子，又在他背上一推，把他往小胖子那邊推了一下，著急地表達出一連串的意思。

崽崽冰雪聰明，卻是立刻理解了，道：「妳是希望我和那小胖子一起玩？」

螢幕外的宿溪簡直要給崽崽豎起大拇指，你簡直就是媽媽翻譯機嘛！

可崽崽看起來仍不是很開心，他垂著眼睫，半晌，悶悶地道：「知道了。」

雲修龐好不容易追了上來，抹著額頭上的汗水，氣喘吁吁道：「你、你為何走、走那麼快，我今日也要去官衙一趟，能與你一起嗎？」

陸喚瞧了他一眼，難得沒有扭頭就走，而是道：「隨你。」

雲修龐立刻激動起來，和陸喚並肩走在街市上。

他因為性格懦弱的緣故，在太學院也沒什麼朋友，還受人欺負，現在走在陸喚身邊，他感覺終於和這人成了朋友，心中有了踏實興奮的感覺，於是不斷問陸喚今日學士所講的那些問題。

陸喚都一一解答了，神情中也並無不耐煩。

雲修龐一面喜出望外，一面又有些感動。

而螢幕外的宿溪看著，也有了種老母親的欣慰感。

待到把雲修龐送走，崽崽回到官舍內。

他坐下沏了壺茶，狂飲了兩口，像是與雲修龐說話說得太費力，口乾舌燥。

宿溪頓時有點愧疚，崽，帶一個學渣，為難你了。

接著，崽崽半天沒說話。

他沉默地坐在那裡，頭頂不停地冒出「……」，像是在斟酌著什麼，可是卻遲遲開不了口。

傍晚遊戲裡的光線漸漸昏暗，官舍院子裡的夕陽從薄薄紙窗透進來，落在他眉宇之間，眸子裡看起來有幾分澀意。

宿溪拍了下他的頭，示意——怎麼了？

崽崽垂著他的包子臉，抿了抿唇，沉默了好半晌，才忍不住問出口。

「妳……妳是否覺得雲修龐與我曾經的處境相同，對他起了憐憫之心，把他當成第二個我，這才讓我、讓我……」

話說到後面，他說不下去了，像是有些難堪，眼睫顫了顫，站起身來往院中走。

院中夕陽落在崽崽身上，崽崽小小一隻，影子也小小一團。

……宿溪呆了呆，萬萬沒想到崽崽會這麼想。

原來他以為自己一直讓他對雲修龐多照顧一點，是因為把小胖子當成第二個他，同情小胖子嗎？這誤會可大了啊！

宿溪迅速把畫面切換到院中，想方設法解釋，這遊戲太犯規了吧，崽崽對自己說話就有對話方塊，自己還要到一百點才能對他說話！玩完這款遊戲，宿溪覺得自己都快成了只能比手畫腳的啞巴了！

小團子還在院中繼續悲傷，她撓了撓頭，看到角落裡有一堆柴火，立刻拽著崽崽走到那堆柴火面前。

崽崽頭頂冒出個憂傷的問號。

宿溪從柴火中抽出一根，丟在崽崽面前，意思是——看到沒有，這麼多柴火，媽只要一根。

崽崽像是並不明白她是什麼意思一樣，臉上仍然沒什麼表情，眉宇間仍然有幾分哀傷。

宿溪急了，把剛才那根放回去，又從柴火堆中抽出兩根，一根高瘦柴，一根粗胖的柴，立在崽崽面前。

然後，「啪」地一下把胖的那根拍飛，意思是——看到沒有，媽不要小胖子，只要瘦包子。

崽崽嘴角像是飛快地上揚了一下，但下一秒，又皺著眉心，負手立在那裡，包子臉上一片憂傷，問道：「我不懂妳是何意。」

螢幕外的宿溪快要抓狂了：「啊啊啊啊！」

她撓了撓頭，又在崽崽左邊放了一根柴，右邊放了兩根柴。然後，讓左邊的一根金雞獨立，把右邊的兩根柴丟出了院外。

這一次，崽崽眉梢動了動，似乎是懂了，揣摩了片刻才慢吞吞地問：「妳的意思是，我獨一無二？」

宿溪瘋狂拉他左手。

螢幕裡的崽崽站著不動，但揚起的嘴角卻怎麼也平不下來，他耳廓微紅，眸子比夕陽還璀璨，淡淡道：「哦，是嗎？」

他這麼淡淡地說著，可頭頂卻跳出一個充斥著快樂小心心的白色氣泡——「我就知道。」

宿溪：「……………」

崽，你是不是幫自己加太多戲了。

說開之後，崽崽顯而易見地對雲修龐不再抱有敵意，也不再排斥雲修龐放學後一直跟著他，兩人一起走在路上，他還會好心地替雲修龐講解一下授課時學士們所講的那些重點。

雲修龐自然是受寵若驚，卡通小胖子的臉上都開心到開出了花，兩隻小眼睛都瞇縫在了一起。

而螢幕外的宿溪看著崽崽常年獨來獨往，身邊總算是多出一個非常有存在感的小胖子朋友，也是非常的欣慰，早就該這樣嘛！

陸喚在兵部二部上任一月有餘，解決掉兵部二部的陳年麻煩問題不只兩樁。

兵部二部上上下下風氣很明顯地有所改善。

先前的兵部二部彷彿排列無序的一堆散沙，雖然主事甲與主事乙，以及其他主事都各自有各自的長處，卻並沒有用在刀刃上，反而整日因為一些芝麻蒜皮的治安問題亂成一鍋粥。

而現在井井有序，各司其位，秩序和效率高出往日不少。

二部的郎中看在眼裡，便和兵部尚書說了這件事情。

——二部郎中心裡也有自己的考量。陸喚這少年有能力是不爭的事實，二部的各位主事都看在眼裡，根本沒辦法抹掉他的功勞。

況且，二部積攢的難題這麼多年都得不到改善，新任員外郎一上任，便樁樁件件清理乾淨，上面的人又不是傻子，肯定也知道怎麼回事。

與其等上面問起，不如由自己主動上報陸喚的功勞。

如此一來，自己還能得個「能人善用、舉薦下屬」的好名聲。

兵部尚書統管兵部四個部門，每個部門都有許多頭疼的問題，他每日一睜開眼想著這些問題，腦袋都大了。而這些問題在皇上看來都是小事，自然不可能在上朝時提出來，只能勒令四個部門的郎中和員外郎去解決。

四個部門每月都會送來兩次帳本，哪個部門做出了績效，一目了然。

兵部尚書自然也發現了，二部的績效在這個新的員外郎上任後，竟然一馬當先、一騎絕塵地領先了其他三個部門。

他眉梢不由得深深凝起。

思索片刻後，特意讓人去取了這少年的資料。

兵部尚書便是上次宿溪和陸喚從皇宮夜宴中回來，宿溪所聽見的對鎮遠將軍談及「盡快找到繼承衣缽之人」的那位官員。

這些臣子們的性格各有不同，鎮遠將軍常年征戰沙場，武將一名，為人刻板頑固，一旦對誰留下了什麼印象，便很難改變，

而兵部尚書是軍中的文職，多年之前承蒙鎮遠將軍提拔，因此一直為鎮遠將軍出謀劃策，算是鎮遠將軍留在朝廷中的一名軍師。他為人脾氣較為溫和，看事情也更深謀遠慮、全面到位。

他統管兵部四部多年，還從未見過有誰能在短短一月之間，既解決了兵部數件難題，又能將人心籠絡在手的。

這說明，新上任的這位員外郎當真很有能力——不只是刻板地解決問題的能力，更具有駕馭屬下的能力。

一個人若只能做事，不能馭人，便只能成為一個兵卒。而一個人若是只能馭人算心，無法伐謀，便只能成為一個說客謀臣。

唯有兩者皆備，方可成為將領以上的人物。

更難能可貴的是，這少年居然年方十五，年紀輕輕便有如此謀算，日後必定非池中之物。

待下屬送來了兵部尚書所要的陸喚的資料之後，兵部尚書這才發現，此人竟然就是那日在夜宴上，面對鎮遠將軍的刁難，不卑不亢的少年。

當時那少年獲得秋燕山圍獵頭籌，他便覺得那少年不俗，而今看來，更加證實了他當日的第一印象！

兵部尚書大喜，心中閃過一些念頭。

只是，到底由誰來繼承衣缽，還得鎮遠將軍他親自說了才算。

不過，他倒是可以為這少年創造一些機會，接下來如何，便看這少年自己的運氣了。若當真蛟龍得雲雨，非池中之物，他必定也能憑藉自己，扭轉鎮遠將軍對寧王府既定的糟糕印象！

想到這裡，兵部尚書讓下人送了封信到鎮遠將軍府，邀請鎮遠將軍翌日一起前往軍營視察，又同時給二部郎中送了封信，讓他明日帶新上任的那位員外郎陸喚一起前往軍營。

猶豫了下，兵部尚書又讓自己未出閣的小女兒蒙上輕紗，翌日也在城外守候。

他總覺得自己看人眼光不會出錯，若這少年當真將來能一飛沖天，那麼……

翌日。

宿溪上線時，陸喚正在官衙裡。郎中讓他換上騎馬裝束，一道前往軍營視察。

郎中對陸喚並不算親近，先前視察，一向都是帶他的兒子前去，今日突然帶陸喚前去，其中必定有什麼緣由。陸喚隱隱猜到了什麼，但並沒有表現出來，只是回了官舍換衣服。

宿溪慶幸上次完成支線任務獲得的點數還沒解鎖區域，這下剛好可以解鎖軍營。

宿溪想想還有點期待，畢竟不知道古代的軍營到底是什麼場景，應該會有帳篷和篝火。

她和崽崽打了個招呼，崽崽早就左顧右盼想著她怎麼還不來了，此時臉上的表情鮮活了幾分，他一邊將腰帶扣好，一邊問道：「妳要和我一起去營地嗎？」

營地應該有長得比較帥的卡通兵卒？少將軍之類的？說不定可以切換到原畫看看。宿溪想了想，立刻有幾分期待，並非常潦草地幫崽崽扯了扯衣領，表達一下老母親的關愛。

陸喚並不知道她的想法，嘴角還在上揚。

陸喚和兵部二部的郎中上了轎，兩人一起抵達城外營地駐紮的地方。

馬車在城外停下來，有兩個營地的兵卒小人前來迎接，將二部郎中迎下去之後，又來到崽崽的馬車前，彎腰站在地上，讓他踩著背下來。

崽崽掀起帷簾垂眸，並未踩在他的背上，而是直接跳了下去。

少年一席紅色勁裝，英姿颯爽，面容冷漠，眉眼如遠山冰雪。

停在城外的一輛馬車上，兵部尚書的小女兒輕輕掀開簾子，視線落到他身上，小臉立刻紅了，多了幾分少女心事。

秋燕山圍獵當日，她自然也去了，當日京城中的世家小姐們便忍不住朝那少年看去。只是他身分有些低微，只是個沒落王府的庶子，因此沒有多少少女上前說話。

可昨夜不知為何，爹爹竟然對自己說此人將來或許可成大事，自己若是有意，大可結交一番。

少女甲想到這裡，面上露出幾分窘迫的嬌羞。

陸喚跟在郎中後面，一心一意想快點抵達兵營，專心致志地巡視兩道營帳，根本沒注意後面馬車上還有個少女。

而螢幕外的宿溪是上帝視角，一下子將這些全都盡收眼底。

她心中一個咯噔，崽崽這是……被人看上了？！

系統在螢幕上，跟宿溪解釋了來龍去脈。

原來，崽崽最近在兵部整治二部的事情，傳到了兵部尚書耳朵裡，他對崽崽刮目相看，便動了一些心思。

投資嘛，誰能比崽崽更值得投資？

算這個兵部尚書有眼光。

宿溪頓時放大螢幕，去看看那兵部尚書的小女兒長得怎麼樣。

她切了原畫一看，十分滿意，這小臉俏生生的，說是眉目如畫也不為過了，年齡也和崽崽相仿。

……古代是不是十五六歲就可以談婚論嫁了？

崽崽這個年紀，說小，倒也不是很小，也可以考慮了。

當然，也不是現在就要談婚論嫁，但是如果能培養出點感情，崽崽身邊以後能有人陪伴，老母親也不至於太擔心。

而且這樣，他就不會整天惦記著自己快點出現了，也不會自己超過三天沒出現，他就悶悶不樂、魂不守舍了。

這樣一想，宿溪心裡雖然有點孩子總有一天會長大、翅膀總有一天會硬、嫁出去的「兒子」潑出去的水的惆悵心情，但總體來說，還是很為崽崽高興的，而且，還有一點點來自老母親八卦的激動。

她見崽崽這個鋼鐵直男還一臉漠然地往前走，忍不住拽了拽他的袖子。

陸喚以為她有什麼事，眉眼溫和地垂頭，落後兵部郎中半步，對身側發出一個輕輕的鼻音：嗯？

宿溪把他的袖子往後拽，示意他轉身回頭看。

陸喚便聽話地轉過身。

他一眼就見到遠處兵部尚書之女的馬車，那少女還掀起簾子朝他臉色羞紅地看，見他回眸看過去，立刻害羞地將簾子放下來。

陸喚起先不明白身邊鬼神的意思。

見鬼神拽著他的手指頭，細微地小幅度地激動地擺動，他感覺到那微弱而激動的風，眸中還忍不住流露出些許笑意。

可當他再看了眼遠處那馬車，再垂眸去看自己激動飛舞的袖子時，他刹那間明白了鬼神的意思——

他頓時渾身僵住。

周圍靜悄悄的，兵卒似乎奇怪員外郎為何駐足，僵硬猶如石板。

陸喚許久沒說話。他這麼久以來，心頭逐漸升騰起一些細微的、被他極力按捺的、強烈到了可怕、甚至有些病態的情感，在這一刻猶如被猛然從頭澆了一盆冷水，讓他頓時渾身冷透。

他心裡直直墜落，砸得四分五裂。

他忽然意識到一個問題，他所思所想的，可能只是他一人的執念。而她對他，有愛護之心，有關懷之意，卻唯獨沒有、沒有——

陸喚咬了咬牙，不甘心地問：「妳是覺得那女子不錯，想讓我看一眼？」

他的聲音沉沉的。

左手被高興地拉了拉。

「妳莫非，想給我說媒不成？」他的聲音中有幾不可察的僵硬。

螢幕外的宿溪感覺崽崽像是有點不太高興，但是——這有什麼好不高興的，她讓雲修龐和崽崽做朋友，崽崽吃醋她能理解，畢竟雲修龐是個男孩子。可是這兵部尚書的小女兒生得貌美如花，可是個女孩子啊！崽崽總不能以為媽這個鬼這麼好色，男女通吃吧？！

她倒是沒有繼續拉崽崽的左袖。

但是螢幕上的崽崽不知道怎麼了，忽然一張臉上血色盡褪，甩袖就走。

宿溪：「……」

這還是宿溪第一次見他生氣。

可是走了兩步，他腳步又頓了頓。

少年身形在枯木營地裡，像是極為難過似的，只是抬起眉眼時，竭力不顯。

他袖下的手指緊緊攥住，像是極力在克制什麼，又對身側低聲道：「我、我沒生氣，妳跟上來吧，不要走丟了。」

接下來這一路，兩人之間氣氛有些僵硬。

當然，應該是宿溪單方面感覺僵硬，崽崽雖然說他沒生氣，可接下來這一路，他卻一言不發，十分沉默，垂著一張包子臉不知道在想什麼。

螢幕外的宿溪有些無措，覺得他還是在生氣，但又懷疑是自己的錯覺……畢竟螢幕上的崽崽腦袋上也沒冒出什麼表達心情的白色氣泡，而且他還時不時朝左袖看一眼，示意自己快跟上去。

見螢幕上的崽崽小小一團，走在營地帳篷之間，前方的路非常狹窄，他一個人的背影在其中走出了幾分孤獨的味道，宿溪臉上一片空白，腦袋上緩緩冒出了幾個問號……

她不懂，她做了什麼嗎？她不過是拽著崽崽的袖子，讓他看看漂亮女生。退一萬步講，即便崽崽不喜歡人家，也不願意現在就談婚論嫁，那看一眼有什麼？又不會少塊肉。

少塊肉的是人家好不好？

難不成是害羞嗎？可是看起來不像，崽崽沒有臉紅。雖然小人垂著頭不說話，但宿溪能分辨他的情緒。

難不成是覺得她多管閒事嗎？

宿溪想起了自己放學回家，在社區樓下，聽見她媽一邊跳廣場舞，一邊和阿姨聊天，將她和霍涇川扯在一起，說什麼青梅竹馬以後剛好當親家，她心情也會很煩很糟糕，覺得她媽在胡說，這都是八字沒一撇的事。

宿溪這樣將心比心地想，立刻也覺得自己剛才多管閒事了，己所不欲勿施於人，這個道理老師教了多少年，她還不懂嗎？

她心想，還是暫時不要再提這件事了，順其自然吧。

崽崽人中之龍，將來三宮六院，還怕缺老婆嗎？

雖然這麼自我檢討了一番，但宿溪心裡還是有點惆悵。

她現在有點理解，每次她媽和霍阿姨興致勃勃地談論她和霍涇川青梅竹馬，她頭也不回地對她媽扔下一句「別給我說媒了，沒結果，妳女兒一心學習，不到三十堅決不結婚」時，她媽心理的感受了……

就和她現在一樣，有種淡淡的「孩子長大了，太有主見了怎麼辦」的悵惘感。

宿溪不再提及這件事了，但陸喚緊緊抿著唇，臉上發白，心中仍沒能緩過來。

此前，他心中雖然早已滋生出一些說不清道不明的獨占欲，可他從未多想，或者說但凡冒出一點念頭，便被他竭力遏制住，不敢去深思。

畢竟，她能出現在他身邊，陪著他走在這條泥濘艱難的路上，對他而言已經是一種救贖了。他再有妄想，便只是希望她能永遠不消失、永遠不離開、永遠一直待在他身邊，以及有朝一日能幫她找到合適的身體寄居——

這些都已經是奢望了。

見她如此激動地讓他去看別的女子，如此興奮地想要給他說媒，他心中仍像卡了一根刺一般，上不去下不來。

他垂眸看著自己足下的長靴，心想：她這麼開心地想要把他推給別人，是因為對他從來只有同情和善意嗎？

她對他，不像他一樣恨不得將她藏起來，而是沒有分毫的占有欲嗎？

若是有朝一日，她發現他心中這些被他小心翼翼隱藏起來的陰鬱心思，會待他如何？是會離開，還是——

陸喚思及此，眼皮輕輕一跳，幾乎無法呼吸。

他喉嚨裡一片澀然，垂眸去看自己被小心翼翼拽了拽的左袖，心裡下定了決心，無論如何，在沒能幫她找到身體、沒辦法確保她永遠不會消失之前，不得洩露半分心中的那些心思。

兩人就這樣想法南轅北轍地到了營地。

京城外的營地是前段日子招收的一些散兵，正駐紮在此，等待將軍府和兵部安排去向。因而這些兵卒都並非訓練有素，而是有些亂糟糟的，四處帳篷都亂成一團，外面還有一些未燃盡的篝火堆。

陸喚定了定神，確保身邊之人還跟著自己之後，隨著二部郎中前往射箭場。

此次雖說是來巡視，但陸喚知道恐怕並非那麼簡單。

兵部尚書之女出現在城外絕非偶然，恐怕兵部尚書也隨之來到了這個地方。那麼目的為何？

陸喚抬起烏黑的眸子，似是漫不經心，朝射箭場不遠處的高臺樓閣掃了眼，那高臺樓閣上分明有一塊屏風——不知道何人在後面。

二部郎中讓他在射箭場上稍等，隨後被一兵吏叫走，離開片刻後再回來，身後跟著四個身著玄色深衣、軍中頭目打扮的大漢。

其中三個身後背著箭簍，拿著弓箭，氣質低斂寡言，陸喚此前雖然從未見過，但他一眼掃去，只見這三人玄衣上分別紋繡豹、熊、狼，在軍中職位應當分別是三品中領軍，四品武衛軍，六品護衛軍。

而另一人體型剽悍，也是格鬥好手，為四品中郎將。

這些人在鎮遠軍中，已經稱得上是軍營中的核心，今日竟然全被派過來，陸喚眸中意味不明——鎮遠將軍和兵部尚書也太看得起自己了。

那四人死死盯著陸喚，在射箭場上一字排開，郎中笑著對陸喚道：「聽聞員外郎少年奇才，一月前在秋燕山獵殺了雪狼王，得到皇上的賞賜，這四位兵大哥便想來向員外郎請教一二，不知道員外郎敢不敢較量一下騎射與槍法？」

陸喚還未應答，螢幕外的宿溪已經驚呆了，這不是欺負人嗎？

這四個壯漢壯得都快從螢幕裡擠出來了，一拳掄死一個小朋友的那種，雖然其中三個身高都還沒有崽崽這個小孩高，但是論起寬度，崽崽在他們面前看起來非常的單薄啊！三十幾歲的壯年男子還要和十幾歲的小朋友比騎射和槍法？要不要臉？！

宿溪雖然知道自己在螢幕外可以幫崽崽一把，但是這個郎中還沒說到底怎麼比，於是她不由得有點擔心，下意識勾了勾崽崽的手指頭。

今天這一場兵營之行，就是考驗崽崽的鴻門宴啊。

陸喚感受到她抓住自己的手，似乎在為自己緊張和擔憂，方才在營地外，心頭的那點鬱意才稍稍疏解半分。

他扯了扯嘴角，對那四人道：「請。」

螢幕外的宿溪兩腿一蹬，好吧，這一場比試是躲不過的。

要與他比試騎射的那三人自己帶了兵卒，兵卒牽來了馬，且拎著上好的鳳羽弓，包括箭支，也是銳利無比。

但是陸喚此次前來，並未提前料到屏風後的人對他有此考量，因而只帶了馬匹，無帶弓箭和劍。

郎中笑吟吟道：「無礙，我早有準備。」

說完他拍拍手，過沒多久有兩個兵吏送來三支箭，一柄長劍。

宿溪和崽崽一道看向那三支箭和長劍，頓時沉默：「……」

這一場比試，刁難的意味未免太濃。

若是當真想考驗他的話，怎麼會送來只有一支是完好無損的利箭，而另外兩支，一支缺了尾部的羽毛，一支箭頭極為鈍重，只怕射出去不足五十公尺，便會因為重量而掉在地上。

而那長劍，與其說是長劍，倒不如說是一根沒有捲刃開鞘的扁棍。

螢幕外的宿溪有點著急，這怎麼可能比得過？！

而那四位軍中將領站在對面虎視眈眈的盯著崽崽，其中那位四品中郎將冷嗤一聲，道：「京城中世子們大多細皮嫩肉，不敢與我們比試，也實屬正常。不過，既然生得嬌貴，便不要來軍中摻和粗魯之事，直接去朝中當無用的文官好了！」

這虎背熊腰的中郎將看起來十分輕蔑文人。

這箭是鎮遠將軍那邊安排的，兵部二部的郎中也沒想到，居然會刻意刁難至此。看來那些有關鎮遠將軍對寧王府看不大順眼的傳聞並非空穴來風。

他見了這三支粗製濫造的箭的模樣，都有幾分頭疼，張了張嘴打算打個圓場，畢竟怎麼說陸喚也算是他的得力部下，若是今日在此顏面受損，他臉上也掛不住。

但是他還未找到臺階下，他身側的陸喚便已接下那三支箭和那柄長劍。

陸喚的銳利目光落在那四人身上，直截了當地問：「怎麼比？」

那四人也有些詫異這小子竟然毫不膽怯，不由得對視一眼。

其中一人道：「我們三人與你比射箭，需得騎馬，在移動中騎射，誰更中靶心，便是誰贏。而這位中郎將用銀槍，你用長劍，你二人比試武力。」

「四場比試下來，你若是能贏兩場，便算你贏。」

說完，那位虎背熊腰的中郎將走到一邊，從兵吏手中拿起重若千鈞的銀槍，威風凜凜地耍了兩把，旁邊的二部郎中看得替陸喚抹了一把冷汗。

「行，就這麼辦吧。」陸喚點了點頭，過去牽自己的馬。

螢幕外的宿溪有點憂心忡忡，她想了想，先從商城兌換了一些東西。

包括外傷藥、飛鏢、暗器。以防不時之需。

而此時此刻，方才出現在城外馬車上的那位兵部尚書的小女兒也出現在了射箭場外，她身後有兩個丫鬟替她拎著裙角，撐著油紙傘，朝著遠處的高臺上走去，似乎是打算觀戰。

宿溪朝這個兵部尚書的小女兒看了眼，見她咬著嘴唇，臉頰緋紅，顯然是打算看一場精彩的比拚了。

……宿溪這個老母親突然不滿意這個兒媳。

這都什麼時候了，也不去找兵部尚書父親勸阻一下，崽崽一挑四容易嗎？

她心裡不太舒服，有種崽崽在這裡累死累活比武，臺上的人輕輕鬆鬆看戲，崽崽被當成猴看的不爽感。

算了，兵部尚書之女是少女甲，沒有姓名，可見並不是遊戲安排給崽崽的良人。以後肯定還會出現全心全意對崽崽好的人。

這樣想著，宿溪又將注意力集中到了崽崽和對面幾人即將開始的比拚上。

而陸喚也注意到了朝高樓看臺上走去的那位兵部尚書之女——並非他想注意，而是那少女身後跟著幾個下人，走得實在太高調。

他蹙了蹙眉，感覺身側的風這時沒動靜，不知道她又在想什麼。

難不成又把注意力放到了那位兵部尚書之女身上，還在琢磨怎麼做媒？

陸喚心中不痛快，漆黑的眸子裡也劃過一分鬱色。

他抿著唇，走到一邊，從兵吏手中拿過箭簍，將那三支箭撥了撥，把箭簍放到馬背的一邊，然後提起長弓，一掀衣袍躍上馬背，衣袖獵獵，面容沉沉。

他雖可以按捺住，不對她表現出過分偏執的情感，可她若是再隨意給他覓選別的女子，他怕他終有一天會忍不住。

身側的風忽然拉了一下他的手指。

螢幕外的宿溪是想說，一切當心，萬事有媽。

但崽崽卻不知道在想什麼，忽然壓低聲音對自己沉沉道：「我明白妳的意思，但不要再提了，我不會成家立業，我就要孤獨終老。」

螢幕外的宿溪：啊？？？

第十八章　失魂落魄

射箭場上，與崽崽比拚射箭的三位武將也縱身躍上馬。

三匹馬同時鳴叫，急促地盤旋在場地上，馬蹄發出「噠噠」的響聲。

這馬蹄聲猶如擂鼓，宿溪立刻被勾走注意力，緊張地朝那邊看去。

只見那三人中最先出列的是那位玄衣上紋繡著豹子的三品中領軍，這人身材粗獷，目若懸星，不只官階是三位弓箭手當中最高的，似乎也是三位弓箭手中最厲害的一位。

率先派出最厲害的一個，說明這三人對崽崽還是有些警惕的。

這人不苟言笑，朝崽崽這邊掃了一眼，當即雙腿一夾馬腹，「呵」的一聲從馬背上一躍而起，隨即輕鬆地立在了馬背上，身形穩穩當當。

螢幕外的宿溪：「……」

古代將領射箭招式都這麼多的嗎？！

只見三品中領軍的馬飛奔而去。

與此同時，他站在馬背上，瞇起一隻眼睛，死死盯著一百公尺外的靶心，拉開了弓。

只聽利箭「倐——」地在空中發出一聲銳利的響聲。

毫無意外，正中靶心。

不知何時在射箭場外聚集起來的一些兵吏小人頓時發出狂熱的歡呼。

不得不說，能在馬匹快速移動、且以站姿立在馬背上重心不穩的情況下百步穿楊，的確有兩把刷子。即便宿溪是崽崽這邊的，也要承認這位中領軍很有本事。

不過，要是沒本事也不可能在軍中當上三品武將了。

那中領軍一箭正中靶心之後，立刻調轉馬匹，回過頭看向崽崽。

另外兩個弓箭手也朝著崽崽看來，眸中嘲諷意味不言而喻。

這種情況下，宿溪根本沒辦法幫忙。

眾目睽睽之下，她總不可能托著箭飛到靶上，那樣的話只怕整個軍營都要目睹見鬼了，而且還會給崽崽帶來不好的後果。

她見崽崽不緊不慢地夾了馬腹，讓雪白的馬匹緩步上前，然後拉弓——

所有人都屏住呼吸注視著這一幕。

宿溪也心臟狂跳，都快跳出喉嚨了。

她見崽崽面色鎮定，漆黑雙眸平靜，似乎胸有成竹的樣子，她才稍稍放下了心。

但下一秒，從崽崽長弓上飛出去的箭，還不到五十公尺，在空中「倐——」地一聲，頭重腳輕地栽在了地上。

「……………」

宿溪：？？？

等等，崽崽你難道不是胸有成竹嗎？

明知道箭會掉在地上，那方才還不疾不徐拉弓射箭，冷傲孤清卻又盛氣逼人的樣子是怎麼回事？！只是做給媽看的嗎？！

射箭場上愣了一下，然後爆發出一陣諷刺的嘲笑。

那四個將領紛紛朝崽崽瞥來，輕蔑地勾了勾唇角。而射箭場外的那些兵吏，本來不敢嘲笑從五品的兵部員外郎，但是這第一場比試落差未免太大了，他們便實在忍不住捂嘴狂笑。

難不成這少年根本手無縛雞之力，先前秋燕山圍獵的頭籌只是時機湊巧？其實根本沒有真材實料？！

宿溪臉都漲紅了，但崽崽還神色無波。

宿溪忍不住去看掉在地上那支箭，只見，剛才崽崽用掉的是那支箭頭極為鈍重的破箭，這支箭任憑力氣再大、能挽弓射雕的弓箭手，也不可能射出太遠的距離。可以說是三支箭中最糟糕、最沒有贏面的一支箭了。

宿溪原本以為崽崽要按照三支箭的缺少程度，用最鋒利的那支和三品中領將比拚，用次等的沒有羽毛尾巴的箭支和那位四品武衛軍比拚，用這支鈍箭和那位六品的護衛軍比拚。但沒想到崽崽卻反其道而行之。

宿溪立刻反應過來崽崽的用意了！

這不是田忌賽馬嗎？

燕國的歷史上是沒有這一段歷史的，這些軍中的武將大字都未必識得幾個，肯定更加意料不到。

看來那段日子的苦讀，崽崽是真的把《史記》翻爛了，熟練掌握了很多上兵伐謀的手段。

宿溪剛才還擔心得不得了，這下又立刻覺得崽崽勝券在握。

而遠處的高樓上，屏風後，鎮遠將軍臉色都青了，對一邊的兵部尚書怒道：「這就是你所說的認為適合的人選？！連挽弓的力氣都沒有，還如何帶兵打仗？！」

兵部尚書被鎮遠將軍吼得抹了把臉上的唾沫星子，無奈地坐遠了一點。

他遙遙地朝著陸喚那邊又看了眼，搖搖頭，嘆氣道：「大將軍，若非你的部下刻意刁難，交給他的三支箭全是一些無用的廢棄之箭，恐怕他未必會輸。」

鎮遠將軍怒道：「三支箭中分明有一支完好無損，他卻在第一場就落敗下來！」

兵部尚書雖然看不清遠處的射箭場陸喚到底用了哪支箭，但是見另外幾個將領正被射箭場旁邊的兵吏包圍著吹捧時，那少年卻仍安靜地在馬背上搗鼓剩下的兩支箭，心中不知為何，便覺得這少年今日必定不會輸。

他忍不住駁斥鎮遠將軍，道：「大將軍，在下今日和你打賭，若是我兵部的這位員外郎贏了，你可要採納我的建議。」

「若是輸了呢？！」鎮遠將軍冷哼一聲：「我倒是也聽說了這少年將你的兵部二部治理得井井有條的事情了，確實有些計謀，但是此人恐怕只適合留在朝廷，玩弄一些權謀之術。戰場上刀劍不長眼，並非寧王府之輩能去耍小手段的。老夫倒是不知道為何你對寧王府的這第三子如此重視，今日竟然還喚函月前來！」

兵部尚書的小女兒函月坐在後面，略微失望地瞧著射箭場上，並沒聽見她爹和鎮遠將軍的對話。

兵部尚書思索了一下，笑道：「若是今日我賭輸了，書房的字畫任由大將軍挑。可若是大將軍賭輸了，也需得一言九鼎。」

遠處高樓屏風後的對話，射箭場上自然是聽不到的，但是宿溪面前的螢幕上全都彈了出來。

她本來就很緊張，而見到這次的輸贏還將決定任務七是否能完成，就更加緊張了。

就在螢幕上所有卡通兵吏等著看好戲，紛紛圍著那四位將領，而崽崽騎著馬，孤零零地在一邊時，第二場比試開始了。

第二場比試出列的是這三位弓箭手中的六品護衛軍。

大約是因為方才那位三品中領軍贏了，所以那邊那幾人肉眼可見地鬆懈下來，直接讓三人中最末等的弓箭手來秒殺崽崽。出列的這位六品護衛軍也十分掉以輕心，眼神輕蔑地朝崽崽看了一眼，眸中得意不言而喻。

他一鞭子甩在馬屁股上，縱馬而去。

而與此同時，崽崽也開始動了，勢如奔馬，策馬幾乎與這人並駕齊驅。

這人不以為然，拉起長弓時，還分心看了身側的崽崽一眼，他的箭射出之時，螢幕內所有卡通小人和螢幕外的宿溪一起屏住了呼吸，這支箭若是沒有意外的話，應當能中靶。但是朝著箭支行跡看去，應當不能完全射中靶心——

不過，此六品護衛軍的實力也不容小覷，若是在行軍打仗時，也是能準確地射中敵人要害了。

就在此時，畫面上的場景陡然生變。

只見，凌空之中陡然飛來一道凌厲的箭矢，那箭缺少羽尾，也就導致射出去時又急又快。

雖然員外郎這支箭與方才第一支箭射出時看起來全然不同，精準程度增長了數倍，但是眾人仍以為這支箭又抵達不了靶心。

可誰知，這支箭在凌空之中，與方才六品護衛軍的那支箭撞在一起——

接著，「倏——」橫腰攔截掉六品護衛軍的那支箭，從那支箭尾部分三分之二的位置刺穿過去！

而等兩支箭分開之後，陸喚那支箭的尾上，竟然多了羽尾！

而護衛軍的箭，卻是腰段之後，連同羽尾一起被齊齊砍掉奪走。

眾人神情頓時凝住——媽耶還可以這樣？！

護衛軍的箭，失去了羽尾，又被撞偏，沒射出多遠便斜斜刺中了地面。

而另外一支箭卻宛如流星，在空中劃出一道漂亮的弧線，正中靶心。

第二場比試之後，全場靜默。

宿溪見到崽崽將用來黏雞舍模具的膠水扔進馬背上的囊袋裡，她：「……」

這一場比試過後，螢幕內的各方神色都發生了變化。兵吏小人拿不準接下來情勢會如何，而那三位弓箭手卻是神色微變，都嚴陣以待起來。

方才他們光顧著輕視那小子，卻沒發現，那小子竟然在三品中領軍出場時，用了最糟糕、最不可能勝出的那支頭重腳輕的鈍箭。而在六品出場時，用的是那支沒有羽尾的殘箭。

也就是說，那小子現在手上剩下的箭，是那支完好無損的利箭？！

這樣一來，他與四品武衛軍之間，便沒有箭支上的優劣，而僅僅只是拉弓射箭的技巧勝負了。

方才那箭穿箭的舉動太過驚人，最後一個還沒出場的四品武衛軍心中已然有些慌亂，但是他竭力不顯，仍趾高氣揚地站出來，對陸喚道了句「請」。

而這邊，高樓之上，鎮遠將軍眉梢一抽，神色也發生了一些微妙的變化。

最後一箭，四品武衛軍再次慘敗。

當沒有了箭支上的故意搗鬼時，眾人才真正看清了這幾人與陸喚之間的懸殊。

六品護衛軍自不必說，落後陸喚數百倍，早就是手下敗將。

而這四品武衛軍，雖然亦中了靶心，但是他旁邊的少年郎挽弓射箭，輕飄飄一箭，卻是真正的百步穿楊，穿透靶心。

敗得毫無懸念。

直到此時，樓閣上的鎮遠將軍神色一變再變，他和兵部尚書也都知道了這場比試中那名少年不動聲色的謀略。

以下對上，以中對下，以上對中。

第一局表現得如此草率，直接讓三位將領掉以輕心，而第二局，直接強勢猛攻，借助外力，奪走了敵人的箭羽。到了第三局，勝負便已成定局！

這三位將領全都是鎮遠將軍的軍隊裡的好手，每一位都可以獨當一面，卻敗在這少年的手下！

若是今日純粹只比了幾場箭法，那麼鎮遠將軍可能只認可這少年是個絕佳的弓箭手，可是這少年還展露了過人的謀算與才智，他心中已經對這寧王府的庶子刮目相看了，可是臉上卻不大好看，道：「老夫輸了。」

兵部尚書雖然沒和這位寧王府的世子接觸過，但不知為何，從近一兩個月他整治兵部的手段看來，便覺得他絕非池中之物。因而今日的結果，兵部尚書倒是沒有那麼意外。

他撫了撫鬍子，神色有些調侃，對鎮遠將軍道：「昨晚的提議，大將軍意下如何？」

鎮遠將軍又朝著射箭場上的陸嗅看去，心中喜悅，但面上仍心不甘情不願，咳了聲，十分勉強地道：「罷了，就按你說的，此子可以培養一二。」

最後一箭比完，不用再和第四人比拚第四場了，若是按照鎮遠將軍最初所說，能勝過兩場，便算陸嗅贏的話，那麼今日，陸嗅已經大獲全勝了。

那第四人的處境現在十分尷尬——如果不比，很丟面子；如果比，被一個十五歲的少年比下去，那豈不是更丟面子？！

好在高樓上有人來請，對陸喚道：「還請寧王府家世子上座。」

陸喚垂眸看了那人一眼，這才收弓，從馬背上一躍而下，烏黑長髮落在背後。他將馬交給隨著自己前來的一個侍衛，讓那人好生照應，才隨那人前去。前去之前，還不忘朝四周看了眼，像是示意誰跟上去。

待他走後，射箭場上才發出此起彼伏的倒抽一口氣的聲音。

宿溪的螢幕上不斷彈出各種甲乙丙丁的對話方塊。

「方才第三場勝得實在太快，我都沒看清到底發生了什麼？！」

「真正令人愕然的是第二場，陸公子怎麼直接將我們護衛軍的箭尾截斷的？！」

「完了，護衛軍他們臉都青了，今日回到營中，恐怕又是一頓操練。」

「方才誰將員外郎叫走了，兵部尚書嗎？我聽說兵部尚書家尚未出閣的小姐來了。」

宿溪看著幾個將領神色難看，而那些兵吏小人七嘴八舌，瘋狂吹捧崽崽，在螢幕面前笑得臉都傻了，心中老母親的自豪感油然而生，今天這個任務，她可沒有幫崽崽。

看來這一兩個月崽崽沒日沒夜地打樁、射箭、練劍、做伏地挺身起了很大的作用，崽崽的武藝好像比秋燕山時又進步不少。

她還打算多享受一下這些卡通兵吏的驚嘆，但那邊已經隨著侍衛走到高樓長梯上的崽崽，卻忍不住頻頻朝身側看，漆黑眉梢擰起，似乎是在琢磨她為何還沒跟上來。

宿溪只能把螢幕拉過去，拽了拽崽崽的袖子。

崽崽眉梢這才鬆展開來。

她因為目睹了崽崽大獲全勝的全過程，所以還處於非常興奮激動的狀態當中，拽完了崽崽的袖子，還忍不住扯了扯崽崽右手中的長弓。

她養的崽真帥！

崽崽似乎是揣測到她為何如此激動，嘴角略微有些得意地翹起，但是在她看過去時，崽崽嘴角又若無其事地飛快壓了下來。

高樓之上的亭臺樓閣，就不屬於兵營的範圍了，宿溪暫時還不能解鎖。

她把崽崽送進去之後，就讓畫面停留在長堤上等著。

從雲州除去上官學士，到進入兵部整治二部，到今天射箭場上的較量，她和崽崽打了這麼久的怪，幾乎全都是為了任務七做鋪墊，現在崽崽終於得以接近鎮遠將軍，宿溪覺得崽崽肯定會很快搞定。

果不其然，宿溪這邊不到十分鐘的時間，螢幕上就飛快地彈出訊息：『恭喜完成主線任務七：掌握更好的武藝、兵法、體力，並獲得鎮遠將軍的賞識和支持！』

『恭喜獲得金幣獎勵加五百，點數獎勵加十！』

我靠，這個任務完成，點數一下子加了十？！螢幕外的宿溪差點沒跳起來，她迅速看了一下目前的點數，已經五十四了，新得到的點數還可以解鎖五個區域。

而螢幕上也再次跳出提醒當前狀態的畫面。

『錢財資產：皇上賞賜與老夫人賞賜若箱，外城宅院、兩處農莊。』

『人才手下：長工戊、侍衛丙、師傅丁、工人三十名。』

『結交英雄：仲甘平（京城富商第十）、戶部尚書（灰色）、老夫人（灰色）、鎮遠將軍、兵部尚書、五皇子（灰色）。』

『結交好友：雲修龐。』

『名聲威望：神祕少年神醫、九品伴讀、從五品員外郎。』

『可擴展後宮：兵部之女函月。』

宿溪激動地一行一行地掃下來，結交英雄裡灰色的應該就是互相利用、但不是完全站在崽崽這一邊的人，而沒有灰色的，應該就是徹底站在了崽崽這一邊，可以當成自己人了。

除此之外，這次的狀態還比上次多了一行——可擴展後宮。

什麼？！螢幕外的宿溪眼睛一亮，這遊戲還真的可以收後宮嗎？！

她陡然興奮無比。

但是隨即想到崽崽射箭之前，對她說的「要孤獨終老」，她又頓時蔫了，算了，這種事還是隨緣吧。

遊戲畫面裡太陽快要落山了，崽崽才帶著兩個侍衛出來。宿溪雖然沒跟著他進去，但也知道裡面大致發生了什麼。

只是，他出來時，身後有個同樣包子臉的卡通少女急著出來相送，不知道是不是在鎮遠將軍和兵部尚書的對話中出現過，這時少女甲已經有了姓名，變成了函月二字。

函月擰著手絹，不敢抬頭，羞澀地小聲問：「不知道陸公子如何回城？」

這話的言外之意就是可否一起回去了。螢幕外的宿溪雖然方才對這個兒媳不太滿意，但是此時夕陽西下，場景十分美麗，她像是在看卡通偶像劇一樣，還是忍不住流露出老母親的會心一笑。

她正想看看崽崽會怎麼回答，會不會臉紅，結果就見——

一身勁裝的包子臉崽崽凝神，視線全落在遠處被侍衛牽著過來的那匹馬上，等那匹馬一過來，他就趕緊大步流星地下臺階，沒多久就消失得沒蹤影了，等函月再抬起頭，身邊已經空蕩蕩的只剩冷風了。

函月風中凌亂：「……」

崽崽沒聽到——

他是真的沒聽到——

他翻身上馬後，著急地朝著身側虛空之處望去，低聲問宿溪：「妳還在嗎，方才怎麼沒跟進來？」

宿溪恨鐵不成鋼：「……」

崽，你照照鏡子，看看你那張包子臉上有沒有寫著「不解風情」四個大字？！

宿溪拉了拉崽崽的袖子，陸喚這才鬆了一口氣。

雖然知道她想將他往尚書之女身邊推，他心中也異常惱恨，但他做不出拿無關緊要之人來氣她這種事。除她之外，他眼裡容不下第二個人。

更何況，她也未必會生氣——不僅不會生氣，可能還會真心實意為他高興。

陸喚思及此，抿了抿唇，便又像被從頭潑了盆冷水一樣……

不過，今日鎮遠將軍對他態度大為改觀，言語中似乎有意要舉薦他進入軍營，遠赴北境，這與他和她之前所計畫的目標又接近了一步，宿溪激動地在桌子前計算點數，陸喚心中也是開心的。

兩人一起回了官舍。

路上人多口雜，不方便說話，待回了官舍之後，陸喚斟了杯茶飲下解渴，才琢磨著如何與她開口寄身之事。

她不在他身邊時，他查閱了很多書籍，找到了一些辦法，只是不知道是否可行，想知道是否可行，還得帶她前去找那位術師……

而宿溪當然不知道崽崽這邊進展已經這麼快了，竟然已經找到辦法了，她還在琢磨著崽崽之前說的「孤獨終老」的話，到底是叛逆期到了還是真的打算當「寡人」，總之是個非常令人頭疼的問題。

陸喚望向虛空之中，心中情緒翻湧——若是當真能讓她出現在他面前，那麼有朝一日，或許他心中那些欲念並非那麼難以啟齒。

他所求所想，不過是有生之年能見到她一面。

他正要開口，外頭忽然有人來喚，道：「員外郎，有人送東西給你。」

陸喚思緒被打斷，皺了皺眉，對身側的鬼神道：「我去拿一下，妳等等我，不要走。」

他起身出門，出門前又遙遙回望，不放心地再次叮囑了一句：「我去去便回，半炷香時間，妳不要走了。」

宿溪好笑地扫了下他的袖子，示意他：快去，不走。

陸喚站在門口回望著她，眉眼中有幾分無奈與怔忡，停了半晌，才出了門。他心想，他之所以如此渴望讓她以實體出現在他身邊，無非因為他看不見她、摸不到她、碰不到她，亦不知道她何時會消失，這樣的感覺像是一場患得患失的折磨，永遠沒有盡頭……

宿溪在屋內等了一下，沒忍住，跟著去了院外，只見崽崽面前站著兩個面生的下人，手裡拿著東西，說是兵部尚書家的小姐託人送來親手縫製的香囊——

宿溪：！！！

然而下一秒，崽崽把院門一關，像是十分不耐煩，冷著眉眼，將這兩人拒之門外。

宿溪：「……」

宿溪暗自吐槽，崽崽這門一關，只怕是徹底斷了他和兵部尚書之女的緣分了。

果不其然，她打開螢幕右上角的狀態看了看，發現後宮那一欄，「函月」正漸漸變暗，然後在那一欄消失。

崽崽的後宮被他親手抹殺，成了空蕩蕩的空白欄目。

宿溪：「……」

崽崽關了院門往回走，像是也察覺到她出來了，冷漠的神情稍稍卸下來，看向虛空，簷下燭火落在他眉梢，顯得安寧柔和。

宿溪看著崽崽的包子臉上的神情變化，忽然感覺崽崽似乎是只在自己面前才能卸下心防，她這樣想著，心裡忽然一片柔軟，也懶得吐槽崽崽是鋼鐵直男了，過去牽了牽崽崽的手。

陸喚牽著她往回走，知道她方才見到了那一幕，或許是心中不死心，他看向左側微微被風吹起的袖子，猶豫了下，仍問出口：「……我已經拒絕，此時妳仍想讓兵部尚書之女與我在一起嗎？」

那女生很好，但崽崽明顯不喜歡。

宿溪便拉了拉崽崽的右手，不喜歡就別勉強。

崽崽心情似乎終於好一些了，微微勾起唇角，問：「為何？為何不想讓了？」

他的聲音裡有幾分期待之意，但這麼一長串的表達，宿溪怎麼表達得出來。

於是宿溪：「……」

知道她無法表達出口，陸喚又問了一個問題：「若是再出現個別的什麼之女，妳還是想說媒，把我往那邊推嗎？」

螢幕外的宿溪頓時覺得這小崽崽是不是太記仇了點，自己今天也就多管閒事了一次，難道他還要媽承認錯誤嗎？

她非常嫌棄地打了一下崽崽的右手，表示：不了，再也不管你的婚姻大事了。

崽崽的手被她沒輕沒重地拍得有點紅，但崽崽抬起手來注視著手背，嘴角的笑容更加抑制不住。

他竭力忍住，但眸子裡仍是漏了幾分亮意。

他負起手，站在院中，飛揚著眉梢，繼續拷問宿溪：「是因為聽我說了要孤獨終老的話，不再強求，還是……」

崽崽有些緊張，視線移開，垂了下去，腳尖踢了一下地上的石塊，耳根微紅，小聲問：「還是有別的原因？」

宿溪拽了拽他的左袖，表示是第一個原因。

陸喚身形僵了僵，心頭升騰起的一些希冀陡然被冷水澆滅，他難免有些失望，勉強抬了抬嘴角，望著虛空之中——他甚至都不該朝哪裡看，他看不見她。

他啞聲道：「是嗎？」

「那若有朝一日，我遇到一個知書達理的好女子，我若心儀那人，妳還是希望我能成家，與別人白頭偕老嗎？」

宿溪當然希望這樣，可是，她覺察到崽崽又有些失落的樣子，不知道這個問題他到底是希望自己回答「是」還是「否」。

——不是，為什麼這個崽最近老是莫名其妙地拋出一大堆致命題給自己？

她沒回答，陸喚便默認了她的回答是「是」。

他扯了扯嘴角，肩膀塌下來，眼中亮意也飄散了，沉默地朝著屋內走去。

宿溪看著小團子失魂落魄的背影：「……」

又不高興了？又不高興了？！

崽，你最近也來生理期了嗎？！

宿溪覺得，自從軍營之行回來之後，崽崽的情緒波動得讓人摸不著頭腦。

這幾日她上線，崽崽還是一如既往地會眼前一亮。但是當她像個老母親一樣幫崽崽蓋一下被子；在崽崽看書時抓起一件外袍扔在他身上，示意他不要著涼；時不時從兵部的廚房偷兩個雞蛋扔在崽崽桌上，讓崽崽補補身體時，崽崽看起來卻沒有那麼高興，反而眉宇間一片複雜……

雖然仍神情柔和地望向她，對她道謝，可垂下頭時，嘴唇卻抿著，像是有什麼堵在心口，卻晦澀難言，開不了口。

宿溪見到他從鎮遠將軍那裡回來後，官服下擺好像被樹枝鉤破了個洞，他自己沒注意。要是別的衣服也就罷了，反正現在崽崽已經不是過去的崽崽，他已經有錢了，直接換一件就是了，但這可是官服。

於是夜裡宿溪趁他睡著時，從商城裡兌換了縫補技能，喜滋滋地幫他補上了。

第二天起來，崽崽就發現了。

宿溪上線時有些得意，等著看到崽崽的包子臉上流露出喜悅之色，畢竟先前她這樣偷偷送溫暖，崽崽臉上都像是淌過一道暖流一般，神色變得柔和。但是這一次，她卻見到崽崽穿著白色中衣，手裡拿著被縫補過的官服，臉上的表情十分複雜，眸色也一片晦暗。

宿溪：「……？」

崽崽不知道在想什麼，總之看起來並不是很開心，反而還有幾分失魂落魄。他用手指摸了摸官服上被縫補過的地方，自嘲一笑，那神色有些澀然。

接著，這一日早上，他沉默了很久，才穿上官服去官衙了。

宿溪還沒和他打招呼說自己已經上線了，於是全程目睹了他臉上的細微表情：？？？

宿溪不明白她的遊戲小崽怎麼了，要是換作之前，自己這麼做他肯定會很高興，眼睛亮晶晶地注視著自己，但現在——他這是已經厭倦了老母親的陪伴了？！

該不會，在她還沒玩膩這款遊戲之前，她的遊戲小崽就已經厭倦這樣的陪伴了吧？！

宿溪宛如五雷轟頂！

她關掉螢幕之後，腦子裡一片空白，反覆思考自己最近做錯了什麼——除了多管閒事了一次，讓崽崽去看那位兵部尚書之女之外，也沒做什麼不得了的事情吧？

那為什麼從兵營回來之後，崽崽和她之間總是有一種莫名的彆扭感……

這幾日她一如既往殷切地提醒崽崽多加衣服時，崽崽總是渾身一僵，她還以為只是她的錯覺，但是親眼目睹崽崽收到她縫補後的衣服後並沒有那麼高興的一幕之後，她終於意識到，這幾天的彆扭感，並非她的錯覺了。

宿溪琢磨不透，心情也有些低落。

她知道，這可能是因為每次上線時，無論她做什麼，崽崽總是眼眸漆黑透亮地等待著她，這樣一來，便讓宿溪也生出了一種被需要、被在乎的感覺。但這幾日崽崽一直不知道在想什麼，情緒古怪，和她之間的氣氛也僵硬無比。她便感覺渾身不舒服。

到底為什麼會這樣？宿溪不明白，難道真的到了叛逆期嗎？她到了這個年紀，也是不想和她爸媽交流的，反而更喜歡和顧沁還有霍涇川待在一起。所以，崽崽難不成也是這樣，現在更寧願和朋友待在一起了嗎？

房間外面宿媽媽在喊宿溪吃飯，宿溪下線之前，把畫面切換到太學院去，就見雲修龐果然跟在崽崽後頭。

崽崽這幾天對她總是晦澀難言、欲言又止的樣子，但對雲修龐倒是十分坦然。

兩個小團子坐在廣業堂外面的臺階上說著話，雲修龐頭頂不斷冒出對話方塊，崽崽擰著眉宇，雖然沉默寡言，但是也沒有打斷他，兩人看起來交流了十分多的樣子。

宿溪：「……」

宿溪看著這一幕，心口一痛，頓時生出一種兒大不中留的滄桑感。

雖然她心裡希望崽崽多交一些朋友，免得她三天沒出現就魂不守舍的樣子。

但是真的感覺到了崽崽有心事不和她說，而去和別的小朋友說，她心裡還是難免一酸。

想到這裡，宿溪頓時覺得，自己平時一放學就埋頭衝進房間寫作業玩遊戲，在學校就只和好朋友玩，接到她媽打來的電話沒說兩句就要掛掉，實在是太傷害她媽的心了。

於是她關了手機進了廚房，眼淚汪汪地對宿媽媽道：「媽，下午妳別去打牌了，我陪妳去逛街吧？」

宿媽媽一臉愣住，端著菜往飯廳走，不耐煩地揮開她：「去去去，找妳朋友玩去，多大的人了還纏著我，我下午約了人打牌。」

宿溪：「……」

宿溪遊戲內外都被嫌棄，今天剛好是週末，她索性約了顧沁去圖書館自習。

而太學院這邊，雲修龐一直巴不得多說一點話，來引起陸喚的注意，可是他身邊的陸喚卻一直擰著眉宇，眉弓下有幾分鬱鬱寡歡之色，像是神游在外，根本沒聽見他說什麼似的。

以前陸喚覺得，鬼神若是能夠這樣長久地陪著他，便已經很好了。

她每次出現在他身邊，送給他什麼，叮囑他什麼，他都很開心。

他是如此貪戀有她陪伴時的溫暖，貪戀她的善意與關懷。

可是漸漸的，當陸喚察覺到自己心中湧現出不該有的占有欲、妒忌、保護欲，甚至是一些不堪的想法時，當他不知何時自己的心音急促成一片時，她卻仍……待他只是如同親人一般。

因為待他像親人，所以會對他好，會關心他，會叮囑他天冷加衣，會悄悄幫他縫製衣裳。但是永遠不會像他這樣，宛如執念般地期待兩人見面的那一天；更不會讀懂他患得患失、妒忌她那個世界的朋友的糟糕情緒；亦不會和他一般，對他有一日不見如隔三秋的情感。

她甚至衷心地希望他有朝一日能遇到別的女子，好好地成家立業。

他的世界只有她，但她的世界還有很多別的人、別的東西。

她似乎也並不希望他的世界只有她，而是希望他能將視線落到別的人身上，不要過於在意她。

喜歡一個人並非這樣。

因此，她並不喜歡他，對他只是有一些親情罷了。

陸喚心頭沉沉，渾身像一直浸泡在冰涼的冷水裡，不甘心，卻又無可奈何。

宿溪迎來了這個學期的期中考試。

這次考試之前，為了避免出現上次的情況，她提前和崽崽打了招呼，想辦法讓他讀懂，自己這次有一件大事要去做，可能又要好幾天不上線了。

崽崽雖然嘴上沒說什麼，叮囑她萬事小心，但神情明顯地黯然了一些。

宿溪告訴他自己走了之後，還沒完全關掉螢幕，就看見慢慢淡出的視野當中，崽崽獨自坐在官舍院子中的臺階上，一副心事重重的樣子。

這副幼稚園小朋友眼巴巴地目送媽遠去，還不知道媽走的方向，也就不知道該往哪裡看，黑漆漆的眸子澀然一片的模樣，頓時捏了宿溪的心臟一把，她差點又控制不住自己跑回去摸一把崽崽的臉了。

但是，考試嘛，才三天而已，遊戲中也才八天，分別八天不是什麼大問題吧。

更何況，崽崽他不是有別的小朋友了嗎？

想到雲修龐，宿溪唏噓一聲，崽崽終於交了朋友了，她應該高興才對，可這幾天見到崽崽有什麼心事都不和自己說，她心裡怎麼這麼不是滋味呢？

宿溪晃了晃腦袋，決定正事要緊，這三天，她主動把手機給了她媽，專心致志地考試。

這次期中考試比上次要難一些，宿溪心裡本來沒什麼把握的，但是最近和崽崽一起學習，她刷過的題目反而比先前更多了一些，這次考試居然有好幾個題型都是晚上做作業時見過的，考試的過程中，宿溪有些驚喜，趕緊把題目做完。這樣一來，她覺得自己這次成績應該不會太差。

考完最後一科，宿溪拿著考試袋，隨著人群走出考場，終於呼出一口濁氣。

考完試之後出考場的人潮一向是最多的時候，有些同學趕著回家，一直念叨著「借過」往前擠。

宿溪走在樓梯上，就被身後推推搡搡的人群推了一把。她從小到大已經摔過無數次的跤了，因此當熟悉的失重感湧過來時，她頓時睜大了瞳孔，心裡有了不詳的預感。但是這一次，她前面剛好有個學生把她擋住了，她腳一轉，勉強在樓梯上站穩了。

居然站穩了？！宿溪不可思議地看了腳下一眼。

她以為，按照自己的倒楣體質，這一下不是扭傷就是摔到哪裡。

宿溪只覺得是自己運氣開始漸漸變好了的原因，吸了口氣，趕緊順著樓梯間上的人群飛快地回到教室去了。

第十九章　升官發財

這八日，陸喚這邊也異常忙碌。自從兵營一事之後，鎮遠將軍便有意提拔他，數次派人來請他去將軍府，兵部尚書也在旁。鎮遠將軍與兵部尚書商量本次去北地出征，該如何進行準備，議事時讓他旁聽，並偶爾詢問他有何見解。除此之外，兵部二部的事務也繁多，太學院隨著春學即將結束，也留下了許多課業。

老夫人數次派家丁來請，希望陸喚能回去一聚，陸喚心中冷淡，知曉老夫人此時遲來的慈愛只是因為希望能時刻控制自己，掌握自己在朝廷中的動向，因此他每每都找藉口推託掉。

除此之外，城外的農莊已經逐漸被他擴展到了五處，每一處農莊都擁有四十名工人，十幾個溫室與防寒棚。師傅丁和長工戊將這些人管理得井井有條，而侍衛丙，也在年後趁著寧王府辭退一些人時，從寧王府中徹底辭職，成了一名農莊專屬的侍衛。

幾處農莊都在順利進展著，隨著春日即將過去，種植出來的農作物逐漸流向市場。

先前陸喚與鬼神溝通之中詢問過，鬼神幫助他擴建農莊，目的似乎是希望農莊的總產量達到一個數字：兩千公斤。

鬼神掰著他的兩根手指頭告訴了他這個數字。

雖然不知道為何鬼神一定要讓農莊的農作物達到這個產量，但是這與陸喚的想法不謀而合，若是農莊能盡量產出更多的農作物，無論是運往北地前線，還是流向貧窮百姓的市場，都是一件可以養活百姓、有意義的事情。

因此近日以來，鬼神沒出現，陸喚心中寂寥，便多去了幾趟農莊巡視。

他苦苦地等到了第八日晚上，原本是打算留在官舍內專心等她來的，但今日是浴蘭節，街上燈火通明，熱鬧非凡，難免會有百姓打架鬥毆的事情發生，官衙那邊臨時出了事，讓他過去一趟。陸喚想著迅速處理完，趕緊回來，便先在官舍屋內桌案上留下了一張告訴她自己去向的紙條，然後隨著官衙侍衛去了一趟。

宿溪考完試，興奮地衝回家，第一件事當然是趕緊掏出手機上線。

這一次她一上線，還沒來得及看崽崽留了什麼紙條給她，螢幕上就彈出了新的主線任務。

『請接收主線任務九（中級）：請找到長春觀一名在後院中灑掃的道姑，從她口中得知主角的身世。』

『任務難度：八顆星，金幣獎勵三百，點數獎勵十二。』

宿溪看到螢幕上的「身世」二字，頓時一個激靈，要來了嗎？終於要來了嗎？！關於崽崽的身世問題！

她打開右上角的系統，看到系統中關於九皇子的頭像和資料仍一片空白，但顯然是因為點數已經到了五十四，已經過半了，所以主線任務逐漸開始涉及崽崽的身世了，等到完成這個主線任務九，這裡的資料應該就可以填補上。

宿溪心裡有點激動，她從玩這款遊戲開始到現在，也非常好奇崽崽是怎麼流落到寧王府的，背後肯定有一個非常複雜的故事。

這個任務看起來也就是找人，應該沒那麼難。

宿溪恨不得立刻揪住崽崽，先去一趟長春觀。

只是，她陡然又想到一個問題，如果崽崽的身世，背後有什麼醜陋的陰謀，是他根本接受不了的呢——

那麼崽崽還想知道嗎？

宿溪原本抱持著只是在玩一款遊戲的心態，當然恨不得早一點知道真相，但她現在已經不是用玩遊戲的心情在陪伴崽崽了，她心裡忽然有些擔心，知道真相後的崽崽會不快樂。

宿溪心裡忽然有點不安，不過她暫時按捺住，決定先不去想。

她看過崽崽留在桌案上的紙條之後，就將螢幕切換到官衙去找崽崽，但是轉了一圈，只見到幾個主事小人在大廳內議事，沒見到崽崽，想著崽崽可能已經離開官衙了，便將螢幕轉到街市上。

此時此刻，街市上十分熱鬧，有一些舞獅的人在街市上竄來竄去，周圍很多百姓小人圍觀，還有人丟銅板給這些舞獅的人。

宿溪看著那些舞獅的人驚險萬分地踩在刀尖上，也不由自主屏住呼吸，興致勃勃地看了一陣子。

沒過多久，她見到街市另一端似乎有些擁擠，不知道發生了什麼，這才想起來自己要找崽崽，於是順著街市移動畫面，從人山人海的小人頭裡，找到她的崽。

她一眼就看到，崽崽正從那片格外擁擠的人群中穿過來，眉宇擰起，像是急著回來。

而這一片人群之所以擁擠，是因為高樓上有拋繡球的。

拋繡球的應該是哪位京城的富商之女，借著浴蘭節街市上人多的機會，尋找乘龍快婿。

宿溪從沒見過燕國的拋繡球，於是先過去拽了拽崽崽的袖子，然後視線興奮地放在高樓上準備拋繡球的蒙紗女子身上。

整整八日，陸喚覺得如同過了八年那麼久。此時，他感覺熟悉的風回來了，呼吸一室，心中爬上暖意，大石落地，正要對身側之人說話，問她她所要辦的事情辦完了沒有，結果就感覺身側之人的注意力似乎都在拋繡球的女子身上——

還興奮地拽著他往人群中擠。

隨後不知道是哪裡來的一道輕佻的風，像是快忍不住了，躍躍欲試，興奮地吹起了那樓上的小姐的白色面紗。

底下得以窺見那女子面紗下半邊容貌的一些男子眼睛一亮。

而陸喚身側的風也更加激動了，像是恨不得吹個口哨一般。

陸喚：「……」

宿溪沒注意到人群中的崽崽沉著一張包子臉，鬱悶得快可以擰出水。

她剛才忍不住切回原畫看了下面紗女子的容貌，只覺得這拋繡球的女子好漂亮，比先前的兵部尚書之女還要漂亮，簡直可以用花容月貌來形容了！不知道接下來會便宜哪個狗男人！

而就在此時，高樓上的女子將繡球一把拋出。

底下的無論是少年，還是成年男子，都像是瘋了一般，瘋狂地去搶，畢竟無論這女子容貌如何，她可都是富商萬三錢的女兒啊！娶了她，那就是直接成了燕國第一首富的乘龍快婿！

那繡球卻宛如一道拋物線一般，朝著人群中的陸喚而來——

宿溪也嚇了一跳，不知道這繡球拋得是有意還是無意，畢竟崽崽在這一群人中的確看起來最為亮眼，任憑誰站在樓上，都下意識地想要朝他身上拋。

難不成這裡會發生支線劇情？

宿溪正這麼想著，就見崽崽陰沉著臉，眼疾手快地一躲，那繡球便直接從他身側飛了出去，落在他身後的瘸子身上。

還在看熱鬧的宿溪：「……」

螢幕上，剛冒出頭的支線任務：『請接收支線任務七：接下繡球，借此機會認識萬三錢。』也卡了一下，緩緩消失，直接變成了——

『支線任務七失敗！！！』

宿溪：？？？！！！

而螢幕右上角，宿溪打開當前狀態再次看了下，果不其然，後宮那一欄還沒來得及出現的首富之女，就已經被埋葬了。

她：「……」

死崽崽根本不知道他錯過了什麼，朝著拽著他袖子的宿溪的方向看了眼，就冷著臉大步流星地擠出這群人當中。

宿溪不明白，為什麼自己剛上線，什麼也沒做，他心情又不好了，她跟著把畫面往崽崽那邊拉。

街市兩邊熱鬧非凡，崽崽像是氣惱到了，兩條小短腿走得非常快。

宿溪決定不和他計較，過去拽了拽他的袖子，崽崽這才頓住腳步，胸膛劇烈起伏一下，定定地立在那裡，臉色不大好看，忍了忍，才問她：「那繡球眼見就要落在我懷裡了，妳只是站在一邊看熱鬧嗎？」

宿溪心想：崽你情緒越來越變幻莫測了，你這話問得古怪……我不站在那裡看熱鬧，還能坐在哪裡看熱鬧？

「八日不見，妳——」崽崽咬了咬牙，像是想問什麼，但又硬生生把話吞了回去，「這八日，妳還好嗎？」

宿溪拉了拉他左手，意思是我還好。

但她又忍不住回頭去看一眼剛才掉在那瘸子身上的繡球到底怎麼樣了，後事到底如何，於是又將畫面往那邊拉了一點。

不知道為什麼，螢幕裡的崽崽分明不知道她在螢幕外的一舉一動，但就好像是能察覺得到她心思還在拋繡球上，臉上鬱色更加顯幾分。

宿溪看著那邊，首富萬三錢的幾個家丁慌忙地從樓上跑下來，從那瘸子手中把繡球搶走，現場一片混亂，她看戲看得想笑。

但是螢幕上突然彈出來崽崽硬邦邦的一句話：「我無事，妳去看吧，看完了回來找我。」

這話實在太耳熟，上次宿溪想進青樓，就聽崽崽說過差不多的話，她眼皮頓時一跳。而螢幕上的崽崽攥了攥拳頭，見她許久沒反應，忽然像是有些傷心又有些生氣似的，直接往前走了。

宿溪笑容逐漸僵硬。

不是吧，崽崽可從來沒敢這樣把她一個人丟在後面，現在是翅膀硬了？！但是，崽崽背影冷漠地剛走出幾步，他頭頂便急急地跳出一大串白色氣泡。

——她不會真的走了吧？

——她跟上來了嗎？

——我要不要回頭，可回頭也瞧不見她是否跟上來了。

——整整八日未見，她竟然急著去掀別人的面紗！

這堆氣泡充斥了螢幕，讓宿溪什麼拋繡球的畫面都看不到，她看這個崽就是故意的！崽崽心亂如麻想了一大堆，而這些心理活動最後變成了可憐巴巴的一句……我是不是惹人厭了？

宿溪：「……」

她心臟忽然被戳了一下。

她看著崽崽默默放慢腳步，一點點往前挪，頭頂上有一片下雨的葉子。

她剛剛好像沒意識到，她這邊只是過去了三天，但崽崽那邊卻是過去了八天，自己一上線，第一時間注意力卻全在別人身上，崽崽好像很難過……算了，拋繡球這種事，也不是什麼很要緊的事。

這堆氣泡將螢幕上的畫面全都蓋住了，霸道自私地不讓宿溪看，可卻讓宿溪明白，雖然從兵營回來後崽崽變得很古怪，但是自己在他心中應該還是第一，沒有變。

確認了這一點之後，她之前那點小失落便陡然消失無蹤了，嘴角甚至忍不住上揚。

她過去牽了牽崽崽的手，示意——沒走呢。

崽崽眼睫一抖，頭頂委屈的葉子變成了多雲轉晴的小太陽。

可他卻目不斜視，裝作根本不在意，輕輕地哼了一聲。

陸喚心裡也明白，這樣彆扭下去不是辦法，自己若是一味強求，反而總有一天會將人推開。

至少，現在人還在自己身邊。

目前當務之急並非胡思亂想，而是找到那位據說可以通靈的世外高人。

但是憑藉陸喚目前的力量，即便聽說了有那麼一位術師的存在，也很難在短時間內找出人到底在哪裡。他已經無法忍耐慢慢看、慢慢找了，要想早點找到，就必須借助一些力量。

鎮遠將軍的軍營中走南闖北的兵吏眾多，將軍府上的眼線也遍布整個燕國，或許能幫他盡快找到。

思及此，這日送宿溪離開之後，他又去了一趟鎮遠將軍府，

近日以來，鎮遠將軍有意栽培陸喚，每次與兵部尚書議事時，都叫上這少年一起。

而最近，鎮遠將軍有一件非常頭疼的事情。

耗時兩月有餘的徵兵已經結束，出征在即。可近年來燕國的國庫空虛，人力有了，國庫卻承擔不起大軍的糧草。

鎮遠將軍亦知道皇上的為難之處，內憂外患，若是這筆糧草必須從國庫中出的話，今年難免要加重田賦徭役。

燕國的稅賦本就不輕，甚至從去年寒冬起，都開始徵收鹽稅了。

若是再頒布政令繼續加重，只怕會越發加劇暴亂，民不聊生。

而這些糧草若是從那些油水豐厚的百官口袋裡掏的話，又難免會動一批京城勢力。

下什麼決策都是牽一髮而動全身，實在是左右為難。

他揉了揉眉心，對兵部尚書、陸喚以及軍營中另外幾個謀臣道：「今日上朝時，金鑾殿上吵成一團，丞相那群人生怕觸及他們的利益，堅決不同意百官募捐，如今朝中丞相一家獨大，皇上難免偏向太子那一邊。老夫倒不是怕與他繼續爭執下去，而是怕時間拖得久了，北境便真的阻擋不住了，屆時後果不堪設想！」

幾個謀臣也是憂心忡忡。

陸喚思索了下，問道：「將軍，目前軍中糧草還夠支撐多久？三月足夠嗎？」

北境那邊是一場長久戰，自古以來就沒有三個月結束戰亂的，此次要想徹底將虎視眈眈的鄰國除去，前去的大軍至少還要駐守一年半載，因此鎮遠將軍等人才如此頭疼糧草的問題。

兵部尚書答道：「目前還有一些民間義士送去糧草，加上原本有的，大概撐上四個月沒問題。」

那麼也就是說要在四個月內，至少籌集到下四個月的糧草。

這不是一件簡單的事情。

燕國雖然有很多富商，但這些富商還與鄰國來往，並不會輕易施出什麼善舉。且很多富商發的就是戰亂財，巴不得燕國戰火撩亂。

陸喚心裡估量了一下自己與鬼神的那幾處農莊，如今是六月，待到今年秋季，總產量必定早就超過兩千公斤了，這幾處農莊倒是可以短時間內養活一方百姓，但是對於補助戰亂時期的軍隊糧草而言，還是太滄海一粟了。

若是想解決燕國北境軍隊目前的困境，就必須找到能夠承擔得起這些糧草的富商，與之以物易物。

但是那些富商已然富可敵國，又有什麼是他們需要的呢？

這日將軍府議事結束之後，其他人轉身先走，陸喚多留了片刻，他告訴鎮遠將軍，他想試一下，看是否有法子能弄來糧草，但想與將軍交換一事，勞煩將軍替他去找來一個人。

鎮遠將軍如今對這少年已經刮目相看，認為他的確足智多謀，是自己先前太有偏見了。

但即便如此，他還是覺得陸喚不可能憑藉一己之力辦到如此天方夜譚的事情。

不過少年人嘛，有雄心壯志是好事情。

他心中反而更添了幾分讚賞，拍了拍陸喚的肩膀，道：「你所求之事，老夫會差人去辦，不過軍中難題，你盡力而為即可。」

鎮遠將軍雖然有幾分武官剛愎自用的臭脾氣，但為人還是一言九鼎，答應陸喚之後，當即便派人去找陸喚所說的聽聞可以召靈回生的那位道長。

只是能不能找到，他和陸喚心裡都沒什麼底。

宿溪發現崽崽陡然忙碌了起來，像是藏著什麼心事，急切地想要去辦到一般，比先前更加勤勉刻苦。

先前他就整天邁著小短腿往返於官衙、太學院和官舍之間，現在更是忙得連喝水吃飯的時間都沒有，宿溪上線時，他不是在農莊就是在官衙；宿溪下線時，他還在挑燈翻閱案卷。

而宿溪再上線時，已經是第二日了，他還沒睡，床鋪上的棉被也沒有被展開過的痕跡。

宿溪不知道他根本目的是什麼，還以為他是在忙於籌集糧草的大事，還感嘆崽崽果然是個為國為民的好孩子。

宿溪覺得他有抱負有理想是好事情，也不打擾他，就是有些心疼他眼下的青黑和眼眸裡的紅血絲。

有一次宿溪發現崽崽連軸轉忙碌得兩日未睡，下巴上竟然出現了一些淺淺的青色鬍渣——

宿溪：「……」

宿溪受到了驚嚇。

等等，不是卡通畫風嗎，怎麼這麼寫實？！

不過崽崽很快地換上官服出門，將鬍渣剃去，又恢復了那個軟萌奶糯的包子崽了，宿溪這才鬆了一口氣。

她也是直到這個時候才發現，自己這邊過了大半個學期，而遊戲裡已經過了快一年了。

自己先前在寧王府陪伴崽崽過了十五歲生日，再過幾個月，崽崽又要過十六歲生日了……不知道第二年的生日，崽崽想要什麼驚喜。

不過，令人欣慰的是，從兵營回來後的那幾日，崽崽和她之間的那股彆扭感終於消失了。

宿溪沒能想明白那幾日崽崽為何情緒陰晴不定、變幻莫測的，只能將其解釋為每個月都會有那麼幾天心情不好。

她是這樣，崽崽也是這樣，很正常嘛。

好在只是幾天之後，崽崽就恢復正常了。

宿溪興致勃勃地又開始幫崽崽縫縫補補，幫崽崽把被子從春天換到了夏天的涼席，秋天到了，又幫崽崽換成了秋天用的厚一點的被子，總之，非常記掛著不要讓崽崽著涼。

崽崽心底還是高興的，望著她，眼眸漆黑透亮，只是偶爾眸子裡有一些複雜的、渴盼更多的晦暗之意，又令宿溪有些看不懂。

宿溪這邊的時間過得沒有遊戲裡快，對她來說，只是又養了一個月的崽而已。她每天放學後做的第一件事就是上線和崽崽打個招呼，然後一人一崽，隔著螢幕，一個認真念書，一個勤勉忙碌。

宿溪念書念累了，就拉著崽崽去街市上逛逛，雖然崽崽在官衙有一大堆事情要處理，但凡事都以她為先，只要她想去玩，崽崽便將一切拋在身後，這樣看來，崽崽倒也不算一個完全的好官。

宿溪覺得自己有了崽崽的陪伴，念書時也更加認真了，期末還沒到來，她就已經將這個學期幾個科目的作業本刷完了，當翻到最後一頁時，宿溪還有點愕然。

唯獨遊戲裡的主線任務讓人有點摸不著頭腦。

解鎖崽崽身世，找到長春觀道姑的任務，不知道是還沒到時機還是怎樣，宿溪拉著崽崽去了兩次長春觀，將長春觀裡裡外外、每一塊青石地板磚都翻遍了，也沒找到可能是

NPC的那個道姑。

系統對此的解釋是，前面還有其他的主線任務沒完成，要等到任務二和任務六完成之後，任務九才會展露眉目。

於是宿溪只好先作罷。

而糧食兩千公斤的任務二已經從去年做到了今年，算是一個長期累積任務，急也急不來，宿溪估計崽崽不斷擴大的那幾個農莊在今年秋收之後，應該就可以達到這個目標。

至於結交萬三錢——

她正盤算著怎麼靠著其他的管道認識這個燕國第一首富。

原本按照遊戲裡規劃的路線，那天在街市上拋繡球，崽崽在那個支線任務中就可以接觸到萬三錢了。

但天殺的！那個支線任務被崽崽硬生生扼殺了！

也就導致直到現在為止，萬三錢還沒出現在她和崽崽的視野當中。

宿溪有點風中淩亂，不知道為什麼崽崽那麼排斥接近他的後宮，他既然最後要登基為帝，拿的肯定是龍傲天劇本啊，他卻硬生生把龍傲天活成了靜心禁欲的少年和尚。

這件事急也急不來，於是宿溪放平心態，先陪崽崽在農莊官衙太學院三處連軸轉。

這日，陸喚從官衙回來，一如既往地在簷下等了許久，等到熟悉的風纏繞住他的指尖時，他近日以來清減許多的臉上才浮現出一絲柔和之意，他對身側之人道：「我想與妳商量一件事情。」

宿溪拽了拽他的左袖，示意他直說無妨，莫非是提前幾個月就惦記著今年的生日禮物？小孩子嘛，宿溪這麼想著。

但崽崽要說的是一件更重要的事。

崽崽這幾個月以來，不斷擴張農莊的生意。他任職兵部二部員外郎一職之後，開始有了俸祿，且先前得了皇上的賞賜，又從老夫人那裡拿了許多銀兩，並不缺銀兩，只是農莊有些缺人手，因此他才忙得連軸轉。

農莊逐漸擴至八處，除了在京城外，他在甯縣、豐州、山都也分別設了一處農莊。

宿溪隨著他把那三處都解鎖了，還瞧著崽崽親自去了那三處一趟，挑選僱傭了人看管那些農莊。

他在每一處農莊，利用溫室與防寒棚的便利，讓工人們春耕秋收。如今已經到了秋末，糧食產量自然早已遠遠超過兩千公斤。

而這些遠遠超過其他農莊和種植地區產量的糧食，他令工人們以不露姓名的方式，施捨給燕國遍地的窮苦百姓。

從去年冬天的霜凍災害開始，燕國許多百姓流離失所，吃不上一口熱飯，很多人都餓死了。

現在這些糧食雖然不足以解決太多百姓的困境，但也足以讓其中一部分人挺過去。這也算是積下的善功一件了。

且正因如此，坊間逐漸開始流傳起了有個「不知名的善心富商」的流言，對這位接濟百姓卻不出風頭的富商感恩戴德。

這話此時還尚未傳到皇上的耳朵裡，但是京城大部分官員都聽說了此事，這倒是和去年冬天永安廟那位救了數千百姓的不露面神醫有相似之處，難免讓人將兩件事情聯想到一起。

但崽崽這幾個月忙碌這些，目的肯定不止於此。

在整個燕國糧食價格高漲，所有種植農作物的農莊產量都奇差無比的情況下，他和宿溪經營的農莊產量卻能一如既往，甚至比往年畝產量最高的紀錄還要更高——自然會引起一些人的注目。

萬三錢、仲甘平以及京城中其他一些富商都想方設法打聽過，甚至還有心懷不軌之人偷偷潛入城外的農莊，試圖弄清楚防寒棚與溫室是什麼原理。

但是圖紙只有宿溪和陸喚這裡有，這些富商即便找到手藝巧奪天工的木匠，也無法分辨其中早已凝結成粉末的煤油燈以及牛皮紙厚度、木料等的控制量，搞不好會弄巧成拙。

也就是說，先進於燕國這個朝代的防寒棚與溫室，給作物種植帶來了巨大的便利，卻相當於一個專利技術，只有宿溪和崽崽這裡有。

而若是想要更加擴大農莊規模，進行量產，養活更多百姓，就需要更多的人力外力了。

於是，崽崽打算招攬一個下游商。

他一說宿溪也就理解了，其實也就是想要將擁有溫室和防寒棚的農莊連鎖化，並且找到一個不會背叛的合作之人。

崽崽考慮的人選是仲甘平。

仲甘平這人，白手起家，從當日接觸來看，並非什麼狡詐奸滑的人。何況，永安廟一事之後，他的小兒子為崽崽所救，崽崽對他一家還有救命之恩，他應該不會以怨報德。因此，此人還是可以信任的。

宿溪立刻拉了拉崽崽的左袖，表示自己舉雙手贊同。

崽崽看人的眼光非常精準，決策也從來沒出過錯，宿溪對他放心得很，除此之外，系統裡仲甘平在「結交英雄」的那一欄，也是完完全全真心實意歸順於崽崽的，就更說明不會出什麼問題。

其實這一年以來，崽崽飛速成長，宿溪這個養崽的，越到後面，越是幫不到崽崽什麼了。

所有問題崽崽都能自己搞定。

儘管如此，崽崽每次有問題，還是會拉著她一起商量，大概是想要確認她一直陪在他身邊。

宿溪想到這裡，看著站在簷下，清瘦許多的崽崽，心中淌過一道暖意，忍不住又伸手，揪了一下崽崽的包子臉。

包子臉瘦了很多，都沒以前Q彈了，宿溪心中怨念。

崽崽頓時愣了一下，等反應過來後，揉了揉臉，耳根有些紅。

但是片刻之後，他像是實在忍不住，對著虛空，一字一頓道：「我即將滿十六歲，已然不是小孩子了，妳——」

他像是有些惱恨，又有些無奈，咬咬牙，道：「妳不要把我當小孩子看待了。」

見他頂著一張碩大的包子臉說這種話，螢幕外的宿溪忍不住捧腹大笑。

但是螢幕內的崽崽好像察覺到她被他逗笑了似的，蹙眉望著虛空之中，沒有說話。

他抿了抿唇，漆黑的眸子定定的，映照著簷下明明滅滅的燭火，湧起複雜、晦暗、執拗、難言之意。

先前崽崽在街市上躲過繡球，錯過了那個支線任務，但是令宿溪驚喜不已的是，秋收後，萬三錢卻主動找上門來。

萬三錢和宿溪想像中的不太一樣，竟然是個有些瘦小的小人，但是，儘管身材瘦小，臉上表情卻一看就很精明。

他找上門來，為的自然是防寒棚與溫室的事情。

崽崽每次去農莊，行蹤都極為隱蔽，至今京城乃至豐州三洲傳言四起，都知道有位救世濟人的富商，但卻不知道那富商真實身分為何。

畢竟崽崽神龍見首不見尾，且之後數次交代師傅丁事情，都是以紙條的方式。

但是這位萬三錢既然能成為燕國第一首富，顯然也是有兩把刷子的，他雖然還沒查出崽崽的身分，卻摸到了崽崽的行蹤。

於是這日，崽崽在外城宅院時，萬三錢親自過來了。

為了表現出誠意，萬三錢並未帶什麼人，只是帶了一個貼身的家丁而已。

他是想要重金購買宿溪和崽崽的防寒棚以及溫室的圖紙技術，開出的價格是幾萬兩黃金，這價格簡直讓宿溪驚訝，兩隻眼睛裡頓時充斥了金錢符號！

不愧是富可敵國的首富！

但是宿溪知道，圖紙技術要是給了他，他拿走之後必定會利用這技術賺更多甚至是翻倍的銀兩，到時候，還是燕國甚至別的國家的百姓被占便宜。

這就是他和仲甘平之間的區別，戰亂時期，仲甘平老老實實賺銀子，然後接濟百姓，而萬三錢卻是趁機大斂戰亂橫財。

倒也不能說這萬三錢不行，只能說他精明，是野心十足的商人罷了。

崽崽自然不可能把圖紙交給他，但仍打算與他合作。

以仲甘平和崽崽之力，要想改善整個燕國目前缺少糧食的困境，力量還是太薄弱，且來得太慢了。

整個燕國，只有萬三錢有這樣的財力物力。

更何況，崽崽還需要支援北境戰火的那三萬石糧草。

於是崽崽和萬三錢談判一番，要求防寒棚和溫室由仲甘平那邊來運作，而萬三錢出資農莊、人工、農作物雞鴨以及原材料。這種模式相當於萬三錢出資投資，待利潤出來之後，按照利潤分紅。

萬三錢此刻處於被動之中。

因為聽說仲甘平那邊有了那個運作最先進、產量遠遠超出其他農莊的技術之後，京城乃至整個燕國的富商都趨之若鶩，想要投資進來分一杯羹，萬三錢若是不參與，崽崽也不缺他這個人。

宿溪一邊開著螢幕做作業，一邊看著螢幕上不斷彈出崽崽與萬三錢的利潤談判，忍不住會心一笑，覺得這崽即便到了現代也是個商業小能手啊，這投資能力無人能及。

合作很快達成，萬三錢雖然沒能拿到他想要的，但是他也懂得人心不足蛇吞象這個道理。

此人與仲甘平的技術即將改新換代燕國所有農莊種植。

即便此人根本目的似乎是為了燕國子民，但是他預料得到，不久之後，此人必將成為燕國富商中的新貴。

此時此刻他參與進這資本當中，絕對是百利而無一損的。

萬三錢走後，宿溪螢幕上彈出完成任務的訊息。

『恭喜完成任務二：糧食產量達到兩千公斤，並結識首富萬三錢。』

『恭喜獲得點數加八！』

這個任務算是拖得最久的一個任務了，但是種植以及收成，本來就需要一年的時間，因此宿溪感覺進展還是十分順利。

她看著目前已經六十二的點數，心中微微有些激動。

但是很快，任務六也即將完成。

任務六是治理災荒，名動京城，獲得「不知名的神商」的稱號，初步引起皇上的注意。

這個任務本身就是和任務二並行。

這幾個月以來，崽崽一直夜以繼日地擴張農莊，雖然目的是為了籌到北境大軍的糧草，但是也剛好走在主線的路上。

翌日，萬三錢就按照崽崽的要求，主動僱傭鏢局，將糧草押往北境前線，作為投資注入、玩這一票的進入門檻。

讓鎮遠將軍等人心急數月，一直懸而未決的四個月後的糧草，竟然就這麼解決了。

翌日金鑾殿上，此事炸開了鍋。

皇上神采飛揚，龍顏大悅，對鎮遠將軍道：「大將軍果然是國之棟梁，若不是有你，朕還真不知道此次一仗該如何是好！」

丞相、太子，以及另外幾個官員臉色都不大好，顯然是沒想到鎮遠將軍居然真的解決了這件事。

鎮遠將軍心中也震驚無比，三月之前，陸嗔對他說有辦法說服萬三錢自動將糧草送上門，他還以為這少年在誇下海口，不知道天高地厚！

可萬萬沒想到，就在這三月裡，他率領其他將士，千方百計只籌到了幾千石糧草時，陸喚卻真的說服了萬三錢送糧草去往前線，這一送還是幾萬石，今年一整年的糧草竟然都後顧無憂了！

鎮遠將軍簡直欣喜若狂，心中更加確定了當日兵部尚書的推薦。

想到這裡，他打算替陸喚那孩子要一個職位。

「陛下，老臣此次能順利解決糧草困境，還多虧帳下一人，老臣想為他謀個晉升。」若是在朝堂之上，說出此事全為陸喚所為，只怕陸喚會樹敵無數，倒不如暫且先讓他在自己麾下，待到羽翼徹底豐滿，再謀其他。

皇上此時十分輕鬆、愉悅無比，聽鎮遠將軍說麾下之人有功，以為是此次遊說萬三錢有功，自然毫不猶豫地給了賞賜。

在聽到鎮遠將軍說是陸喚時，他還不由得笑著隨口稱讚了句：「這少年朕有些印象，先前太尉也在朕面前誇讚過，年紀輕輕便能得大將軍和太尉二人賞識，應當確為賢才，改日朕要見見。」

雖然這麼說，但此時皇帝心裡哪裡能記得住一個小官員的名字。

當天晚上，聖旨就立刻到了兵部二部的官衙，封陸喚為騎都尉偏職，掌監羽林騎，從四品。

二部的諸位主事都驚呆了，先前見他們員外郎經常往鎮遠將軍府上跑，以為不過是替鎮遠將軍辦理一下雜事，畢竟鎮遠將軍那人看不上他們這些在兵部之中，處理的卻都是一些勾心鬥角的文人。

萬萬沒想到，這才時隔數月，陸喚又升遷了！

年僅十六，便已從四品！

二部主事們豔羨不已，即便是二部郎中，也有些眼紅，眼瞧著陸喚連升兩職，現在官階比他還要高了。

鎮遠將軍府中，鎮遠將軍難得開懷，替陸喚擺了場宴席，一個接一個對雲太尉等好友敬酒，讓他們照顧提攜陸喚一二。

鎮遠將軍膝下無子，這般對一個寧王府的庶子，難不成是打算過繼？

寧王府的老夫人算是鎮遠將軍的遠房親戚，若是過繼，與他勉強有幾分血緣關係的這少年的確是最佳人選——

可是，往日裡，鎮遠將軍可是最瞧不上寧王府的啊！

眾人眼觀鼻鼻觀心，不由得高看這個一年來在京城連番嶄露頭角的少年一眼，日後，恐怕要以鎮遠將軍的得力部下相待了。

於是，紛紛過去敬酒。

先前的主事和郎中，還得叫一聲陸大人。

與此同時，寧王府中也炸開了鍋，陸喚已經搬離寧王府數月有餘，而短短數月之間，他竟然得到了鎮遠將軍的青睞，晉升兵部從四品？！

老夫人激動不已，本想讓下人快點去請陸喚回來，但是想到此時陸喚在鎮遠將軍府中應酬，便竭力按捺住激動。

她這時還未意識到陸喚已經決心與寧王府劃清關係，還以為這是她的英明決斷，送這個庶子入朝為官，否則這個庶子哪裡會有今天！

而自從娘家倒臺便一蹶不振的寧王夫人聽說了這消息，心情自然又是痛恨無比。此話暫且不提。

宿溪的螢幕上飛快地彈出一則訊息：『恭喜完成任務六：治理災荒，名動京城，獲得『不知名的神商』的稱號，初步引起皇上的注意。』

『恭喜獲得點數獎勵加十！』

宿溪心中我靠，崽崽這幾個月忙昏了頭，瘦了這麼多，這兩個任務直接一起完成了，現在點數——

她數了數，頓時眼睛都激動得亮了起來，點數一共有七十二了！

騎都尉偏職，從四品，掌監羽林騎，官服是絳色的，上面紋繡著獅子，宿溪看著也非常喜歡，至今為止，崽崽已經攢到三件官服了，她看著就非常有成就感。

今天晚上崽崽本來應該是在鎮遠將軍府應酬，但不知道為什麼，中途忽然回來了一趟，身後跟著一個鎮遠將軍府的人，像是剛跟他稟告了什麼事情，讓他激動至極。

他並不確定宿溪在不在，但還是立刻從將軍府衝了回來。

宿溪不知道發生了什麼事情讓崽崽這麼高興，高興得眉角眼梢都亮了起來，隱隱透著欣喜若狂——他這幾個月以來忙得日以繼夜，清瘦了很多很多，彷彿就是為了這一刻。

是因為升官了嗎？

宿溪心裡有點好笑，她以為崽崽對升官發財應該都很淡定了。

崽崽從寧王府的那間小柴院一步一步走到今天，十分不容易，她每次都替崽崽開心到爆炸，反而是崽崽自己，總是榮辱不驚的樣子。

今天倒是反過來了，看他升官就像是看著他又考了一次好成績，都已經習慣了，但他自己卻健步如飛，像是朝著月亮奔去一般。

宿溪見他進來就關上門，將外面的侍衛攔在外面，就知道他應該是在找自己。

於是拽了片梨花，塞在他手心裡。

十六歲的少年郎是闖過街市、狂奔回來的，白皙的額頭還蒙著一層薄薄的汗水。

他氣喘吁吁地低頭望了眼手中雪白的梨花，嘴角不自覺帶了笑意。

隨即，他望著虛空之中，眸子裡閃耀著狂喜，像是高興得快瘋掉了。

而在宿溪的眼中，崽崽包子臉上就是前所未有的激動，頭頂也趴著好幾行小太陽——到底怎麼了？

宿溪被他的激動和興奮渲染，忍不住也眉開眼笑，拽了拽他的頭髮，想搞清楚到底發生了什麼。

然後就聽崽崽竭力按捺住欣喜若狂，深呼吸了一下，對她道：「我找到了能幫妳寄身之人！」

似乎是太過激動，他聲音都有幾分發抖。

他眸子裡全是希冀：「我們今夜便去見那人，可好？」

宿溪：「……」

她呼吸窒了一秒。

她萬萬沒想到這幾月以來，崽崽雞鳴而起，夜以繼日，甚至飯都來不及多吃幾口，清瘦成這樣，眼眶經常熬得發紅，原來是為了這件事。

她近日見崽崽沒再研究那些問靈的書籍，還以為崽崽終於放棄了，心中還鬆了一口氣。

可原來——

崽崽的執念，遠遠比她想像的更加深刻。

宿溪看著這樣的崽崽。

她看著還不知道前路會發生什麼、雙眸充滿渴望和希冀的崽崽，心臟忽然一下子高高吊了起來。

還未發生什麼，可她卻眼睛一酸，心裡痛了一下。

第二十章　想要的得不到

崽崽要帶宿溪去見的人是燕國很有名的一位雲遊道人，出生於百年前的長春觀，聽說已經年過百歲，曾經被幾個國家的皇帝接見過，還留下了許多將已通往轉世輪迴的靈魂召喚回來的事蹟傳說。

這位雲遊道人近十幾年來遊歷於各個國家，根本尋覓不到蹤影，因此，崽崽才花了數月，透過鎮遠將軍找到了此人。

崽崽以前是斷然不相信神鬼之說的，但是將她誤認為鬼神之後，卻開始相信此道。雖然不知道這個雲遊道人先前流傳下來的那些事蹟是真是假，但是燕國許多有關於問靈召生的書籍，的確都是他以及他門下弟子編纂的。

因此，無論如何，找到他便相當於找到了一線希望。

若是從這位雲遊道人身上也得不到希望，那麼普天之下就更沒有能讓宿溪現身的辦法了。

此時此刻，鎮遠將軍手下的人正將那位雲遊道人帶往長春觀，他們只需要前往長春觀等候，便能見到那位聞名遐邇的雲遊道人。

宿溪在螢幕外，看著崽崽欣喜若狂地命令人備馬，打算立刻前往長春觀，充滿了希冀的樣子，心情不由得一陣複雜，一時之間不知道該怎麼辦才好……

找個藉口，說自己今晚有事，沒辦法跟他去長春觀？然後幾天不上線，剛好錯過這位雲遊道人？

這個念頭在宿溪腦海中一冒出來，就被宿溪趕緊否決了，不不不，這樣做太對不起崽崽了，也太不負責任了。

而且，這次沒見到這位雲遊道人，崽崽肯定還會想辦法，下一次再帶她去哪位雲遊道人面前。

……這件事情躲得過初一躲不過十五。

既然遲早有一天，崽崽會知道他們是兩個世界的人，她可以陪著他到老，但卻永遠不可能出現在他面前，那麼還不如今夜就讓他知道。他雖然會難過，但是宿溪心想，他還有他自己的野心，現在也有他自己的朋友、恩師、同盟了，他不會有事的。

宿溪心中七上八下，猶豫了很長時間，還是拉了拉崽崽的左袖子，示意，好，我和你一起去。

不過就在此時，可能是即將前往長春觀觸發了新的任務，螢幕上彈出了一則訊息：

『請接收主線任務十（中級）：為主角尋覓一位在朝廷中具有威望的、至少正二品以上的官員，讓他下定決心站在主角身後，扶持主角登上帝位。』

宿溪正覺得這個任務根本無從下手，現在朝廷中賞識崽崽的大官倒是已經有幾個了，但是崽崽的皇子身分尚未揭明，他們再賞識崽崽，也不可能去扶持一個寧王府的庶子登上帝位吧，這就變成謀朝篡位了！

這個任務按理來說應該是崽崽恢復身分之後才能觸發的任務。

而就在她這麼想的時候，螢幕上跳出了提示。

『提示：此任務與主線任務九並行，乃是主線任務九的附屬任務，點數獎勵為八。』

原來如此，宿溪頓時明白了，也就是說，在找到長春觀那個道姑，讓崽崽知道他自己身世的同時，也要弄來一位正二品以上的官員，讓崽崽九皇子的身分也為那人所知！

那麼，現在跳出來這個任務，就說明今晚去長春觀，會同時觸發任務九和任務十？！

宿溪本來還沉浸在崽崽無法見到自己的淡淡憂傷當中，但一接到任務立刻緊張起來。

此時崽崽正策馬飛馳，前往長春觀，時不時朝身側看一眼，眸子熠熠生輝，叮囑她快點跟上來，而宿溪安撫性地拽了拽他衣袖，示意自己跟著呢，但實際上，早就暗戳戳地把畫面調到別的地方了。

朝廷中正二品以上的官員很多，但是目前來看，能滿足任務十的情況，在知道崽崽身世之後，就會開始動扶持崽崽上位的心思的，卻只有三個。

雲太尉、鎮遠將軍、兵部尚書。

這三個人的官階分別為，正二品、止一品、正二品，全都滿足。

宿溪先打開將軍府的區域，發現今晚主角已經不在了，但是將軍府還是燈火通明，許多官員喝得爛醉，鎮遠將軍難得高興，也多喝了一點，此時正醉醺醺地打醉拳，這種狀態，沒辦法把他帶到長春觀去，只能放棄他。

當螢幕切換到鎮遠將軍這裡，螢幕上突然跳出：『恭喜任務八完成二分之一：成為鎮遠將軍心裡的繼承衣缽之人，並在北地鎮亂時初步立下軍功。已經完成前部分，獲得一半點數獎勵六點。』

看來這是說明，經過這幾個月，崽崽已經徹底取得鎮遠將軍的賞識和信任了。

鎮遠將軍心中，已經決心帶著崽崽前往北境進行歷練了。

宿溪頓時不知道是該喜還是該憂。喜的是任務完成一半，點數增加，崽崽也如願以償官升從四品。憂的是，等到去了北境平亂時，任務難度搞不好會越來越大，崽崽難免會受傷。

不過多想無益，先把當前任務解決。

其次是雲太尉，宿溪將畫面切換到太尉府——他不在。

他今晚似乎有事，正在皇宮裡見皇上。

宿溪有點急，生怕這三個人都有事，都沒辦法完成這個任務，但是好在此時兵部尚書正齊齊整整地坐在席位上，勸身邊另一個官員少喝點，他看起來是清醒的。

就他了。

宿溪得想個辦法，把兵部尚書盡快弄到長春觀去。

眼瞅著崽崽已經騎著馬一路狂奔，抵達了京城城門口，宿溪一陣頭禿，崽崽也太心急如焚了吧？！該不會長春觀的劇情已經結束了，自己還沒能把兵部尚書弄過去！

等等，有了，宿溪忽然想起出現在崽崽後宮欄裡的第一位，那位兵部尚書之女函月。現在想起來，怪不得函月有了姓名，原來她是個能派上用場的關鍵人物。

宿溪趕緊將畫面切換到兵部尚書府。

此時此刻，夜已經深了，函月已經在她的閨房裡睡下了。

宿溪迫不得已從商城裡兌換了一些催眠藥粉，灑在她房間裡，然後用被子將她捲了捲，捲成一個蛋捲，捏在手上。

隨即推開窗，故意發出非常大一聲「哐啷」的響聲——

等到昏昏欲睡的丫鬟們反應過來，只見房間空空如也，窗戶大開。

一個丫鬟迅速尖叫起來：「有刺客，小姐被綁架了！」

另一個丫鬟衝到院外去找侍衛，對他道：「老爺呢，趕緊去將軍府告訴老爺，小姐被刺客綁走了！」

而桌上，被風吹動的，是宿溪留下的一張圖，上面畫著長春觀，從筆筒裡抽出一支筆擺在上面。

這個兵部尚書很聰明，肯定能理解到，這是讓他一個人孤身前來，否則就撕票的意思。

做完這一切，宿溪又慢慢地一點一點挪畫面，直到挪到長春觀，找到一間道姑的空房間，將還在昏睡的兵部尚書之女函月好端端地放在床上，並幫她蓋好被子。

她做得輕手輕腳，長春觀很大，沒人發現。

宿溪鬆了口氣，接下來，就是等崽崽和兵部尚書一前一後地趕到了。

長春觀在距離京城幾里的一座山上。秋日的深夜空氣乾燥，滿山是桂花的清香。山峰上遠遠可見到一些昏暗的燈火，正是來自長春觀，勉強將山路中的青石板臺階照亮，四處冷冷清清的。

崽崽只帶了那個傳訊的侍衛前來，兩人的馬到了山下，就不能再往上了，於是崽崽翻身下馬，讓侍衛把兩匹馬都拴在山下的樹上。

他踏著青石臺階往上走，衣袍捲起臺階上枯黃的落葉。

他眼睛亮得驚人。

這一夜，大約只有螢幕外的宿溪知道，即便崽崽付出了幾個月的艱辛努力，最後也不可能得到任何結果。

她心頭微酸，但仍硬著頭皮看著崽崽大步流星、不知疲憊地爬上山抵達長春觀。

雲遊道人還沒來。

不過長春觀已有兩個道長知道這件事情，鎮遠將軍派去找人的下屬提前知會他們了，因此入了夜他們也沒睡，還在觀門口等著迎接。

見到崽崽和侍衛衣袍略帶寒意清霜地出現在觀門口，他們急忙行禮。

螢幕外的宿溪嚇了一跳，過了一下才反應過來，現在崽崽已經是朝廷從四品的官員了，這些道人自然要行禮。

……自己養的崽突然擁有了權勢，真讓人反應不過來呢。

「請騎都尉先去側殿稍作休息，待道祖來了，我們會派人來請。」其中一位道長說道。

陸喚心中急切，也顧不上講究這些禮儀，便點了點頭，快步朝著偏殿走去，走了幾步，他扭頭對那兩位道長以及身側的侍衛道：「你們不必跟來了。」

若是跟來，他便不能與鬼神說話了。

陸喚獨自一人朝偏殿走去。

先前宿溪一個人將畫面切換到長春觀時，根本找不到那個能觸發身世真相的灑掃道姑NPC，但是此時，她的螢幕右上角卻不斷傳來「……」的對話方塊。

宿溪心情一陣激動，拖拽著螢幕四處轉動，終於在後院看見了兩個小人，其中年老的那個手裡拿著戒尺，正在呵斥另外一個拿著掃帚掃地的中年道姑。

不斷彈出的對話是——

「妳別以為妳在宮裡當過丫鬟，就比別的道姑高一等了，就可以偷懶了，我告訴妳，不要拿膝蓋疼當藉口，再不好好掃地，便將妳掃地出門！長春觀也不是什麼可以白吃飯的地方！」

「就妳，聽說今晚新上任的騎都尉要來，還眼巴巴地想出去見面，做什麼夢呢妳，難不成想巴結上達官貴人嗎？」

這對話透露很多資訊啊，這道姑曾經是皇宮裡的丫鬟，今晚還拚命想見到崽崽，看來，任務九中所提示的灑掃道姑就是她了！

宿溪趕緊去偏殿，揪住崽崽的衣袖，示意他跟自己走。快快快。

崽崽在等雲遊道人來，心情焦灼，根本坐立不安，正在偏殿走來走去，見衣袖被她拽住，有些不解地問：「妳想帶我去哪裡？」

幸好雲遊道人還沒來，宿溪心想，要是來了，崽崽還能顧得上去後院見那個道姑？趁著這機會，趕緊把崽崽拽過去！

於是，她更加用力地拉扯。

陸喚衣袍都要被她揪破，不由得好笑，道：「好，我跟妳去，別急。」

崽崽從偏殿移步去了後院，他一出現在後院，那名惡聲惡氣教訓人的老道姑頓時閉嘴，而另一名道姑瞧著他，面上出現激動，張了張嘴巴，像是有千言萬語想要說出口，但是又一言不發，眼圈漸漸地紅了。

陸喚也瞧出這道姑有話要對自己說，鬼神將自己拽到這裡來，莫非是想讓自己聽聽這道姑說什麼？

他便對那老道姑道：「慧淨道長，能否讓我與她單獨聊幾句？」

慧淨道長訕訕地離開了。

後院中，便只剩下了崽崽與這中年道姑兩個人。

崽崽瞧著這道姑，道：「妳是有話要對我說？請長話短說，我還有重要的人要見。」

這道姑心裡知道，這恐怕是唯一能對他說出那件事的機會了，今夜不說，恐怕日後再也沒辦法說。於是，她定了定神，開口講了一個故事。

宿溪的螢幕上，也終於彈出了崽崽的身世始末——或者說，這道姑所講述的崽崽的身世。

『宮中所有宦官、侍衛、宮女，甚至包括皇子們都知道，皇宮裡有一個忌諱，便是不要在皇帝面前提及還未出世卻已經死在卿貴人腹中的九皇子。二十多年前，皇上有個最寵愛的妃子，乃雲州知府之女，皇上對她一見鍾情，將她帶進了宮，從此專心致志地寵幸她，不再將其他妃子看進眼裡。』

『可是如此一來，卿貴人便樹敵無數，她娘家又並非什麼強橫的家族，也無法為她提供什麼靠山，她在宮中，只能靠著皇上的寵幸度日。只是，雖是帝王，卻保護不了自己最心愛的人。卿貴人懷胎八月有餘，不知道是意外還是巧合，跌入池塘當中，被救上來之後，一屍兩命。』

『皇上痛不欲生，抱著卿貴人的屍身整整恍惚了三日，才不得不將她厚葬在皇陵。此前他無比期待卿貴人腹中的九皇子出生，但這事之後，宮中便沒人敢在皇上面前提及死去的卿貴人和九皇子，一旦提及，皇上便滿門抄斬。卿貴人家中原本就只有雲州知府孤寡父親一人，在得知此事之後，深覺此生無望，便在家中自縊，這樣一來，卿貴人一家便徹底斷了血脈。』

『但沒人知道的是，早在墜塘之前，卿貴人便在一天大雨的夜晚，將那孩子早產了出來，只是卿貴人知道自己處於深宮之中，沒有能力保護這孩子，這孩子未必能平安長大，於是託她曾經幫助過的一名年滿二十五歲即將出宮的宮女，在深夜想辦法將孩子帶出去。』

『站在主角面前的這道姑，便是當時的那宮女。她知道自己無法將孩子養育長大，況且，她從宮中出來，突然有了孩子，難免引起那些害死卿貴人之人的懷疑，必須得想辦法將孩子送到一處安全的地方。』

『而就在這時，寧王府中的一個姨娘正好即將生產，卻沒料到生產之後，生出來的是個死胎，姨娘害怕自己生出死胎，被寧王府覺得晦氣，從而驅逐，於是央求身邊的奶媽，替她找到一個嬰兒來瞞天過海。』

『就這樣，主角透過這個道姑和當年那個奶媽，進入了寧王府，成為姨娘所生的庶子。姨娘在生產之後沒過多久便死於寒冬，而奶媽勉強將主角養到稍微大一點，便也去世了。在這個世界上，唯一知道真相的最後一人，便是主角面前這位曾經的宮女。』

講述的過程中，宿溪時刻注意著觀門口，待到兵部尚書急切地出現，便用一些輕微的響聲，將他引到後院。

這道姑低聲講述完這些，已是淚水漣漣，對她而言，卿貴人是她的恩人，卿貴人所生的九皇子自然也是她的恩人。

她原本打算將此事埋葬在腹中老死，但是近日又聽說新上任的騎都尉竟然就是自己當年從宮中帶出來的那個孩子。

她雖然不知道當年害死卿貴人的是誰，但是卻害怕陸喚未來輔佐的君王與害死卿貴人有關係，於是才千方百計地想要找到騎都尉，說出當年真相。

宿溪雖然早就猜到了崽崽的身世有可能是類似這樣的情況，畢竟深宮之中，一個妃子要想好好地活到老，幾乎是不可能的事。她雖然早就做好了心理準備，但是此時此刻，見到這道姑滿臉的淚水，她心頭還是微微酸楚……

但崽崽臉上卻露出了懷疑，十分煞風景地、冷淡地打斷了哭哭啼啼的道姑，問道：「妳可知妳今夜胡謅的這一通，是會被殺頭的，妳有什麼證據能證實妳所說的話？」

宿溪：「……」

那道姑便詳細說出了當年將崽崽養大，那位寧王府中的奶媽的外貌特徵，還說有奶媽留下的信物。

崽崽看了信物，的確是那位奶媽的東西，然而崽崽還是不信：「這些並不能說明什麼，或許只是妳撿到了奶媽的東西，然後編出這個故事。」

那道姑萬萬沒想到騎都尉竟然不信，最後，只好拿出了一塊玉佩，交給崽崽，道：「這是當年卿貴人隨身的東西，從娘家帶來的，應當只有陛下和少數幾個皇宮內參加過娘娘入宮那晚的夜宴的官員見過，若是殿下您交給陛下，必定能恢復你的身分！」

崽崽掃了那玉佩一眼，似乎在斟酌她所說的話是真是假。

宿溪急了，恨不得替崽崽將那玉佩收下，這可是證明九皇子身分的信物！崽崽你不想恢復皇子身分嗎？

崽崽接下了玉佩，放入懷中，但臉上看起來並無波動，對那道姑道：「此事我自會查明，若妳對我有恩，我定會報恩。但今夜之事，不要有第三個人知道。」

道姑連忙激動地點了點頭。

崽崽接下這件信物之後，宿溪的螢幕上就跳出了任務九完成的訊息——

『恭喜完成任務九：從長春觀灑掃道姑那裡得知主角身世！獎勵點數加十二。』

宿溪還沉浸在這道姑所講述的往事裡沒能抽離情緒，下意識打開右上角的當前狀態看了眼，只見點數已經有了九十，而人物介紹中九皇子那一欄，也終於出現了崽崽的頭像——

等等，宿溪心思一下子跳到別的地方，這頭像用的竟然是原畫。她都快半年沒課金看崽崽的原畫了，猛然一看，都被傻得愣了一下。

而與此同時，立在牆角，無意中聽見了這一切的兵部尚書神情凝重。

他便是二十年前夜宴時，見過卿貴人的那塊玉佩的官員之一。那玉佩獨一無二，下面垂著的瓔珞也由卿貴人親自所繡，陸喚可能不相信這道姑所說的話，但是無意中聽見此事的他，卻是信了八分。

怪不得，當年卿貴人被從池塘裡救上來，斷出胎兒已經死於腹中的那位太醫，沒隔多久便辭職回鄉，原來也是替卿貴人隱瞞了胎兒早已早產生下的真相嗎……

兵部尚書與鎮遠將軍在朝中並沒有完全站隊任何皇子，兩人一心為百姓著想，極少考慮到自己的私利。此前鎮遠將軍認為幾個皇子當中，太子太過平庸，三皇子太過荒淫，五皇子太好大喜功，都並非明君，也就二皇子低調誠懇，聽得進建議，將來若是輔導他，他倒也能成為一位利國利民的好帝王。

但是先前北地暴亂一事，卻又展露了這位二皇子一些自私自利的缺點，他明知道百姓處於水火之中，卻因為擔心走了之後，京城勢力會變，竟然稱病故意不去北境。當時鎮遠將軍便對二皇子非常失望！

而現在，若他與鎮遠將軍一致認為出類拔萃的少年，就是當年夭折的九皇子殿下的話，那麼……

一瞬間，兵部尚書心裡閃過多道想法。

崽崽轉身離開後院，快步回到偏殿，而宿溪也看到兵部尚書快步離開此地，去將找到了的小女兒連同被子扛起，頭疼不已地帶下山去，就知道兵部尚書都聽見了，任務九的連鎖任務十應該也完成了。

果不其然，螢幕上跳出：『恭喜完成任務十：讓一名正二品以上的官員站隊主角！任務獎勵加八！』

右上角的點數一下子跳到了九十八！

這可能就是厚積薄發吧，崽崽管理了一年的農莊，花了無數心思拿到三萬石糧草，得到兵部尚書與鎮遠將軍的賞識，因此才能接二連三快速地完成好幾個主線任務。

宿溪還記得系統說的一百點時能與崽崽交流，以及一個大禮包，不知道大禮包會是什麼，她有點激動，想著接下來再努力完成一個支線任務，便能快速開啟一百點後的新地圖！

崽崽回到偏殿當中，又將那塊玉佩拿出來仔細端詳了一下，低聲問宿溪：「妳相信這道姑今夜所說的嗎？」

他面上有很多疑惑。

他是不相信的，這道姑所說的一切，實在匪夷所思。

他相信的是身側的鬼神，她將自己拉到後院去，就必定是希望自己知道這一切，那麼，難不成……

宿溪拉了拉他的袖子，表示自己是相信的。

崽崽笑了一下，將玉佩重新放入懷中，搖搖頭道：「這些信物，完全可以捏造出來，我目前並不相信，不過，無論事情如何，總會水落石出。」

宿溪本來以為崽崽知曉他自己的真實身分其實是九皇子，應該會開心的，任誰從一個寧王府的庶子變成皇宮中的九殿下，都應該高興的不是嗎？

何況，除此之外，崽崽也終於知道了自己生母生父的情況。

可是崽崽的神色看起來卻沒什麼波動。

宿溪不由得拽了拽他的手。

而他望著虛空之中，想了想，對宿溪道：「對我而言，生父生母是誰，我固然想知道，但卻也不知道，是否該知道。」

「一世為官，造福一方百姓，做一些有意義的事，雖然是我的願望，但至於其他的，我沒有想過。」

崽崽漆黑雙眸很澄澈。

他望著虛空之中，似乎還想說什麼，但張了張嘴，又閉上了嘴巴，只靜靜地注視著，他所想像的宿溪的樣子。

宿溪明白了他的意思，他雖然踏入了京城的權利漩渦當中，但實際上，從來沒有過做皇子、甚至是做帝王的想法。或者說，他有野心、有抱負，但是野心和抱負不在於權勢，也不在於爭名奪利。

宿溪一時之間不知道崽崽的想法是好是壞。

帝王高處不勝寒，崽崽也許並不願意去做，但是有的時候，人的命運一出生就已經決定了。

她第一次聽崽崽對她說這些，一時之間心裡也有點亂。

但是還沒等宿溪多思考些什麼，那邊就傳來兩個道長的聲音：「騎都尉，雲遊道人來了。」

……這、這就來了？！

崽崽激動地朝門口快步走去，前去觀門口相迎。

而宿溪心臟一下子跳到了喉嚨！

崽崽很快地將雲遊道人帶到了偏殿。

從觀門口到偏殿的路上，崽崽已經迫不及待地對雲遊道人說了前因後果，當然，他沒有提及身邊的鬼神與他之間相處的那些事情，他只隱晦地說，認為自己身邊有非人之物，希望雲遊道人能幫忙，讓他見上她一面。

雲遊道人踏進偏殿的門時，宿溪硬著頭皮朝他看去，只見是一個白髮蒼蒼、仙風道骨的道士，面相清臞，雙目有神，看起來的確有幾分洞悉萬物的感覺。

那雲遊道人進來以後，徑直朝著空中看來，從宿溪的角度看去，就像是他在和自己對視一樣。

宿溪頓時後脊背一涼，有幾分被這仙風道骨的雲遊道人看出了她並非他們世界中人的感覺。

陸喚走到桌案旁邊，替雲遊道人斟茶，他見雲遊道人定定地看向空中某個方向，不由得也朝那邊看去。

她……是在那邊嗎？

他心臟狂跳，喉嚨間也萬分乾澀，渾身彷彿繃緊了一根弦，緊張萬分——他此生從未如此緊張過。

他想像過一百遍、一千遍、一萬遍，與她相見時會是怎樣的場景，但是當數月的努力，最期待的一剎那鋪陳在眼前時，他卻忍不住屏住呼吸，動也不動，任憑心臟怦怦地快要跳出胸腔。

見雲遊道人許久沒有開口，陸喚艱澀地問：「……道長？」

雲遊道人回頭看了他一眼，沉吟片刻，道：「陸公子，你所求之事我已知道了，只是——」

陸喚心臟一下子高高吊了起來，屏住呼吸。

「只是，你與你想見之人，並不在同一個世界。」

陸喚覺得手腳有點發冷，他不太能理解，十分艱難地啞聲問：「不在同個世界……這是何意？」

雲遊道人只是搖搖頭，目光中有幾分不易察覺的憐憫，對他道：「上下四方曰宇，往古來今曰宙，一花一葉一世界，在你我所不知道的地方，有千千萬萬個宇宙，即便花中之人可以看見葉中之人，可花葉枯敗不在一個輪迴，又怎麼可能聚首在一起呢？」

螢幕外的宿溪驚愕地看著這位年歲已經過百的雲遊道人。

而陸喚臉色煞白，仍不死心，張了張嘴，像是想說什麼。

那位雲遊道人卻又道：「你所思所想，並非尋常鬼魂，本道辦不到，天底下也無人能辦到，放棄吧，陸公子，你想要的得不到。」

他說完，搖搖頭，也沒去喝崽崽斟給他的茶水，徑直轉身離開了。

宿溪忘了呼吸，去看螢幕上的崽崽，崽崽立在那裡，臉上已經毫無血色了。

他不知道在想什麼，像是一剎那被剝奪走全部希望一樣，看起來有些茫然，找不到東南西北的方向。

……是嗎？終其一生無法相見嗎？

陸喚渾身血液都凍住了，宛如墜入冰窖之中。

他幾乎無法思考。

他轉身，似乎是想找到身側鬼神的方向，但是袖袍無意將桌案上的茶杯帶翻，「砰——」地一聲四分五裂地砸在地上。

這聲猛烈的響聲讓他稍微清醒了一些。

陸喚死死抿著唇，嘴唇有些發白，蹲下去撿茶杯碎片。

宿溪看著螢幕上這一幕，心裡也有些難受，她拽了拽崽崽的袖子，想說，崽，其實也沒多大關係，反正我不是還陪著你嗎？

崽崽失魂落魄，但是沉默了片刻，像是竭力打起精神。

反而望向虛空之處，安慰宿溪道：「妳不要害怕。即便妳永遠是這樣沒有實體，我也會陪著妳的。」

宿溪：「……」

「妳想要什麼，便讓我知道，即便妳不能吃到那些好吃的，用上那些胭脂，但凡是妳想要的，都儘管與我說……」

崽崽努力鎮定地道，但是聲音還是有些啞，眼圈也有些紅。

他忽然又像是下定決心般，忽然道——

「我上次與妳說的絕不娶妻生子一事，我是認真的。」

宿溪：啊？怎麼又突然提起這件事了？

崽崽凝視著虛空之中，像是有千言萬語想要說出口，發紅的眸子也晦暗不明，但最終，還是嚥了回去，只是對她解釋道：「若是我娶妻生子了，妳覺得有人陪著我了，便要走了，是嗎？既然如此，我不願意。」

「……」螢幕外的宿溪眼眶酸澀，該死，竟然被遊戲小崽弄得心頭一酸又一熱，想扯起嘴角笑，鼻腔又酸溜溜的想哭。

崽崽低頭去撿那些碎片，又道：「不過，這位雲遊道人雖然聽聞十分厲害，但今日一見，不能解決妳的事，倒也不過如此嘛，妳放心，我會找到別的辦法……」

剛剛感動得心窩酸澀的宿溪頓時一個激靈，手機差點從手上滑出去——

不是吧，崽，你還沒死心？還要想辦法？！

崽崽提及這些，死寂的眸子又努力補充了一點亮光進去，他見身側的鬼神一直沒動靜，以為她也在難過，便抬起頭，對她安撫地笑一笑。

宿溪：「……」

啊啊啊崽，別笑了，媽心臟疼。

雲遊道人行蹤不定，等到崽崽不死心地想要追出去時，雲遊道人已經消失了。

這一夜，回來的路上，崽崽與去的路上判若兩人。去時他策馬飛馳，眸子裡全是希冀之意，像是京城裡趕著飛奔去見心上人的少年，但是回去官舍的路上，天際已經露出魚肚白，他卻讓侍衛先行一步，他在後面將馬騎得非常慢。

宿溪知道他心中難過，眼眶的紅一直沒有褪去，可是他還是在不停對宿溪說一些話，想要安慰身側的鬼神，即便沒有身體也無礙，和正常人沒什麼兩樣。

宿溪第一次見他這般話癆，見他頭頂不斷冒出對話方塊有些想笑，但是心中又有些苦澀。

等到崽崽回了官舍，天就已經徹底亮了。

他意識到，鬼神已經陪了自己整整一夜了，早就到了她素日會離開的時間，於是對她道：「妳定然累了。」

宿溪捏了捏他的臉。

他一貫有些嫌棄被當小孩子對待，此刻也不例外。

宿溪又抓起他的手，再一遍確認那些茶杯碎片沒有傷到他的手，而他以為人在他身前，於是對身前彎了彎眉眼，低聲道：「去休息吧，明日見。」

宿溪見他沒有受傷，自我調節能力也比較強，這才徹底放下心，再加上，宿溪這邊也到晚上了，她也有些睏，最後揉了揉崽崽的頭，才下線睡了。

待她走後，陸喚臉上的笑容再也強撐不住，他沉默地走到床邊坐下。

此時已經辰時了，該換上官服去官衙了，可他渾身力氣像被抽乾了一般，手指也抬不起來。

門庭外冷冷清清的，屋內死寂一片，他靜靜地坐了許久，心裡有一股綿長的痛楚。

一夜之間，所有的希望完全破滅，他雖然料到，想要見到她絕非易事，不要抱太大期望，可是雲遊道人所說的話，卻是將他所有的希冀全踩入了地獄裡。

「我想要的得不到。」他喃喃地重複著雲遊道人的那句話。

宿溪睡著了，所以也不知道，遊戲裡又悄悄地新增了兩個點數——是來自於這三四個月以來，陸喚每日勤勉學習練劍騎射的兩個點數。

他每天雞鳴而起，辛勞無比，本應該增加四個點數的。

但是由於體力與武藝方面的點數是呈邊際遞減效應，所以儘管這幾個月比先前那一個月，陸喚所付出的還要更多，但系統仍只是評估為兩個點數。

此時，系統彈出一則訊息：『恭喜完成十個初級／中級主線任務，點數達到一百！即將開啟大禮包——』

『大禮包倒數——三、二、一——』

在這則訊息彈出之後，遊戲螢幕裡陸喚周遭的空氣似乎發生了一些變化，但又似乎什麼也沒變。

只是，陸喚身前憑空多出了一塊半透明的——類似於懸浮的空氣之類的東西。

陸喚正神情低落，卻一瞬間察覺到了什麼，頓時警惕地抬起頭，便見到了那塊莫名其妙憑空出現的東西。

他瞳孔猛縮，怔然了一下，陡然站了起來：「何物？！」

然而，屋子裡空蕩蕩的，並沒有人回答他。

陸喚拿起床頭的劍，朝那懸浮在半空中的螢幕走去，他拔劍砍了一下，但是卻徑直穿了過去。

而就在這時，螢幕上緩緩出現一個畫面，畫面中似乎是一間屋子，可是裡面的東西卻是陸喚從未見過的，正中間似乎是一張床，可是那床的花紋未免也太——令人眼花撩亂了些，畫著不知道什麼鬼圖案，像是熊，又像是——

陸喚眼皮一跳，正要仔細看，但還沒等他看清，懸浮的那物上便跳出了一行字，將那個畫面蓋住了。

這行字竟然是陸喚能讀懂的文字。

『想見到你所思之人嗎？想知道她長什麼樣子嗎？玩這款遊戲，成為一個為國為民，胸懷天下的明君，便能實現你心中所想！』

陸喚有一瞬間懷疑自己在做夢，可是眼前匪夷所思的一幕又如此真實——他利箭般的目光牢牢鎖住那半透明之物上面的第一句話——「所思之人」。

接著，沒等他做出反應，那塊半透明之物上又彈出一句，伴隨著機械音，在陸喚耳邊響起。

「崽崽你好，歡迎來到一百點之後刺激的遊戲世界。」

陸喚臉色一瞬間有些古怪，他顧不上去考慮這匪夷所思的一切，一字一頓反問：「你叫我什麼？」

螢幕上彈出兩個字：崽崽。

而那機械音也用解釋的語氣念道：「ㄗㄞ三聲，ㄗㄞ三聲，崽崽。」

「……」

陸喚的表情一瞬間精彩紛呈。

第二十一章 是她心悅之人嗎

陸喚今日本應該去官衙將兵部二部的事務交接給幾個主事，直到下一任員外郎上任，然而，他卻告了病假。

他一向勤勉，從未請假，這幾日甚至玩命般處理官務，因此，陡然請假，實在讓人覺得有些奇怪。

不過聽說昨晚陸喚不知什麼原因出了一趟城，想來是回來的路上吹了風著了涼，因此現如今官階比他低一級的二部郎中十分爽快地允了他的假。

而此時，兵部尚書正愁眉不展，不知道昨夜所聽見的關於九皇子的身世真相，是否應該告知鎮遠將軍。

算了，鎮遠將軍有些武人的莽撞，此事還是先不要告訴他，還是先派人去查明真相，待到事情有個水落石出，再找大將軍商談。

昨夜若不是函月又玩離家出走那一套，竟然跑到了長春觀去睡大覺，只怕他還不能誤打誤撞地知道此事。

這樣想著，待家丁來說函月已經睡醒了後，兵部尚書便決心教訓她一番。

可誰知函月卻一頭霧水地道：「爹，昨夜我早就睡下了，睡下之後什麼也不知道，怎麼可能是我自己跑到長春觀去的呢？」

函月任性，先前也不是沒玩過假裝被綁架的花招，昨晚見窗戶大開，而屋內沒有絲毫掙扎痕跡，兵部尚書還以為又是函月自己跑去了長春觀，留下線索假裝被綁架，心中無奈至極，配合地去長春觀將她帶回來。

可誰知，她說沒有？

兵部尚書頓時神情一變。

這一日，兵部尚書府中上上下下氣氛嚴肅警惕。

當然，這是另話。

此時此刻，陸喚還在屋內，盯著那塊憑空出現的半透明的詭異幕布——他暫時不知道這究竟是何物，於是先用幕布來稱呼。

他從院中叫了幾個灑掃的下人進來一趟，但沒隔多久就讓他們出去了。

透過這幾個下人的茫然反應，陸喚很快便確認了三件事情。

第一，現下這一切並非做夢。

第二，這塊莫名其妙出現的幕布，別人都看不到，只有他一人能看到。

第三，幕布可以從右手邊拉出，也可以隨意關閉。

這實在是匪夷所思，若是讓別人知道，別人恐怕會以為陸喚精神出了問題。

陸喚盯著那塊古怪半透明的東西，面色難看，心中也有此懷疑，可是幕布彈出來時的那句「想見到你所思之人嗎」卻又一直縈繞他心頭，使他凝了凝神，告了假之後，關上屋門仔細研究。

懸浮在半空中的幕布上，當那幾行文字消失之後，便露出先前陸喚所見到的那間屋子。

陸喚眉頭緊蹙，用審視的目光掃視著這間屋子裡的一切。

他沒猜錯，正中間的確是一張床，只不過和自己所處朝代的雕花床完全不同，而是一種非常古怪、讓陸喚難以形容的風格，床頭的兩個枕頭也很古怪，非常膨，裡面像是填充了棉花，無論是民間還是宮廷，都從未有過這種枕頭。

床的旁邊，是一面非常大的、類似於銅鏡的東西，寬約三尺，可是又比銅鏡還光可鑒人，其中倒映出房間的另一邊——陸喚姑且懷疑這是面鏡子。

窗戶也非常奇怪，陸喚知道那是窗戶，因為隱隱可以見到外面透進來灑在地上的陽光，可是他卻從未見過那窗戶邊框的材質，像是一種銀，但又不全然是。

以及地面、桌案、椅子，都帶給陸喚視覺上的衝擊。

他大約能猜到那些都是什麼東西，可是落在他眼裡，就像是見到天上的月亮突然掉下來那般新奇。

陸喚仔細地考察完這些之後，發現這個屋子外還連接了正廳——正廳也沒有多大，但是他立刻又錯愕了一下。

那是什麼？

正廳裡有一塊掛在牆上的，橫長方形的黑色東西。

所有的東西對他而言，都是全新的存在，他努力去分辨那些是什麼東西。然後，在轉完整個屋子之後，下意識地想要看更多的地方。

可是，幕布上立刻彈出新的文字——

『抱歉，崽崽，目前點數不夠，無法解鎖新的區域，請盡快完成主線或者支線任務，從而解鎖你想去的區域。』

這句話同時用機械音讀了出來。

陸喚聽見「崽崽」二字時，眉梢抽搐，竭力去忽視這讓他臉色精彩紛呈的稱呼。

他讀懂了這句話的意思，問：「什麼任務？」

幕布上出現文字——

『目前主線任務已經完成十個，第十一個暫時未開啟，請完成支線任務八：離開之前，將所有兵部二部的事務處理完，贏得主事們的敬佩。』

這些雖然讓陸喚感到匪夷所思，且天方夜譚，但或許是他心中想見到鬼神的執念實在太深，因此竟然也顧不上去搞清楚這到底是怎麼一回事，便徑直收了幕布，匆匆騎馬去到官衙！

他掀起衣袍在桌案後方一坐，半個時辰內，將所有累積下來的兵部二部的卷宗上的難題揮筆寫下解答之策！

然後，在那些主事們錯愕的視線當中，又來無影去無蹤，飛奔上馬，騎上馬便回到了官舍，氣喘吁吁地從右袖中拉出幕布。

幕布似乎對他的速度感到震驚，略微卡了一下，才又出現新的文字和機械音——

『恭喜完成支線任務八，獎勵點數加二，目前崽崽你可以選擇開啟一個新的區域。』

陸喚盯著那塊幕布。

下一秒，幕布上跳出一張圖，似乎是一座城市的地圖。

陸喚看著那地圖上的各種新奇的名詞「學校」、「醫院」、「ＣＢＤ大廈」等等，只覺得世界觀受到了衝擊，他微微張大了嘴巴，表情空白了幾秒。

他試圖將那些名詞與自己所理解之物對應起來，學校意思是私塾嗎？

至於那一串歪歪扭扭的英文字母「CBD」，他便全然猜不出是什麼意思了。

等等，陸喚猛然想起鬼神贈與自己的那盞燈籠上的那些蠅頭小字，其中有幾個小字竟然和這三個小字有些像。

他趕緊走到簷下去，將燈籠取下來，對照著這地圖上一些彎扭如蟲的小字，竟然發現，當真有一些對應得上！

陸喚心頭狂跳，血液上湧，昨夜失落了一夜的心思，在一剎那死灰復燃。

他強忍住激動，先將燈籠放在旁邊的桌案上，然後攥住拳，繼續抬頭去看那幕布。

他暫時不知道應該解鎖哪塊區域，但是想來，這幕布陡然出現的畫面是那間屋子，那間屋子必定有什麼特殊之處。

於是，他選擇解鎖的是那間屋子周圍的地方。

幕布上很快就出現了新解鎖的區域畫面。

——陸喚的世界觀再次受到了衝擊！

他仰著頭，看見長街之上，竟然有四個輪子的扁平馬車以飛快的速度竄過去！

而長街上，來來往往的人所穿衣著也異常古怪，女子衣不蔽體，男子頭髮非常短，大部分人手中還拿著一個小長塊的黑色板磚，在對著黑色板磚嘀嘀咕咕些什麼。

陸嗅心頭疑惑重重，但是他想起昨夜雲遊道人所說的那句話「你與你想見的人，並不在同一個世界」。

他一下子明白了什麼。

莫非——這就是她所在的世界？

那些豎起的高樓，竟然像是要衝到天上去，讓人恍若可以摘星。如此高的樓宇，在自己的朝代絕無可能做到，即便是行宮裡的觀星台也不可能！那些速度極快、四個輪子的代步馬車，飛馳的速度說是真正的一日千里也不為過，再好的寶馬也做不到如此地步。

那些行人手中所持之物，竟像是傳說中的千里傳音之物一般，他看見其中一個人對著那黑色板磚說了什麼，很快，長街對面就有另外一個人朝那人招了招手。

陸嗅又想起鬼神贈予自己的防寒棚、溫室的圖紙，那些圖紙其中所含的內容也十分新奇，不只是在燕國，在整個四洲，也從所未聞。

難不成，她所在的世界，是改朝換代不知經年後的……未來？

陸嗅將與鬼神相遇之後，所經歷的種種事情從頭到尾回想了一遍，血液竄到頭頂，後脖頸上也起了一層細細的電流，他幾乎是電光火石之間，確定了自己的猜測。

他幾乎是下意識地上前幾步，就激動地想從那半透明的幕布進去追過去。

但是，他這一步卻徑直穿過了幕布，走到了屋內的另一邊，撲了空。

幕布上也同時跳出一行文字——

『崽崽你好，點數還沒到達兩百，無法解鎖下一個大禮包，請勿心急，請多多完成主線任務和支線任務，盡早提升點數。』

陸喚臉色一下子刷白，自己無法去到她的世界嗎？

他雖然不明白點數是什麼，但是大約也明白，必須像是方才那樣做一些任務，才可以累積到一個數字，才可以去她的世界見到她。

想到這裡，陸喚認為還是有一線希望的，於是揉了下臉，冷靜下來。

他繼續了解這個全新的未來世界。

只是……陸喚看著長街上的那些人，他不明白，為何這些人全都像是侏儒一般，手腳短小，畫風奇特，一張張臉猶如包子一般。

幕布：『崽崽，請問是否要課金切換到原畫，一文錢可以維持原畫一個時辰。』

陸喚不太理解「課金」、「原畫」這些字眼到底都是什麼意思，於是觸碰了幕布上「是」的選項，很快「啪」地一下，霧氣之後，整個幕布裡長街上的行人，都恢復了正常模樣，不再是短手短腳、醜陋的包子臉形象。

他便大致弄明白了幕布方才那句話的意思。

但是因為這長街上的人數眾多，沒多久便耗費了許多銀兩，陸喚懷中直接少了一張銀票。

秉持著節約的原則，陸喚又讓幕布恢復了之前所有人都短手短腳的模樣。

今日所見之事已經夠古怪、夠匪夷所思、夠震驚世界觀了，因此再見到銀票憑空消失，陸喚也不怎麼吃驚了。

只是，幕布裡的這個世界看起來非常大，他要去哪裡找她？

他暫時先將畫面調轉到一開始的那間屋子裡——陸喚一切都摸索著來，但他十分聰穎，發現這塊幕布居然可以觸摸到，並且一觸摸，上面的畫面便會隨之浮動，於是他很快地摸索著學會了切換畫面。

正在他這麼想時，這間屋子的大門突然傳來開門的聲音。

陸喚頓時屏住呼吸，喉嚨有些發乾，緊緊盯著那扇鐵門處，是她嗎？他幾乎有種近鄉情怯的情緒，像是即將要見到日夜所思的心上人的少年一般，心臟跳動得非常快。

接著，門打開了。

一個可愛的、短手短腳的包子臉小女孩走進來，似乎是剛從外面跑步回來，她額頭上掛著晶瑩的汗珠，睫毛濃密卷翹，白皙的臉頰微微發紅，很小一隻，小短腿在地上飛快邁動，走進浴室拿了一條毛巾，擦掉額頭上的汗水。

她小小一隻，頭髮束成一束，是陸喚從未見過的髮型。

——是她嗎？

不知為何，陸喚心中隱隱有一些預感，可是仍然不確定。

然而，下一秒，他就見到那包子臉小姑娘一屁股在正廳的一個長方形的軟塌上坐下來，蹺起二郎腿。

陸喚：「……」

然後她從口袋裡掏出一支長方形的黑色大螢幕板磚，像是打算用板磚做些什麼。

「妳是她嗎？」陸喚不禁問出了聲，有些茫然。

可是，她好像沒辦法聽見他這邊的聲音，只是在軟榻上斜躺下來，臉上掛著亮晶晶的笑意，打開了她手裡的那塊板磚。

她手裡的板磚突然亮起來，令陸喚眼皮一跳。

而下一秒，她手裡亮起來的板磚上，出現的畫面竟然是——從陸喚這個角度剛好看得清——竟然是他居住過的寧王府的那間柴院？！

陸喚呼吸陡然急促起來。

他突然明白了什麼。

——是她。

雲遊道人所說的兩個世界——

她手裡的那塊板磚，應該與自己眼前的半透明幕布無異，這麼久以來，她便是透過她手裡的那塊小板磚看到和接觸到自己的。

她並非什麼鬼神，而是來自於千年之後的另一個世界的女子。

而現在，或許是自己執念太深，自己這邊竟然也出現了能看到她的幕布。

——是她！

陸嗅雙眸陡然發紅，他凝望著她，讓幕布開了原畫，於是，幕布上的卡通包子臉小女孩，陡然變成了一個美麗的少女，皮膚雪白、頭髮烏黑，額頭上還有些許汗水沒有擦乾，眸子很亮，鼻梁挺翹，嘴唇微微抿著，很認真地盯著她手裡的板磚。

那是一種非常奇妙的感覺。

陸嗅雖然是第一次見到她，卻覺得異常熟悉。

就像是她每一根髮絲，都如他所想像的那般。

隔著千年的光陰，他立在這間屋子裡，任由木窗外的日頭漸漸西斜，眼眶通紅地注視著半透明幕布上的她，他的心臟宛如落了一道電流，重重地跳動。

他從未想過，老天當真眷顧，讓他見到她了。

這一瞬，他屏住呼吸，只覺得時間都靜止了一般。

陸喚暫時還未弄明白，她到底是如何透過一塊板磚，跨越千年的光陰，陪伴了自己一年之久的，他腦子裡有些空白，充斥著終於見到日夜所思之人的喜悅，還有微微的近鄉情怯、不知所措和羞赧。

可是，她似乎並不知道他終於也能見到她了，還在專心致志地在她那塊板磚上按來按去。

今天是週六，宿溪早上起來去幫宿媽媽買了菜之後，就去晨跑了一下，心裡惦記著昨天晚上崽崽情緒低落的樣子，於是也沒跑很久，就趕緊衝回家，打算上線了。

這遊戲每次上線都在初始畫面，因此宿溪還得切換，才能找到崽崽。

遊戲裡正是夕陽西下的時候，她本來以為崽崽應該在官衙，可是卻聽兩個主事頭頂彈出對話方塊，說是崽崽今天因病告假？

宿溪嚇了一跳，不會吧，昨天著涼了？她趕緊又將畫面切換到了官舍。

然後就見，崽崽站在官舍的屋內中央，望著虛空之中，動也不動，兩隻烏黑的大眼睛發著紅，像是委屈，又像是驚喜，總之各種欣喜若狂、驚愕狂喜的神色交雜在他臉上。

可是他動也不動，讓宿溪以為遊戲當機了。

於是宿溪切換到院子中，看了眼外面，見外面一些下人還在走來走去地打掃，沒有當掉啊。

而此時此刻的陸喚，看著另一個世界的她手裡的那塊板磚上的畫面，臉上的表情有一瞬間的凝滯——

只見她螢幕上，院子裡那些走來走去的人全都是小人，和自己先前所見到的她那個世界的短手短腳的小人並沒什麼兩樣，而且頭頂還頂著名字：主事甲，主事乙，主事丁……

而自己——

她螢幕切換到屋內後，立在中間的那個同樣也短手短腳、仰著一張碩大包子臉、表情空白呆住的，分明是自己！

陸喚：「……」

為何自己在她螢幕上看起來這麼蠢？！

而自己的頭頂碩大兩個字：崽崽。

陸喚：「…………」

陸喚終於知道，為何這幕布叫自己崽崽了。

如果和自己這邊一樣，必須消耗一些銀兩才能切換成正常人的畫面的話，那麼她肯定是——沒、有、花、錢。

意識到這一點的陸喚：「……」

而宿溪確定沒當機之後，又把畫面重新切換到屋內，就見崽崽還是沒動，呆呆站在那裡，一張包子臉上流露出了十分精彩紛呈、一言難盡的表情。

怎、怎麼了？

宿溪被他莫名其妙到了。

她正準備拽一拽崽崽，示意自己來了，但卻突然發現，右上角的點數到了一百零二——

？？？！！！

宿溪陡然受到了驚嚇，怎麼回事？

她差點從沙發上彈起來：「崽，你昨晚幹什麼了？怎麼突然就一百零二點了？！」

該不會是昨晚狂做了幾十萬個伏地挺身吧？！

她吼出這句話之後，就見螢幕上的崽崽眉梢抽搐一下。

接著，他做了一個動作，似乎是上前一步，在面前的空氣按了下。

然後宿溪就一頭霧水地發現，自己螢幕上「啪」地一團霧氣過後，卡通臉的崽崽突然變成了原畫，成了那個十六歲的俊美的少年，凝視著空中，眸子隱隱發紅。

她：「……」

遊戲今天怎麼了？突然變成了原畫？她還沒課金，崽崽就變成原畫了？而且，還這麼持久，足足半分鐘過去了，還是個少年模樣。

宿溪當時叫得順口了，就順便課金把崽崽的姓名從「陸喚」二字改成了「崽崽」。

而此時，正當她摸不著頭腦時，只見螢幕上又「啪」地一下，崽崽頭頂的姓名，突然變成了一行新的名稱——

「十六歲在燕國已經可以娶妻生子了的陸喚。」

宿溪：？？？

這破遊戲絕對是出bug了吧？！

宿溪不知道遊戲出了什麼問題，但是立刻想到，莫非這就是系統所說一百點之後的大禮包，可以不用課金直接看到原畫？！

可是為什麼只有崽崽變成了原畫，外面院子裡灑掃的下人管事們還是卡通小人的模樣？！

宿溪不由得心裡吐槽，這算什麼大禮包嘛，太小氣了吧，有本事把整個燕國的人都切換成原畫啊！

不過，即便只有崽崽變成了原畫，她仍驚喜萬分。

雖然短手短腳的包子臉崽崽很萌，她很捨不得，但是原畫的崽崽也俊美無比，讓人忍不住一直盯著看。

可是，看習慣了短手短腳小崽的畫風，陡然變成這樣，宿溪還有點不習慣。

她在螢幕上摸索了一下，看能不能變成原來的卡通畫風。

她很快在系統畫面找到了之後，立刻高興地切換過去。

但是——

還沒切換兩秒鐘，又「啪」地一下一陣霧氣，螢幕上的崽崽又重新變成了原畫！而崽崽臉上的神情似乎有點不滿。

難不成，這還是強制性的大禮包嗎？！

算了，宿溪心想，反正不用課金，那就讓崽崽保持原畫吧，原畫還賞心悅目一些。

同時，宿溪也發現一百點之後，遊戲的時間流速稍稍發生了變化。

先前遊戲的時間流速和現實的時間流速是三比一，包括宿溪玩遊戲時也是，螢幕上的一切畫面幾乎都是很快的三倍速，不過對於經常用三倍速看電視劇的宿溪而言，這種速度剛剛好。

但是，點數到達一百點之後，她關掉遊戲時，遊戲的時間和現實的時間流速比例似乎變成了二比一，這也是為什麼她這邊過了一夜，而遊戲裡過了一天一夜。

而她打開遊戲後，這個比例似乎又變成了一比一。所以剛才她打開螢幕後，見到一向邁著小短腿動作飛快的崽崽站在屋內動也不動，才會覺得遊戲是不是卡住了。

宿溪心中倒是沒有生出太多的疑惑，只將這理解為遊戲過了一百點之後，到達第二階段，可能難度更大了，所以時間流速稍稍變慢。

現在最讓她激動的，莫過於先前系統所說的，達到一百點之後，可以和崽崽交流的問題。

到底怎麼交流？！

宿溪早就不把崽崽只當成是遊戲裡的人物了，而更傾向於是另一個世界真實存在的人。這個突然出現在自己生活中的遊戲為自己和崽崽架起了橋梁，雖然的確匪夷所思，但是既然系統說能交流，宿溪便相信必然能辦到。

可是——

整個畫面上沒有可以輸入文字的對話方塊啊。

宿溪摸索來摸索去，也沒有發現哪裡新增了可以線上聊天的對話方塊。

難道可以直接語音嗎？

宿溪戴上耳機，清了清嗓子，嘗試著說了句話——「喂，喂喂，喂喂喂。」

而就在她說完之後，她手機螢幕上，竟然當真出現了一個漂浮在空中的對話方塊！將她所說的話轉化成了文字！宿溪睜大了眼睛，只覺得心臟狂跳，血氣上湧——哇靠，系統說的是真的！

那麼，她所說的話，能傳達到崽崽那邊嗎？

她又很傻乎乎地繼續戴著耳機，竭力讓自己聲音好聽點溫柔點——「崽，喂，你能聽到嗎？」

螢幕上的崽崽臉上流露出幾分愕然和震驚。

……是聽到了？

宿溪呼吸都快靜止了，下一秒，就見螢幕上的崽崽臉上閃現出欣喜若狂的神色，頭頂彈出一個對話方塊，「我在。」

宿溪一瞬間雞皮疙瘩都起來了，她攥緊了手機，震驚得腳趾頭都蜷縮了起來，忘了怎麼呼吸。

天吶，這他媽也太神奇了！

她本來以為一百點之後，遊戲程式會多出一個輸入框，會讓她打過去的文字轉化成紙條，落在崽崽桌案上，她以為系統所說的溝通是透過這種方式溝通的，但萬萬沒想到，竟然是直接語音了！

不，也不完全算語音，她還是聽不到崽崽的聲音，崽崽所說的話還是和以前一樣，變成了對話方塊從頭頂冒出來。

但是，此刻的崽崽是不是終於聽到了她的聲音？！

是不是以為鬼在和他講話？！

——幸好早就讓崽崽以為她是鬼，鬼突然會講話發出聲音了，就和問靈、招魂、起死回生一樣，應該還算崽崽的世界觀裡能接受的範圍，

宿溪又興奮又激動，眼淚都快流下來，同時還有種非常新奇、異常震驚、被顛覆世界觀的凌亂感——總之，她一時之間心臟狂跳，腦袋突然頓住了，不知道該說什麼。

而陸喚這邊，也是同樣震驚地看著他面前的幕布。

就在方才，幕布上的她忽然往耳朵上戴了兩個圓形的白色小東西，接著張嘴說了什麼。

陸喚本以為，自己這邊聽不到她那邊的聲音，所以也沒辦法知道她說了些什麼，心中正微微有些失望。

可是卻沒想到，下一秒，他面前的幕布上，她的頭頂就跳出來一個長方形的框框！

框框裡跳出了一行文字。

——「喂，喂喂，喂喂喂。」

陸喚瞳孔猛縮，她方才的嘴型似乎正是這個，所以這一行文字，是她方才所說的話嗎？！

這一切的一切都讓陸喚的世界觀徹底碎裂，他萬萬沒想到，幾千年後的技術竟已經發展到了如此地步，憑藉一塊幕布，竟然可以跨越千年進行對話！

但是想來，那雲遊道人所說的「宇宙」二字，指的是空間與時間。既然如今靠著一匹汗血寶馬可以日行千里，在空間上快速移動，那麼幾千年之後的未來，在時間的隧道裡自由穿梭與通訊，也未必不可能。

而就在這時，她又在千年之後，對他說了第二句話。

依然是變成幕布裡從她頭上跳出的長方形框框，框框裡浮現第二行文字。

——「崽，喂，你能聽到嗎？」

這一瞬，陸喚的心臟都要跳出喉嚨裡，他沒有想到有朝一日真的能和她進行對話。

雖然，此時的一切與想像中不同，她不是什麼鬼神，而是來自千年之後的人。也並未成功地如陸喚所願，幫助她塑造一副肉身。

但是，陸喚反而覺得更加幸運了些，至少，知道她在千年之後好好地生活在一個看起來富饒和平的朝代，與她見面的那一日也終有了指望。

他喉嚨艱澀，聲音沙啞無比，回應她：「我在。」

隔著千年光陰，透過一大一小兩塊螢幕，有史以來兩人終於能夠成功進行對話，而並非以前那樣，比手畫腳，你問我答。

宿溪屏住呼吸，只覺得這一切都不可思議，內心化作了尖叫雞。

陸喚亦是，他立在屋內中央，完全感知不到窗櫺外漸漸變成橙色的昏暗夕陽，心臟瘋狂地跳動著，眸子裡是熠熠生輝的神采，眼角眉梢都染上了欣喜若狂。

而且，陸喚發現在她那邊的螢幕上，自己所說的話，似乎也變成了對話方塊出現在自己頭頂。

原來如此。

陸喚嘗試著去理解，這跨越時間將兩人連接起來的媒介的邏輯——

怪不得她先前能聽到他說了什麼，但卻無法說話，也無法留下任何訊息，只能靠著「是否」的方式來回答他。

那時候，應當是只有她那邊有一塊媒介，只有她能看到自己，而自己當時沒有媒介，所以才看不到她。

所以自己就理所當然地將她誤以為是鬼神了。

而她或許是不知道如何解釋——畢竟，千年之後所在的朝代，無論怎麼解釋都讓人匪夷所思，所以她便選擇默認了。

根據目前所見到的這兩塊媒介的特徵，他的很大，半透明，而她的較小，比較袖珍，能夠握在掌心。介質是差不多的。

他所說的話轉化成了她螢幕上的長條框框。而她開口說話，也變成了他面前幕布上的長條框框。對話方式是差不多的。

他所見到她那個世界的人一開始全都是短手短腳的小人，需要銀兩才能變成正常的樣子。而她那邊也一樣。

也就是說——

這兩塊媒介，上面所具有的功能都是一模一樣且共通的。

那麼，據此可以推測出很多東西——

自己方才需要完成一個任務，才能解開千年之後的地圖上一個新的所謂的「區域」。她那邊應該也一樣。

所以她才會經常突然消失，而在自己從寧王府離開，穿過巷子，抵達賣花燈的長街後，她又突然出現。

現在想來，應當是她沒有解開自己所在朝代的地圖上的「長巷區域」。

但是後來隨著她完成的任務越來越多，她能夠陪著自己去的地方也越來越多。

只是，任務。

陸喚很早之前便猜到，鬼神是因為什麼目的，才來到自己身邊的。

他當時以為，大約是受他死去的親人所託，才來陪伴他、幫助他、讓他捲入京城的紛爭、幫他得到更多的權勢。

但是直到此時，陸喚才知道，並不存在那些，她來到自己身邊，大約是為了解鎖那些區域，才幫助自己完成一件又一件的事情。換句話說，她那邊也有一個古怪的機械音，讓她去做一些事情。

知道她出現在自己生命中的原因，或許僅僅只是因為任務，若說陸喚心頭不失落，自然是假的。

只是，他與她已經相處了近一年的時光。

他早就知道，她是天底下最善良的人，她一開始的目的為何且不說，至少她對他的關心、在意，她給予他的溫暖、善意，全都是真的。一日一日的陪伴，那些繾綣的時光，是任何東西都無法抹去的。即便她一開始懷著什麼目的，陸喚也並不願意心存芥蒂。

除此之外，陸喚還揣測出，此前兩邊的時間流動應當是不一樣的。

她既然不是鬼神，那麼自然便需要睡覺吃飯，以及做一些別的事情。而之前，她出現的時間十分不定，有時候是在自己這邊的清晨，有時候又是在深夜。現在想來，應當是兩邊時間不一致的緣故。

陸喚在心中細細回想著這一切，漸漸地也將這些事情理解了。

至於其他的，這幕布還有什麼更加新奇的地方，陸喚還不知道，他打算再觀察觀察這到底是怎麼一回事。

隔著千年光陰，兩人都非常激動。

激動過後，宿溪就見螢幕上的崽崽按捺著欣喜若狂的神色，迫不及待地問了第一個問題。

──「我該如何喚妳？」

陸喚想知道她的姓名，姓名對於一個人來說，是獨一無二的存在，若是知道了她叫什麼，日後他去尋她，便不會找不到她。

宿溪見崽崽的頭頂彈出這個對話方塊，頓時內心充斥了和網友見面的羞恥感。

天吶，崽崽要問老母親的姓名了。

養了崽崽這麼久，崽崽還不知道老母親的姓名。

幸好一百點之後只是開啟了語音對話，崽崽還只能聽到她的聲音，只把她當成是鬼神突然可以說話了，不然，崽崽要是知道螢幕前的她是什麼樣子，她豈不是要臉紅滴血，羞恥欲絕？！光現在這樣就讓宿溪面紅耳赤、喘不過氣了。

她先咳了咳，努力鎮定地解釋道：「我昨晚到處飄蕩，遇見了一個有法術的大鬼，就讓那個大鬼施了法，讓我能夠說話啦！」

宿溪感覺自己胡謅得很不錯，否則怎麼解釋崽崽突然能聽到自己說話，崽崽聽到半空中傳來聲音，不會覺得很驚悚嗎？

但是，崽崽臉上露出精彩紛呈、欲言又止的神色是怎麼回事？！

宿溪有點一頭霧水，又繼續道：「我的名字叫宿溪，你可以叫我——」

她還沒說完，又覺得有點不大好，於是喜滋滋地閉上了嘴，看崽崽有啥反應。

而陸喚一臉錯愕地看著，幕布上，她頭頂的對話方塊彈出「我的名字叫宿溪，你可以叫我——」那句話之後，她頭頂又冒出一大堆別的橢圓形的白色氣泡。

——「我的名字叫宿溪，你可以叫我——媽，噗哈哈哈！」

又一個氣泡——「我要死了，崽崽臉上呆愣的表情好可愛！！」

全都是氣泡……

——「崽崽問媽姓名了！崽崽怎麼無論幹什麼都超萌，媽每天都被崽崽萌死！」

——「媽愛崽崽一輩子！」

——「嗚嗚嗚我名字不太好聽，不然編個好聽一點的陌上花開之類的網名？或者X什麼骨？作為鬼神好歹要仙風道骨一點，不能太沒面子，搞得崽崽總以為我是會被別的鬼欺負的小鬼吧！」

陸喚臉上的表情逐漸崩裂：「……」

？

媽？

陸喚雖然不知道那些冒出來的白色氣泡是什麼，但是她分明只說了一句話，卻冒出來這麼多，很顯然，長方形的黑色框框是她所說的話，而橢圓形的白色氣泡應當是她內心的想法了。

陸喚眉梢都在抽搐，感到又好氣又好笑。他現在知道為何她總是將他當成小孩子了，他先前還以為只是自己的錯覺。

原來自己在她面前的樣子一直都是幕布裡的那種短手短腳、小身子大腦袋的小孩子模樣……

對著小孩子模樣的自己看了一整年，她能不把自己當成幼崽嗎？！

回想起先前她摸自己腦袋的行為，陸喚越想臉色越難看……

他咬了咬牙，忍不住走到桌案前拿了支長毫毛筆，沾取墨汁之後走到牆邊，背貼牆站著，然後用毛筆在自己頭頂劃了道線。

隨後拿來長尺，將自己標記的橫線量出來，給幕布那邊的她看，十分嚴肅地道：「小溪，我身長八尺二，妳是不是還不知道？」

該死，萬萬沒想到自己在她幕布上一直都是那種侏儒的模樣。

宿溪有點不懂，不知道為什麼崽崽突然炫耀起他的身高，她很認真地算了一下，燕國的一尺似乎等於二十二點三公分左右，那麼，崽崽豈不是有一百八十幾？

……夭壽，小孩子為什麼長這麼高？自己從商城裡幫他兌換的雞蛋不會含有激素吧？！

不過之前確實因為一直都是卡通畫風，人物除了胖瘦略微有區別以外，高矮都是看不出來的。所以崽崽在自己眼中一直都是個小團子。

而現在，遊戲強制性開了原畫之後，宿溪才發現，崽崽的確已然是個長身玉立的俊美少年了。

但是，還沒滿十六歲長這麼高……宿溪想到那些快脫肛的母雞，頓時有點心虛，咳了咳，對崽崽道：「崽，我現在知道了。」

陸喚見螢幕上的她什麼都沒意識到，眉梢不由自主地狠狠跳了兩下，恨不得解開衣服給她看看，自己真的並非什麼幼崽！

但此舉太過失禮，他自然做不出來。

只是無論怎麼想都十分懊惱，相處的這一年，自己在她眼中竟然是那種大頭小身子的模樣，走得稍微快一點就要蹦起來，那般醜陋——她連自己的臉都不想要看清楚……

陸喚有些哭笑不得，又有些咬牙切齒。

最終揉了揉眉心，懊惱地對宿溪道：「……不許叫我崽。」

宿溪權當崽崽在撒嬌，笑咪咪地道：「哈哈哈知道了。」

陸喚：「……」

先前兩人其實也已經能用「是否」來交流了，但現在顯然交流得更順暢了點。

陸喚從宿溪頭頂的那些白色氣泡聯想到，難不成此前自己內心的想法，也透過此種方式，被她知曉了嗎？

陸喚腦子裡冒出這個想法，頓時面紅耳赤，可是從小溪的反應來看，她應當是不知道他內心那些關於占有欲的陰暗想法才對，否則她就不會對他一如既往了……

這樣想著，陸喚稍稍安下了心。他還要說什麼，卻見他和宿溪的幕布上同時彈出了相同的文字，是一個任務頒布：『請接收主線任務十一（高級）：燕國皇帝即將前往雲州行宮，在雲州會遭遇刺客，請及時救下皇帝。』

『任務難度為二十顆星，金幣獎勵為一千，點數獎勵為十五。』

陸喚的視線立刻透過自己的幕布，落在小溪手中拿著的小塊幕布上，只見她看到彈出的任務文字後，像是早就習慣了一般，將其滑到一邊。

陸喚心想，他之前的猜測果然沒有錯，她那邊早就出現了幕布，也正是因為幕布的一連串任務，自己才會與她相識。

而現在，自己這邊亦有了幕布，她卻還不知道。

陸喚正欲開口，卻見那邊宿溪將新任務暫時關閉之後，她手中的板磚上方彈出了一個綠油油的長方形條。

她將那長方形條往下一拉，整個小幕布便被另外一個畫面占據，似乎是有人傳來訊息——

還未等陸喚下意識迴避她的隱私，那訊息便已經映入他的眼簾。

顧沁：『溪溪寶貝，週末了也待在家裡嗎，出來嗨啊。』

寶貝？

有人叫她寶貝？

陸喚眼皮一跳。

接著，就見幕布上的她隨手抓了一包洋芋片，笑了笑，用指尖飛快敲敲打打她手中的板磚。

然後她手中與那人的長方形框便多了一則訊息：『親愛的我沒空，作業還沒寫完，mua 親親妳～』

親愛的？

她還叫別人親愛的？

雖然這兩個詞的含義陸喚並不能完全理解，但是「親親」二字他又怎能不懂？！

在燕國，只有有了婚約的男女，才能發生親暱之事……

陸喚盯著幕布，看著幕布上的她一臉開心的笑容，他如遭雷擊，臉色一剎那都白了。

這——成何體統！

他竭力讓自己鎮定下來，或許，千年之後的文化與燕國並不一樣呢？未成婚之人，也可以做出比較親暱的事，親暱地稱呼彼此。

只是，原本以為自己的世界裡，她最重要，而在她的世界裡，自己雖然不是唯一，但也是非常重要的，在看到她十分隨意地就把幕布關掉了，去回覆別人的訊息，還喊別人「親愛的」——

而且她打開的那個綠色的畫面上，似乎一條條的，還有很多她與別人的對話。

光是畫面上能夠看見的，就有七八個不同的人了。

這一瞬間，心中難免生出一些夾雜著焦慮的陰沉情緒。

陸喚看著幕布上，她還沒來得及切換回與自己見面的那個畫面，她的小板磚便又亮了，這次螢幕左邊一個綠色的弧形小按鈕，右邊一個紅色的弧形小按鈕。

她用手指劃了下左邊，然後走到靠近窗戶的地方去，將板磚按在耳邊，不知道是誰在說話。

陸喚這才發現自己方才全然沉浸在能夠見到她、能夠順利與她對話交流的欣喜當中，完全忘了自己對她的世界一無所知。

自己現在還僅僅只是能辨認出那些高樓應當是類似於他這個朝代的廟宇之類的建築，而那些長街上飛馳的四個輪子的東西應當是類似於他這個朝代的馬車之類的東西。

他僅僅只能認出這些。

他連那些彎彎扭扭的蠅頭小字都看不懂，而那些小字又出現在了她的內心想法氣泡中，還出現在了她方才與別人的交流之中。

除此之外，自己也不知道她的生活是怎樣的，平時會吃些什麼、做些什麼、會去上學堂嗎、有沒有交好的朋友、她的父親母親在哪裡、放在她屋內桌案上那些厚厚的書籍又是什麼……

以及，方才叫她寶貝的那人，是她……心悅之人嗎？

自己宛如一個老古董，無法懂得她那個全新的未來世界。

陸喚方才還激動到上湧的血液頓時宛如被潑了一盆冷水，稍稍冷卻下來。

他仰頭看著幕布裡的那個世界，發現即便看得到她，可她依然離自己很遙遠。

他心中不由得生出一些密密麻麻的、說不清道不明的低落情緒，或許是妒忌方才那人，也或許是恐慌自己對她的世界一無所知。

第二十二章　非禮勿視，非禮勿動

宿溪接完宿媽媽打給自己的電話後，立刻又打開了遊戲畫面，發現崽崽正在屋內收拾行李，剛才還一臉雀躍的神情，此時好像變得有點失落了。

她有點疑惑，不由得戳了戳崽崽的肩膀，問：「怎麼啦？我剛剛有點事，離開了一下。」

陸喚本來打算告訴她，自己也能看到她了，但是此時又改變了想法。

他想，自己目前對她的世界一無所知，必須得早日學會她那邊那種彎彎扭扭的文字，以及早點了解那些新奇迥異的馬車等物如何使用，等自己默默摸索清楚這一切之後，再告訴她。

到那個時候，若是真如幕布所說，積攢到兩百點之後，就有機會可以去往她那個世界見到她的話，自己也不至於猶如千年之前的老古董，在她那邊彷徨無措，還需要她說明。

當然，最重要的一點也是因為，陸喚害怕自己一旦告訴她，自己這邊也出現了一塊和她那邊一樣的幕布，同樣可以看到她之後，她會感到害怕，會不願意讓自己參與到她的世界當中，不願意讓自己見到她身邊別的人……

他暫時不清楚自己這邊為何會陡然出現這樣一塊幕布。

只能先將其歸因為哪裡出了差錯。

而這種跨越千年光陰的幕布是她那個世界製造出來的東西，換句話說，主動權完全在小溪手裡。倘若小溪想要關掉自己這邊的幕布，就能直接關掉。

而自己這邊卻是十分被動的。

對自己來說，她是最重要的唯一。但她身邊卻有很多人。對她而言，自己或許就只是一個來自於千年之前的玩伴——或者按照她內心的那些想法而言，只是她養的一隻崽。

倘若她得知，這個來自千年之前的舊物，想要了解她所在的世界，想要真正面對面地見到她、擁抱她，甚至還對她生出了獨占欲……她會想要逃開，會單方面地切斷他們之間的聯絡嗎？

陸喚心裡有些低落，又有些複雜。

不過目前當務之急只有兩件事，一件便是早些完成那塊幕布上所提示的一連串任務，若他沒料錯，那些任務都與他的身世有關。

而另一件便是早些理解她那個朝代的新奇之物。

想到這裡，陸喚定了定神，仍如往常一樣，假裝以為她是身側的鬼神，對身側笑道：

「鎮遠將軍的大軍即將前往北境，我不日便要隨軍出發了，趁著這幾日從兵部二部卸了職，便先將行李收拾一番。」

宿溪在螢幕外點點頭，也是，剛才彈出來的主線任務十一已經是高級任務了，看來崽崽的帝王之路已經走了至少一半，前往北境的路上要經過雲州，正好可以救下在行宮遇刺的皇上。

這次應該是他和皇上第一次正面接觸——大半年前夜宴上人那麼多，皇上又喝了酒，想來都沒怎麼看清崽崽的樣子。

而這一次皇上和崽崽這個九皇子見面，應該會發生點什麼。

她趕緊將螢幕拉到衣櫃那邊，把衣櫃裡厚實的衣服全拿出來，往崽崽的床鋪上扔，絮絮叨叨地道：「北境天寒地凍，馬上又要到冬天了，得多帶點暖和的衣物。」

陸喚看著螢幕上的那行字，以及身邊匆匆從衣櫃颳來，又颳向衣櫃，手忙腳亂幫他收拾衣服的風，心中淌過一道暖流。

他抿唇笑了笑，繼續折疊衣物，聲音低柔：「好。」

崽崽收拾東西是一把好手，宿溪隔著螢幕其實幫不上什麼忙。

她見崽崽又走到屋簷下，去將那盞燈籠取下來，然後將她之前埋在地下的那個箱子也放入行李堆中，不由得睜大了眼：「行軍打仗，這也要帶上嗎？」

陸喚終於能和她說更多話，而不是只能問問題、她回答是或否，他心中也歡喜很多，便道：「從四品官員的俸祿又多了很多，我打算在內城置辦一處宅院，將這些帶過去，日後便是我們的家了。」

先前從寧王府到兵部的官舍，要麼寄人籬下，要麼行事匆匆，全都不算是真正的家。而外城的那宅院，因為在外城，也只是提供給長工戌和工人們等人住宿的地方。

所以，崽崽現在打算置辦的宅院，總算可以稱得上他們擁有的第一處家了。

宿溪心中也湧上溫暖的感覺，她隔著螢幕，笑盈盈地打算伸手揉一下崽崽的頭：「也好。」

可是，指尖剛要落到螢幕上，卻一下子下不了手。

以前的崽崽小小一團，在螢幕裡跟個湯圓奶包子一樣，讓人每時每刻都想揉一揉、搓一搓。

可現在的崽崽卻像是一夜之間長大了，變成了俊美得令人髮指的翩翩少年了。

似乎感知到她要伸手，他微微側過頭，俊朗的眉目如同融化的雪，眸子被燭光映照出幾分瀲灩的神采，竟然讓宿溪的心不爭氣地跳了一下。

要落到他頭頂的指尖，也一下子落到了他肩膀，驚慌失措地重重按了一下。

螢幕裡崽崽的手臂差點被卸掉：「……」

宿溪連忙道：「對、對不起，力氣不小心大了點。」

隔著螢幕，她總是用不好力。

陸喚抬頭，看著幕布裡她莫名有些發紅的臉頰……心情忽然一下子變好了。

「沒事，力氣不大，多大我都能受得住。」他翹起嘴唇，裝作專心致志地收拾衣物。

而螢幕外的宿溪一頭霧水地看著崽崽突然頭頂冒太陽……什麼情況？手臂差點被卸掉他反而特別高興，神情甚至還有點小得意是怎麼回事？

兩人好不容易能溝通了，忍不住聊了很多，尤其是宿溪，簡直變成了個話癆，一下子聊雲修龐，一下子聊先前繡球的事情……眼見著崽崽臉越來越黑，她哈哈笑著趕緊轉移話題。

不過宿溪一大清早從外面運動回來，還沒來得及洗澡就坐在沙發上陪崽崽玩了半小時，這時也感覺渾身溼透了有些不舒服，於是打算先下線洗個澡。

下線之前和崽崽說了聲。

「我還有點事，那我先走啦，晚上來找你玩，崽——」宿溪想起崽崽不喜歡自己叫他崽崽，忍不住咬唇笑了笑，換了個名字：「小喚，明天見。」

陸喚對這個新的名字也有點不滿，但是總比先前那個名字好得多，於是勉為其難地接受了，對宿溪道：「妳隨我一起去北境嗎？」

「廢話，當然一起去。」宿溪毫不猶豫地說。

見崽崽勾了勾嘴角，一副定心丸嚥進肚子裡的模樣，宿溪笑了笑，又伸手——她迅速打了下自己的手，決定糾正自己天天想要揉崽崽腦袋的習慣，她轉而輕拽了下崽崽的袖子，道：「我走了，拜拜。」

陸喚雖然不知道後面那兩個字是什麼意思，但大致能猜得出來和「再見」的意思差不多，於是也學著道：「拜、拜拜。」

螢幕外的宿溪狂笑不已，終於把手機關了。

她將手機扔在沙發上，放了首音樂，然後拿著毛巾起身走向浴室。

而這邊，還沒關掉幕布的陸喚，一臉震驚地看著被她落在長榻上的板磚，那板磚竟然還能唱歌？！

陸喚坐在床上，揮袖將幕布移到身前，然後摸索著放大了幕布，試著觸碰了下那塊長榻上的板磚，只見，板磚立刻亮了，提示「指紋解鎖」四字。

陸喚深深覺得千年之後的文明實在太過新奇，他暫時還沒弄明白這塊板磚到底是什麼東西，為何長街上有人拿來傳音，有人拿來放歌，她還能將板磚當成幕布使用。

陸喚見宿溪走進了其中一個較小的屋子。

先前那間小屋子他還沒有進去過，便嘗試將畫面切進去。

只見，小溪還在那光可鑑人的銅鏡前往臉上抹什麼泡沫之類的東西，這小屋內，陸喚從螢幕上瞧了瞧，發現旁邊有一個白色的類似馬桶之類的東西，但又像是水井。

燈籠竟然被安置在屋頂上，千年之後的照明似乎已經不需要用蠟燭了？

他一邊收拾行李，一邊打算仔細瞧瞧，可就在這時，卻見到小溪突然開始脫衣服——

陸喚臉色頓時漲紅，在什麼也沒看清之前，就急匆匆地將幕布關了。

他心臟跳得飛快，走到桌案前，深吸一口氣，罰自己抄寫了一百遍「非禮勿視，非禮勿動」，才堪堪冷靜下來。

陸喚東西收拾得很快，鎮遠將軍的大軍兩日後便啟程了，他騎上馬，和上次在射箭場見過面的幾個人一起押送萬三錢提供的新一批糧草前往北境。

行軍路途遙遠且艱辛，當他以為宿溪是鬼神時，他原本打算讓宿溪別隨自己跑那麼遠，但是現在得知她只是需要解鎖區域，便能直接抵達之後，他才安下心。

大軍行了幾日，在一處村莊安營紮寨時，陸喚獨自回到帳篷裡，將帳篷布簾緊閉，才打開了幕布。

這幾日都在趕路，他只能晚上單獨在帳篷時才能和她說說話。

此時此刻，她那邊似乎是清晨。

陸喚盤膝坐在稻草鋪上，一邊拿起她家正廳長榻上的兩本冊子——似乎被她稱作雜誌——隔著螢幕，認真翻看起來，努力多從這些雜書上記住一些她那個朝代的新詞彙，一邊等待她起床。

太陽初升，她家裡另外一間屋子的門忽然被打開，走出來兩個中年卡通小人。

陸喚微微一笑，這幾日已經見過了，這兩個小人是宿爸爸宿媽媽。

他無聲地對宿爸爸宿媽媽打了聲招呼，不過這兩人不知道他的存在，打著呵欠吃完早餐，在長桌上幫宿溪留了一份，就拎著包出門了，應當是去做事了，和自己趕赴官衙一樣。

陸喚起身將自己這邊的燭火添了一些，又等了等，可是宿溪的房門卻一直沒有開。

他因為擔心出現上次浴室的那種情況，所以不敢輕易將畫面切換到小溪的屋內。

但是今日是她要去學堂的時間——陸喚從冊子上學到，她們那邊把學堂叫做學校——她卻遲遲沒起。

陸喚皺了皺眉，感覺桌上的雞蛋與粥快要冷掉了，於是在幕布上拎著粥，不太熟練地將畫面弄到廚房，將這兩樣東西放進了一個黑色的盒子裡。

這東西叫做微波爐，他前日從冊子上看到了這東西的廣告，隨即便摸索了一番，發現很簡單，上手很快，千年之後的科技果然便利。

過沒多久，將塑膠盒裝著的粥拿出來，重新放回桌上。

這下應該是熱的了，陸喚鬆展了眉梢。

但是，小溪仍沒出來。

陸喚眼看著正廳裡牆壁上的掛鐘，已經超過小溪平時匆匆穿鞋去上學的時間了，眸子裡忍不住劃過一絲擔憂之色。

他沉吟了兩秒，還是將畫面切換到了她的房間內。

然而就見她滿頭大汗地躺在床上，蓋著厚厚的被子，緊緊閉著眼，臉色蒼白，捂著肚子，蜷縮成一團。

陸喚眼皮一跳，心頓時揪成一團，豁然從草垛上站起來。

宿溪從小就有這毛病，體質有點寒涼，經痛一旦痛起來簡直是痛不欲生，恨不得在床上打滾。

她難受地皺著眉，勉強支撐起上半身，將床頭櫃抽開，但是發現放在裡面的止痛藥早就吃完了。

她只好又虛弱地躺了回去，蜷縮成一團。

她手腳冰涼地躺了一下，額頭上全是冷汗，處於半夢半醒之間。

不知道是不是她的錯覺，忽然感覺腳下多了一個暖乎乎的東西，像是暖暖寶。

宿溪有些當機的大腦劃過一絲迷茫……昨晚充好的暖暖寶不是早就涼透了嗎，怎麼突然又變熱了？

幕布外的陸喚亦是第一次面對女子來月事時腹痛之事，不免有些手忙腳亂。

他在藥理書上學到過如何用玄胡、五靈脂等熬制止疼湯，但那是他這個朝代的辦法，在她那邊無法施展。

她那邊應當有更加有效的藥才對，然而陸喚此刻解鎖的區域便只有她家以及她家周圍，這方圓半里找不到一家藥房，即便找到了，陸喚也無法用銀兩購買。

陸喚在帳篷中走來走去，眉心緊鎖。

寒性經痛症狀應當需要補充熱源，陸喚想著，便隔著幕布，小心翼翼地掀開了她腳邊的被子，將那圓形的物體移至廳堂，找來一根長長的黑色的線，將其與廳堂一角名為「插座」的東西連接起來。

待到圓形物體上發光的紅色圓燈暗下去之後，應該就熱了。

然後，陸喚又輕手輕腳地拿回去，趁著宿溪雙眼緊閉之際，將圓形物體塞進了她腳邊的被子裡。

這幾日陸喚每夜都見到宿溪上榻入睡之前都會這般做，他雖然不知道這圓形物體是何物，但是大約也能揣測得出來，應當是類似於可以抱在懷中取暖的炭火一類的東西。

他記性好，過目不忘，便學得很快，已能熟練使用。

眼瞧著他將那物放進去之後，床上的宿溪痛苦的神情總算有所緩解，翻來覆去的次數少了一些，他才鬆了口氣。

陸喚又將幕布切換到廚房，在櫃子中找到一包紅糖。

千年之後的朝代，任何東西對陸喚而言都是異常新奇的。

他不太喜歡正廳牆壁上掛著的那塊長方形黑螢幕，因為一旦被宿媽媽打開，裡面便會有一大堆人吵吵鬧鬧，要麼跳一些稀奇古怪的舞，要麼是唱一些很刺耳的歌。

不過被宿溪打開時，裡面經常會有另外一些不認識的卡通小人上演愛恨情仇的戲，宿溪抱著洋芋片看得哈哈大笑，幕布外的陸喚一邊在帳篷內處理一些軍務，一邊時不時抬頭看一眼。

他將其理解為，真人皮影戲。

倒是挺好看的。

他目前已經陪著宿溪看了好幾集，正努力去理解其中的人物關係，並跟著那些真人皮影戲學習一下千年之後的新奇詞彙。

但陸喚最喜歡的還是廚房，發現廚房裡超出自己理解範圍外的東西更多，那件立在牆壁旁的高盒子，竟然能儲存新鮮蔬菜，打開之後，便有一股寒氣飄出來。

他試圖在裡面找到薑塊。

但是最後一塊薑昨晚被宿媽媽用完了。

陸喚微微皺了皺眉，若是只有紅糖，而無薑塊，恐怕熬製出來的湯水沒什麼效果。

不過，近日陸喚摸索出來，發現這塊幕布上有個名為「game mall」的按鈕，打開之後，可以用銀兩購買一些基礎物品。

於是他熟練地打開，從中找到了薑塊，任由懷裡碎銀憑空消失一些，之後，幕布上的廚房砧板上就多出一塊黃色的薑塊。

他在幕布上飛快地滑動，快速地操縱著菜刀將薑塊切碎，把水燒開，然後找到一個乾淨的玻璃器皿，將兩者扔進去用開水沖開。最後，還學著前日盯著宿媽媽做飯時學來的手法，抽出一根筷子，將紅糖薑茶攪了攪。

宿溪又昏睡了一下，聽見一些輕微的響動，就迷迷糊糊地睜開眼，結果發現腦袋旁邊的床頭櫃上居然多了一杯熱氣騰騰的紅糖薑茶？！

她驚了一下，懷疑自己在做夢，爸媽不是走了嗎？還是她記憶出現了差錯？

她虛弱地問了句：「爸，你回來了？還是老媽？」

沒人應答。

宿溪經痛起來腦子渾渾噩噩的，也沒多想，勉強撐起腦袋，將紅糖薑茶小口小口地喝下。

喝下之後，立刻感覺從胃到小腹暖洋洋的，才舒服了一些。

她鬆了口氣，用被子蓋住腦袋，又繼續睡覺，今天只能請一上午假了。

半夢半醒之間，似乎有人觸碰了一下她的額頭，那力道十分溫柔，令宿溪用臉在枕頭上蹭了蹭。

陸喚這邊夜已經深了，他帳中燭火卻仍燃著。

他抬眸看著幕布上少女的睡顏，心中饜足無比，能以這種方式陪著她，便已十分幸運。

陸喚已經知道，可以透過完成幕布上的主線任務和支線任務來增加點數，除此之外，他勤勉於軍務，也能緩慢地增長點數。雖然不知道為何幕布透過這種方式逼迫自己勤勉，但他為了早日見到宿溪，比先前更努力數倍。每夜所睡的時間也極限壓縮。

他每日除了夜裡的一點時間之外，沒有片刻閒散著，忙於替鎮遠將軍批閱公文、解決行軍路上糧草事宜，進帳聽前方來報、與軍中其他官員共同議事，堪稱嘔心瀝血。

大軍路上的其他人不知道陸喚目的為何，見他一連半月都如此鞠躬盡瘁，連軸轉的程度簡直不是普通人能做到的，而且也根本裝不出來，便都漸漸地對他多了幾分欽佩，認為他年紀輕輕，卻有一番赤子之心，志在為國效忠，實在值得結交。

鎮遠將軍見陸喚不知不覺中便和軍營中的兵吏、以及自己的幾位下屬打成一片，不禁撫著鬍鬚露出笑意。

對此，他自然是樂見其成的。

而此時，陸喚在幕布上找到了沒有自動彈出來的、卻可以去完成來增加點數的支線任務。

他頓時心中一喜，將那支線任務打開——

幕布上沒有任何提示，直接進入了一些畫面，上面提示「一些可攻略過往」。

過往？莫非這幕布猶如馬車可在空間上平移一般，它也能在時間上平移？

陸喚還沒來得及思考，這畫面便啟動了。

一開頭便是宿溪家樓底下，宿溪的父母拎著裝飯菜的食盒，似乎急匆匆要往哪裡去，大約是因為走得太急，宿溪的母親完全沒注意到腳下的香蕉皮，一腳踩在上面，差點滑倒。

幕布外的陸喚下意識抬手扶了一下，沒想到，他扶的這一下起了作用。宿溪的母親一臉疑惑地朝身後看了眼，勉強站穩了，但是因為急著去某個地方，所以也沒有多想。

而兩人彈出對話：「溪溪在醫院不知道怎樣了，得快點去，這保溫桶保溫效果有點差，等等雞湯涼了就不好喝了。」

醫院？

幕布外的陸喚已經了解了數日宿溪的那個朝代，自然已經能聽懂醫院是何處了，心中頓時有些心急。

他見自己方才幫助了宿溪母親一把之後，右上角的點數增加了兩個點，便直接將醫院解鎖了。

這一解鎖，幕布畫面切換到醫院，便見到放下手中板磚之後，神情有些難過的宿溪。

——怎麼了？

她穿著藍白格子的衣服，腿上綁著東西，看起來似乎是腿受傷了？

陸喚頓時去查看她的腿，但是隔著螢幕，卻幫不了她。

陸喚心中微微懊惱，但想到她那邊醫術發達，她在醫院，應當已經有最好的大夫為她瞧過了，這既然是過往，而她現在的腿又是好的，說明已經恢復了。

接著他就見到幕布上的宿溪又拿起板磚，按了幾下，然後和另外的人通訊。

從彈出的對話來看，似乎是……借錢？

陸喚立即掏出懷中銀票，但是這塊幕布無法傳送物體。

他若是想幫她，只能透過別的方式。

於是，他見到她拜託人買彩券時，便花了數十張銀票，從商城裡兌換出了一張名為「中獎券」的東西，讓她如願以償地中獎了。

看到那家小店，宿溪帶著兩個朋友，興奮大叫的模樣，陸喚這才彎起了眉眼。

只是，她身邊的那個男卡通小人一直試圖去扶她，陸喚忍不住一巴掌將對方的手拍掉。

第二件事做完之後，右上角又多了兩個點。

他隨著幕布上宿溪提及自己要去商場，又解鎖了第三個地方，商場。

這一次，見到那熱氣騰騰的魚湯即將潑上來，他瞳孔猛縮，將其掀飛。

這是第三件事。

陸喚想了想，用新增的點數解鎖了宿溪最常去的學堂。

到了這裡，陸喚也發覺，宿溪的運氣好像一直不大好，這一天，她拚命趕一輛很大的馬車，卻在快要趕上時，那馬車即將開走，她一臉崩潰地跟在後面狂追。

而她前面的那個人剛好上車，陸喚皺了皺眉，在那人用一張小小的卡片刷卡時，抓著那人的手，放慢了速度。

正在馬車車夫打算催促時，宿溪滿頭汗水地衝上來，扶著膝蓋狂喘氣。

她拍了拍胸口：「好險，差點趕不上公車了。」

陸喚在幕布外笑了笑，這才鬆開她前面那人的手，那人臉色愕然地看了看四周，以為是自己的錯覺，扭了扭手腕，朝著馬車後面走去。

這是第四件事。

第五件，陸喚剛解鎖了宿溪的學堂，還沒來得及多看兩眼，便見她從其中一間屋子走出來，長廊上到處都是卡通小人。

原來那個朝代的學堂，竟有如此多的學子嗎？

陸喚感到微微震驚，將她前後左右的人稍微撥了撥，不想讓那些人擠到她。

站在宿溪右邊的人只感覺自己莫名其妙被一道風推了一把，下意識以為是自己左側的人推的，於是瞪了宿溪一眼。

莫名其妙被瞪的宿溪：「……」

幕布外的陸喚：「……」

他心虛地摸了摸鼻尖，沒再繼續撥開人群。

然而在下臺階時，卻見到宿溪差點被人推倒摔跤。

他眼疾手快地扶了一下。

目送宿溪順利離開這棟高樓，他才鬆了一口氣。

這五件支線任務做完之後，幕布上又恢復到了此時此刻宿溪正躺在床上捂著肚子的畫面，而右上角的點數達到了一百一十二點。

陸喚突然想到，這兩天宿溪和他聊天，說能接觸到他之後，運氣就變好了，他當時還以為是讓他歡喜的話，沒太放在心上，但此時卻有什麼東西電光火石地浮現在腦海中。

原來，當時是他影響和插手了小溪那邊的過往？

陸喚隱隱覺得這幕布出現在他二人之間應當並非偶然，但一時片刻又想不到究竟為何，於是只能暫時作罷。

他在幕布上繼續找有什麼可以完成的任務，好盡快把點數增加到兩百，早點見到她，但是一時之間，幕布上卻沒再出現新的任務了。

陸喚想了想，替床上的她蓋好被子，然後將畫面拉到她窗前的桌案上。

他從中找到一本封面上全是彎彎扭扭蠅頭小字的書籍，攤開最後幾頁，根據那些蠅頭小字和中文的對應，開始記憶蠅頭小字的含義。

燭火一直燃燒到了天明。

宿溪喝過紅糖薑茶，經痛就好多了。

上午請了假，下午還要去上學的。

她抹了把額頭上的冷汗爬起來，收拾書包，就發現桌子上的英文課本昨晚居然沒放進書包？

她也沒多想，直接放進去，就背上書包出門了。

而她此時要是打開遊戲看一眼的話，她會震驚到宛如天雷轟頂。

只見遊戲裡，天際泛起了魚肚白，帳篷中的少年用毛筆在紙張上抄寫了整整五大頁英文單字。

他正眉心緊蹙，拿著紙張在帳中踱步，努力理解這種蠅頭小字與燕國語言完全不同的顛倒語法。

或許是一夜未睡，略微有些疲憊，他揉了揉眉心，斟了一杯苦茶提神。

宿溪不知道雲州行刺會在什麼時候發生，擔心剛好發生在大半夜自己的睡覺時間，要是一不小心任務沒完成，導致皇帝升天了，那可就完了。

於是便提前告訴了崽崽，說自己飄到雲州的一些巷子，發現有人在謀劃刺殺皇帝，讓崽崽注意一些。

陸喚看著她一本正經地胡謅，說她能穿牆，能一拳一隻小惡鬼，心中覺得好笑。他強忍住沒笑出來，十分配合地嚴肅地點點頭：「唔，謝謝小溪，此事我自當戒備。」

幾日後，皇帝前腳抵達雲州行宮，大軍後腳也抵達了。大軍舟車勞頓，在城外暫時駐守，而按照燕國例律，帶領大軍的幾個官員要進城面聖。

於是，皇帝和另外幾個官員在行宮擺了宴席，為鎮遠將軍送行。

此前關於誰去北境平定暴亂一事爭執不休。

皇上本來最屬意二皇子去，畢竟二皇子低調老實，因為母妃出身寒微的緣故，在朝中並無什麼人脈，將兵權交給他最合適不過，也能趁機奪回鎮遠將軍的兵權，平衡一下朝中局面。

五皇子原本就在朝中積極結黨營私，皇上雖然喜歡他的母妃，可是卻看不慣他。他野心勃勃，再加上在民間名聲又極好，皇上怕他危及太子的地位，因此兵權是萬萬不能交給他的。

可誰料老二宛如一條鹹魚，聽說要去北境就一病不起。先是因箭傷在床上躺了整整三個月，待鎮遠將軍這邊糧草都已經集結完了，他又以偶感風寒告病，再次拖延下去。

皇帝有意扶持他，他卻如此爛泥扶不上牆。

皇帝氣急敗壞。

於是最終，前往北境平亂之事，還是交給了鎮遠將軍。

兵權落在鎮遠將軍這樣一個外姓人的手上，皇上根本不可能放心！但幸好鎮遠將軍膝下無子，後繼無人，即便有什麼謀逆之心，恐怕也力不從心。

皇上如此謀劃著，萬萬沒想到，在雲州宴席上，他察覺鎮遠將軍似乎對一名騎都尉有些特殊。

朝中文武百官數千人，光是三品以上的官員便已上百，皇上自然不可能對每個小官都有印象。但他卻對這名年歲不過十六的少年很有印象。

雖然只在一年前的秋燕山圍獵夜宴上見過一面，但是印象深刻，當時便覺得他有幾分像故人，只是當時皇帝微醺，只當自己喝醉了酒，沒有太過留意。

而之後雲太尉與鎮遠將軍接連為他舉薦，也稍稍引起了皇上的注意。原本舉薦一事，皇上難免會多心這兩人是想在朝廷中安排他們自己的人。但是因當晚夜宴對那少年印象不錯，所以皇上竟然都同意了，反正左右也不過是四五品的小官罷了。

但今日雲州送行宴上，皇上並未喝多，神智還保持十足的清醒，在白日烈陽下再見到這少年，竟然一時之間有些恍惚，只覺得他的容貌似乎隱隱與那人有幾分相似——倒不是五官相似，而是某些細微的神情，只有與那人朝夕相處過的皇帝才能辨認。

可皇帝又立刻嘲笑應當是自己的錯覺，這普天之下，誰不是兩隻眼睛一個鼻子？有些相似又有什麼好奇怪的。

此子是寧王府的庶子。自己與那人在雲州相遇之後，便直接將那人接進了皇宮，封了妃，那人為自己在皇宮中蹉跎了歲月，在深宮中從芳華到枯萎，連寧王的面都沒見過。

自己莫不是老糊塗了？

於是席間，他難免多看了這少年幾眼。

如此一來，就發現鎮遠將軍這老狐狸沒有表現出什麼，但鎮遠將軍部下的幾個人，卻明顯地對這少年尊讓幾分。

這說明，這剛升任騎都尉的少年在軍中地位不低。

鎮遠將軍有意尋找繼承人，這可不是什麼好事。

皇上心中警鈴大作，不動聲色地又注視了鎮遠將軍與那少年幾眼。

陸喚自然也察覺到皇上的視線，他能猜到皇上的全部心思，於是假裝若無其事地低頭飲酒，竭力泯然眾人之中。

只是，向皇上敬酒時，他視線不由得在這位九五之尊的五官上多停留了一秒。

在沒有聽過那個道姑所謂的他的身世之前，他自然根本不會想到他與當今聖上有什麼牽連，但是在聽過之後，他雖然根本不信，覺得那道姑是在胡謅，可也不得不承認，他的模樣似乎與席上威嚴貴胄之人有幾分相似。

陸喚斂了眸子，眉心微蹙。

這場宴席從白日一直持續到晚上，觥籌交錯，許多官員喝得酩酊大醉，鎮遠將軍也難免多喝了幾杯。陸喚也喝了一些，不過始終保持清醒。

任務十一所說的宴會上會有刺客，想來應當就是今夜了。

他若是提前通知行宮加強戒嚴防守，難免會引人猜疑，因此陸喚什麼也沒做，只垂著漆黑的眸子，盯著眼前的酒杯，靜靜等待行刺的到來。

行刺之人的身分也很好猜。

上次秋燕山圍獵刺殺二皇子的不是暴民，而這次雲州行宮行刺，卻必定是暴民了。

雲州常年積雪，已然靠近北境。現在北境民不聊生，戰亂頻發，而皇帝居然還選在這個時候來行宮，他此行雖然是為了祭奠那位卿貴人，但是在北境的起義軍眼裡，皇上這便是昏庸無道的行為，自然嚥不下這口氣，趁著行宮戒備沒有京城森嚴，想要一鼓作氣將皇上拿下。

問題在於怎麼救。

陸喚隨著鎮遠將軍和另外幾個武官踏入這行宮時，便大致記住了這行宮的地圖。

皇帝在明，那些刺殺之人在暗，在那些刺殺之人還沒行動之前將他們揪出來，幾乎不可能。

只能等那些人行動。

陸喚心中分析，若是他想要從重重戒備中，殺了中心圈的九五之尊，他會如何做。直接包圍行宮，殺退守衛軍，再接近皇上，自然不可能。因為即便行宮的守衛軍不敵，也還有鎮遠軍駐紮在雲州外，一聲信號彈便能前來將其圍剿。唯一的辦法便只能由一些好手喬裝打扮，混入行宮之中，採取聲東擊西之法，趁亂取皇帝首級。

如此一來，等等應當有某處會突發大事，調虎離山。

果然，宴席下半夜，所有官員酒過三巡之時，行宮一處名為「卿蘭苑」的地方突然火光衝天！所有官員慌亂站起，最為緊張的竟然是皇上，他立刻對禁衛軍怒道：「愣著幹什麼，快去救火！若是卿蘭苑有所損毀，便問你們的罪！」

禁衛軍首領知道卿蘭苑中珍藏的全是那位貴人的畫像，今日若是搶救不出來，若是燒毀了半張，只怕他們的腦袋真的會不保，於是驚慌失措地趕緊帶著人去救火。

場面頓時一片混亂。

皇上趕至卿蘭苑，鎮遠將軍等人緊隨其後，陸喚心想，應當正是此時，那些人要趁亂下手了。

果然，下一秒場面陡然生變！只見先前是雲州刺史的人，把臉上面皮一扯，和皇上身邊的幾個侍衛陡然靠近皇上，從手腕中扯出針線，那針線雖然普通，可由訓練有素的兩人一頭一尾捏著，速度飛快地逼近時，卻能削肉如泥，不比任何鋒利的刀刃差。宴席上不允許佩劍帶刀，能使用的武器便只有這個。

周遭的官員包括鎮遠將軍在內完全沒有預料到，瞳孔立刻猛縮，大聲呼救：「救駕！」

若非早有預料，此時險象，恐怕還真會讓皇帝受傷。

幸好陸喚已有所準備，他速度極快地撿起幾根房梁燒斷之後，在地面上熊熊燃燒的門框木棍，擲了過去。

鋒利無比的細線在未接觸到皇帝髮絲之前，便被火把燒斷。

宿溪匆匆放學回家，她倒不怕任務十一沒有完成，而是怕崽崽救皇上時發生什麼意外受傷。但是萬萬沒想到，她一上線，螢幕上便彈出：『恭喜完成任務十一（高級）：於雲州行刺中救下皇上，此任務獎勵金幣加一千，點數加十五。』

這麼快就完成了？崽崽未免也太棒了，宿溪一臉驚喜。同時她見到，上次總點數還是一百零二，可現在卻陡然變成一百二十七了！

怎麼回事？宿溪頓時一臉愕然，除去這個剛完成的任務所增加的點數，還有十點是從哪裡來的？！即便是崽崽這幾天瘋狂批注書冊，瘋狂做伏地挺身，也不可能突然多出十點啊？

宿溪滿頭問號，懷疑是不是遊戲系統再次出了bug，自動完成了什麼任務，多送了十個點。

不過不管怎樣，點數漲得越快宿溪越高興，因為按照這遊戲的奇特程度，累積到兩百點時應當又會有什麼大禮包。

她在行宮找到崽崽時，那幾個喬裝打扮的刺客已經被抓起來了，正由皇上親自審問。崽崽和鎮遠將軍等人立在殿內一邊。

宿溪心想，崽崽英勇無比地救了皇上一次，應該已經讓皇上另眼相看了吧。但是崽崽似乎沒有要將那玉佩拿出來，讓皇上看見，恢復他身分的意思。

他應當還在懷疑那道姑所說的話的真實性。

但是螢幕前的宿溪知道，那道姑所說的話不可能有假。

崽崽無心恢復九皇子身分，宿溪也開始猶豫，不知道自己應不應該幫崽崽一把，故意把他的玉佩弄出來，讓皇上看見。

如果在以前，宿溪為了完成遊戲的最終目標，讓遊戲主角登上帝位，肯定會按照遊戲任務這麼做的。但是她能察覺到崽崽似乎並不願意參與皇位之爭——

這讓宿溪很為難。

目標固然重要，但她不願意違背崽崽的意願。

她很糾結地看了螢幕裡的崽崽，又看了皇帝，最後還是沒有自作主張地將崽崽的玉佩故意弄掉讓皇上發現。

只是宿溪沒有想到，血緣關係這東西很奇妙，即便沒有那玉佩作為證據，可今日陸喚救下皇上時，皇上卻一瞬間屏住了呼吸，那一剎，倒不是因為恐懼即將割斷脖子的繩線，而是越發強烈地在陸喚身上看到了熟悉的影子。

皇上審問刺客時有些心不在焉，視線頻頻落到陸喚身上。

最後連賞賜都忘了給，臉色有些不大好，揮了揮手讓人把刺客帶回京城交給大理寺處理，便讓眾人散了。

陸喚和鎮遠將軍等人從行宮回到城外駐紮之地，但是在回去之前，他卻先去了城外的一個地方。那日從長春觀出來之後，他便讓人去打聽了，原來卿貴人的出生之地正是雲州。皇上當時將她葬在了皇陵，但是因為思念成疾，在雲州幫她立了一個衣冠塚。

衣冠塚也有重兵把守，陸喚仗著一身好武藝，神不知鬼不覺地溜了進去。

夜色很涼，雲州靠近北境，天氣嚴寒，地上已經結了一層霜。衣冠塚看起來前幾日才有人來過，放了一盒女子喜歡的首飾，應該是那位自以為癡情的九五之尊。但即便如此，周遭冷清清的，仍是無邊的寂寞。

陸喚垂眸靜靜看著衣冠塚，神色有些複雜。

宿溪拽了拽他的袖子，他這才回神，神情轉而柔和：「妳來了。」

宿溪覺得崽崽雖然打從心底不相信那道姑所說的話，但是關於他親生母親是卿貴人的事，還是讓他心裡有所觸動。畢竟，他出生之後對生母就沒有印象，別說是卿貴人了，就連寧王府那位卑賤的姨娘，他都不知道長什麼樣子。他在寧王府中長大，雖然有身分，但其實連孤兒還不如。

宿溪心頭憐憫，聲音也就放得很輕，問：「你在想什麼？」

崽崽注視著衣冠塚，道：「我在想，她應當是個很好的人，可惜天子無情。我連她的面也沒見過，聽聞宮中畫像全被燒了，今日卿蘭苑又起了火。」

卿貴人死後，皇帝有段時間發瘋，讓人把卿貴人居住的地方全燒了。

但是燒完之後，卻又失魂落魄，痛苦無比，又在雲州為已故之人建立行宮。其中天子的複雜情感，真讓人看不懂。

宿溪忍不住嘆了口氣，想了想，說：「不要難過，至少有我陪著你呢。」

陸喚抬眸看著漂浮在夜色中的那行字，蹙起的眉心鬆展，笑了笑：「嗯。」

鎮遠大軍翌日繼續上路，而雲州行宮這邊，皇帝一夜未眠，心中卻起了疑，他隱祕地召了人來，吩咐下去：「給朕隱祕地查一查當年卿貴人一事，當年為她診斷流產的太醫也給朕找來，重新拷問。」

北境大雪紛飛，情況危急，鎮遠將軍帶著大軍抵達時，邊境正好抓住了鄰國來犯的奸細。

而鄰國已悄然帶軍城下，戰火一觸即發。

還未抵達北境之前，陸喚便已經忙碌無比，而抵達北境之後，更是分身乏術。

前兩天宿溪還只是看到螢幕裡的北境路邊餓殍成群，屍體堆如山高，原本是客棧、酒肆的地方，此時都已經成了亂葬崗，連年越發嚴重的災害、暴亂，使得這裡宛如一座人間地獄。

觸目驚心。

而到了第五日，鄰國派來的探子殺害了兩個平民百姓，被燕國軍隊抓住，鎮遠將軍憤怒無比，親手將前幾日俘虜的一位鄰國世子吊在城池之上，活活凍死。以牙還牙，表示燕國絕對不會退讓！

由此為導火線，戰亂徹底開始。

宿溪和陸喚這邊同時都接到了任務十二：『平復暴亂，立下軍功，逼退敵軍，獎勵金幣為兩千，獎勵點數為十八。』

但此時此刻，面對邊境這樣一座人間地獄般的城池，兩人的注意力都已經無法放在任務上了。

宿溪還是第一次看到這樣血流成河的場景，她眼皮直跳。

完全不是那些古裝劇裡地上扔了幾具屍體那樣，而是到處都是腐爛的兵吏和百姓的屍身肉骨，雖然北境嚴寒，但仍生出了蒼蠅和蛆蟲，在那些屍身中飛舞和爬走。

城內百姓抱成一團痛哭流涕，而遠處戰火撩亂，燕國旗幟飛揚。

要不是宿溪沒有課金，所看到的全是死去的小人模樣，只怕她當真會嘔吐出來。

崽崽生辰當天，宿溪來不及陪崽崽一起過，他換上了盔甲，帶兵離開了北境，直接前往前線，戰火緊促，他大多數時間都在馬背上，能和宿溪溝通的時間不多。

他想要讓宿溪這段時間就不要再打開她那邊的板磚幕布了，不要看到他這邊血流成河的場景。

但是宿溪每天提心吊膽的，生怕自己好不容易養到這麼大的崽在戰火中受什麼傷，打開手機的頻率反而比之前更高了。

陸喚與鎮遠將軍在帳中一道議事，陸喚出了許多計謀，以至於這一個月以來，燕國屢勝，鄰國退了數座城池。

但是目前出現了一個新的危急問題。鄰國在退之前，綁了數百名老幼婦孺，一起退至回雁山峽谷當中，以此脅迫鎮遠軍撤退。

此時若是不乘勝追擊，只怕鄰國又會借著這段時間休養生息，再繼續來犯。

但若是乘勝追擊，那一百多名老幼婦孺必定會被直接斬首示眾。他們全都是燕國普通百姓，他們的親人正被大軍護送回城內，若是棄這一百多人的性命不顧，這場大戰，即便鎮遠軍勝了，今後恐怕也會在燕國徹底失了人心。

為今之計，只有一條路，便是讓一支隊伍，祕密潛入回雁山峽谷，將那一百多人救出來，再將敵軍一網打盡。

可是深入敵營，這相當兇險。

帳中，陸喚盯著桌案上的地形圖，心事重重。燭光在他側臉上落下一道陰影，搖曳明暗。

還沒來北境之前，宿溪就知道行軍打仗肯定很辛苦，所以陪著崽崽打了很久的木樁，練習功夫。但是她萬萬沒想到，竟然會這麼兇險。

刀槍不長眼，雖然崽崽武藝已經很好了，沒受什麼大傷，但是身上皮膚難免被劃破了幾道。

他白淨的臉上沾著一些泥土和血痕，因為不知道號角何時會奏起，因此也來不及處理，手臂上前幾日被箭擦破了一道口子，只匆匆包紮了。

宿溪每天看到他離開帳篷，心裡就突突地跳，只有他留在帳中時，心裡才稍稍安定一些。早知道會這樣，當時應該千方百計把主線任務往另外一個方向扭轉，無論如何都要避開北境的任務。

宿溪忍不住唉聲嘆氣，坐在桌子前捏著筆，卷子上一道題都看不進去。

陸喚將地形圖記下來，朝著幕布看去，就見她一臉擔憂，反而更為她擔憂。小溪好幾天從學堂回來之後，就沒怎麼做卷子，一直緊張兮兮地盯著自己了。這樣下去，學業不會落下嗎？

可陸喚又不能明說，他對宿溪溫聲道：「妳早些休息，我不會有事的，此次帶人去救人，我已想好對策，未必會是我帶兵去救。」

宿溪根本不信，她覺得鎮遠將軍那老東西肯定會讓崽崽帶人去。

她長吁短嘆：「早知道就不來這破地方了。」

對宿溪而言，雖然她已經見過了血流成河的場景，但或許是因為那些百姓屍體都被系統畫成了卡通小人的模樣，所以她雖然憐憫，但是卻並沒有那麼義憤填膺的感覺。她更在意的，當然是自己陪了快一年半、連十六歲生日都因為在戰火中、沒辦法幫他過的崽崽。

但是陸喚親眼見過了那血肉模糊的場景，想要早日結束戰亂，還北境百姓一個太平盛世的心情自然比她更加急切。

陸喚笑了笑，並沒有怪她不大能理解自己所處的朝代。

他們本來便相隔了千年的時光，所有的東西，無論是文化、語言，還是思想，都很不一樣。他在接觸她那邊的一些知識和文化之後，發覺自己所處的朝代，有很多封建文化十分腐朽，反而是她那邊更加和平，戰亂在她那邊幾乎不會發生。

所以她根本無需理解他這個朝代的落後及封閉，由他去融入她那個朝代便好了。

他十分想隔著幕布觸碰一下她，但是又覺得自己突然抬手，她會覺得奇怪，於是承諾道：「應當不出三月，這場戰亂便會結束了，屆時我們回京城中去，新買的宅院還沒帶妳瞧過。」

宿溪這才高興了一點：「嗯。」

陸喚又催促了一遍：「快去睡覺吧。」

宿溪看著手機螢幕上的崽崽，不知道為什麼，自從一百點之後，崽崽變回原畫之後，俊美是俊美啦，但是對自己說話的語氣總是像個老父親。就是那種經痛時手忙腳亂趕緊去買藥的老父親。

她晃了晃腦袋，在想是不是自己的錯覺。

不過時間的確也晚了，她也要下線了，於是她又和崽崽說了遍晚安，就緩緩下線。

陸喚雖然催促宿溪去睡覺，但是心中其實是非常不捨的，他待在帳中的時間不長，這段日子不是在行軍打仗中，就是在埋伏當中，很少有時間能和她說說話。而且因為軍中兵吏實在太多，沒什麼隱私，他受了傷只能自己處理，她也不能像以往一樣幫他處理。

他心裡也在想，到底何時才能從北境回到京城去。

他想著這些，抬眸又朝幕布看去。

然後就見，小溪逐漸淡去的幕布上，自己的腦袋上冒出了一堆氣泡。

「唉，說離開就離開了，我受了傷也不多陪我兩秒。」

「唉，昨日我臉上掛了彩，小溪來了之後居然沒有注意到，關心也只關心了兩句就結束了，唉，早知道受點更重的傷了。」

「唉，想回京城。」

「唉……」

陸喚表情頓時空白，這一堆氣泡──他腦子裡竟然有這麼多想法？他怎麼不知道？！他分明就沒有想這些！他怎麼會婆婆媽媽地想這些？！

陸喚臉色紅欲滴血，匆忙捂住了腦袋，但是那些氣泡還在冒個不停，但幸好沒多久宿溪那邊幕布就黑了。

而幕布上，只見宿溪正盯著那一堆氣泡，拍桌狂笑。

拍著拍著一不小心把桌上的水杯震起來了。

陸喚臉都黑了：「…………」

第二十三章　班師回朝

陸喚不明白這氣泡出現的機制，只是猜測，應當是在內心情緒比較紛湧的時候出現。

宿溪剛剛看到自己頭頂冒出氣泡，拍桌狂笑，一點也不震驚，而是習以為常的樣子，看來，自己頭頂早就冒出過不知道多少次氣泡了。

……也不知道氣泡每次都冒出了什麼古怪的想法。

陸喚想到這些，臉色越發難看。

他簡直生無可戀。

就和天底下所有心裡住進了心上人的少年一樣，他心中其實隱隱期望小溪能知道他心中那些輾轉反側的心思，但同時他又害怕她知道。

他怕她一旦知道了，就會因為覺得彆扭、覺得奇怪，而再也不打開她手中的那塊板磚來找他了。他的朝代和她的世界跨越了千年之久，他比任何人都害怕她的消失。

而且，恐怕到時候兩人之間連現在的輕鬆溫馨的氣氛都無法維持。

不過從目前小溪仍舊只是把自己當成一塊幕布裡的卡通小人的態度來看，自己頭頂冒出的氣泡，應當從未言說過「喜歡」、「心悅」幾字。

這樣想著，陸喚雖然心情複雜，但還是稍稍放下了心。

但每次她打開板磚來找自己時，自己心中都難以克制地生出歡喜，她沒來找自己時，自己心裡也控制不住地思念，她來了又要去睡覺時，自己雖然催促她睡覺，可是心裡卻也有千萬個不捨……與她相關的情緒實在太多，根本難以控制。

陸喚就怕哪天一個不小心，自己頭頂的氣泡不慎替自己洩露了不能言說的心思。

於是，接下來小溪再來找他時，他都深呼吸一口氣，竭力專注於眼前的事以及與她說的話，盡量讓自己的內心情緒不要過於波動。

宿溪也不是什麼傻子，很快就發現崽崽有點奇怪。

平時隔三差五他頭頂的氣泡都會冒出來一次，即便氣泡裡沒有文字，也會冒出小太陽、小紅心、淒涼的小樹葉之類的來表達他的心情，但是自從上次冒出了一次「想回京城」的想法之後，卻很久都沒再冒出氣泡了。

這還不是最古怪的地方。

以前他因為不知道自己在什麼方向，所以和自己說話時，都是下意識地看向虛空之中的。但是最近，他看的方向都十分固定，都是抬頭看著正前方——即便正前方是張桌案。難不成他認為自己會站在桌子上和他說話？

不只是這樣，有時候他的表情也會有些異樣，比如說自己那次拍桌狂笑時，他應該看不到自己才對，但是他臉上的表情卻有些生無可戀的僵硬。

宿溪百思不得其解，下意識地將這些解釋為崽崽可能有什麼瞞著自己的祕密，不想讓自己知道，所以才怪怪的。

自己和他之間無話不談，能有什麼祕密？

是關於皇上和他的身世那邊又有什麼新的進展了？他不好直接告訴自己？還是北境的災情又嚴重了，導致他憂心忡忡，無法分心去想別的？還是說，讓他不好意思對媽說的早戀？可他在軍營中，周圍都是長鬍子的卡通兵吏，哪裡有什麼機會可以早戀？！

……宿溪想得腦殼疼，決定不亂揣測。

但是這樣一來，她打開遊戲之後，視線就忍不住長時間地停留在崽崽身上。

之前可能東張西望地去打量螢幕裡其他走來走去的小官員，現在就情不自禁地盯著崽崽的臉，看崽崽到底有什麼異樣。

可看多了之後，宿溪心中居然漸漸生出一種——「崽崽好像已經不再是個崽了」的感覺。

之前從寧王府到兵部，她的畫面一直都是卡通畫面，崽崽在她眼裡一直都是個短手短腳的奶團子形象，無論做什麼動作和表情都超萌。

即便是生氣，在宿溪這邊也是一張包子臉氣鼓鼓，完全看不到什麼威嚴。

但現在的崽崽，每天頂著「十七歲在燕國已經可以娶妻生子了的陸喚」頭銜在她面前——沒錯，不知為何他十六歲生辰一過，這個頭銜立刻隨之改動，遊戲系統智慧到可怕。

再加上他身披一副銀色鎧甲，腰間金獸束帶，前後兩面青銅護心鏡，鎧甲長靴經常來不及脫，總是髮絲微亂、臉頰帶血的戰損模樣，完全是個任誰看了都移不開眼睛的俊美少年。

再加上他之前還特意強調他一百八十幾公分的身高，導致宿溪現在都不開俯視視角了，而是開平視視角。

這就導致，每次宿溪都會被他頎長的身高嚇一跳，而周圍還沒開原畫的卡通小人更是被他襯托得像是侏儒一樣。

崽崽一直保持著少年模樣的原畫，他偶爾的蹙眉、一顰一笑，落在宿溪眼裡便真實無比，她都忍不住捂著心臟想，怪不得兵部尚書之女那天跟出來想要相送了。

而他與鎮遠將軍等人議事，對著布陣圖沉思時，一舉一動更是有種無法形容的古人氣度。

現在的十七歲少年英俊無雙，與先前那個不到宿溪膝蓋高的奶團子，完全判若兩人。宿溪看久了他這種模式，都快恍惚了，每次心中叫「崽崽」時都要頓一下，總覺得有點叫不出口。

但是拜這垃圾遊戲所賜！她想要切換到原來的卡通人模式，這遊戲居然還不能切回去！

難不成這就是強制性的「由奢入儉難」嗎？！

宿溪心裡有點鬱悶，這種感覺就像是自己親手養大的崽崽有一天突然「啪」地一下長大了，她對著少年那張俊美的臉，根本叫不出來崽崽二字。

之前崽崽還沒過十六歲生日，還比宿溪小的時候，宿溪還能笑嘻嘻地叫一聲「小嗅」。但現在，眼睜睜看著崽崽已經十七歲了，按照時間都比自己大三個月了，她連「小嗅」二字也叫不出口了。

這種身高一百八十幾的人還能當崽嗎？

這種違和又複雜的心情原本只有一點點，畢竟她每天都和崽崽見面，是不會生出什麼陌生感的。

但是這一點點的不自在，卻在這天，她一上線就撞見崽崽正脫下鎧甲與外袍時，瞬間達到了頂峰！

宿溪根本來不及閉眼睛，就見到帳內少年赤裸的上半身！

他剛帶兵巡邏完，從馬背上下來，讓兩個士兵在帳篷外守著，然後立在床邊，背對著宿溪將鎧甲卸下，外袍也褪去了一半，拿起桌案上的金創藥開始敷在傷口上。

少年皮膚猶如刷了一層白釉，光滑、線條優美，在近一年的鍛鍊與征戰之後，擁有薄薄的、並不誇張的肌肉，透著一種介於少年青澀與成年男子沉穩之間的感覺。他肩膀上似乎多了一道箭傷，滲出血來，猶如撕裂一般將美好破壞，多出一種戰損的美感。

宿溪：靠！

宿溪在崽崽還是奶團子時，幫他換溼透了的衣服時見過他的身體，但那時包子臉的身體也是白花花軟綿綿的，根本看不到什麼。

她根本沒想到實際上崽崽的身材非常有料！

她就這麼猝不及防地將崽崽看光了！

宿溪雖然對崽崽心無雜念，但她平時一不看色色的圖，二沒什麼機會看電視劇裡的親熱戲，腦子裡還是比較單純的，沒有裝過別人的肉體，萬萬沒想到，第一次看的居然是遊戲小崽的！她臉上頓時情不自禁地火燒火燎。

宿溪揉了把臉，竭力讓自己冷靜下來，他還受著傷呢。

她趕緊從商城裡兌換了百分百作用的金創藥，扯了下崽崽垂在一旁的外袍，焦灼地道：「怎麼又受傷了？」

陸喚但凡不在戰場上，就會一直將幕布開著，他一抬頭見她也打開了她手裡的板磚，嘴角露出笑容，道：「擦傷罷了。」

宿溪放大螢幕落在他手臂上，見的確只是擦傷，問題不大，這才稍稍放下了心。

擦傷在手臂後方，崽崽自己包紮有些困難，但宿溪隔著螢幕也有點笨手笨腳，不好操作，她怕自己把崽崽弄疼了，於是也沒主動提出來幫忙包紮。

不過好在崽崽手腳俐落，熟練地包紮好了，然後低頭穿上外袍。

他一低頭穿外袍，烏黑如瀑布的長髮便落在光潔而有力的肩胛骨上，宿溪眼睛都不知道要看哪裡。

宿溪心中欲哭無淚。

為什麼？這遊戲為什麼不能變回原先的奶團子模式，現在她臉上莫名其妙發燙，畫面根本不敢再停留在帳篷裡。

她急匆匆將畫面切換出去，並對崽崽咳了咳，道：「我突然想起來我還有點急事，等等再來。」

陸喚心中有些失落，他還打算與她商量一下別的事情，沒想到她來了不到半秒鐘便又要走，但是想來應該確有什麼急事，他也不便阻攔。

於是他點了點頭，竭力不讓自己的失落流露出來，笑著道：「好，等等見。」

宿溪火速關掉了螢幕，剛才不小心撞見少年脫衣服的那一幕還在腦子裡揮之不去。

她晃了晃腦袋，跳下沙發，十分狂躁地對著空氣做了一套廣播體操，然後認為自己已經消耗脂肪了就不怕了，從電視櫃裡拿出兩包洋芋片「哢擦哢擦」地吃起來。

而以為她真的有什麼急事急著要出門的陸喚：「……」

陸喚也發現宿溪近來有些奇怪，明明說是有事才匆匆關掉了幕布，但是又繼續待在家裡，百無聊賴地吃洋芋片，看起來並不像是有事情的樣子。

陸喚不禁開始懷疑自己是不是做錯了什麼，導致她不像以前那麼想見到自己。

陸喚本想抽時間好好與她談談，但是軍事緊急，營救那一百多老幼婦孺的任務迫在眉睫，他便只能將這件事先放一放，等這邊的戰況稍微沒那麼緊急時，再問問她怎麼了。

回雁山峽谷易守難攻，若是直接率軍逼近，只怕那些人質會立刻被屠殺。

為今之計，只有智取。鎮遠將軍決定將此事交給陸喚，讓他挑十個人，組成一支十一人的隊伍，假裝前去刺探、不慎落網，被敵軍俘虜。

如此一來，才可以深入敵營，解救那些人質。

雖然危險，但是這是唯一的辦法。

敵軍已然認識陸喚的臉了，陸喚被俘虜之後，定然會受到報復，這報復不可能只是一點皮肉傷那麼簡單。因此他們踏入敵營之後，必須盡快帶那一百多人脫身，否則安危難測。

此行異常兇險，正因為兇險，所以陸喚不大希望宿溪會看到自己受傷的過程，她必定會心驚肉跳。

他想了想，將行動的時間定在一日大雪的深夜。

北境軍營寂靜無聲，只有城中傳出來一些百姓痛失親人的哀號。陸喚以及鎮遠將軍的幾個部下，喬裝打扮穿上敵軍鎧甲之後，繞過山林，朝著回雁山峽谷去。

陸喚低聲吩咐下去：「盡快成事，被俘虜之後想辦法燒了敵軍的糧草，最遲不可超過明日此時。」

與他一道的其餘十人均是嚴肅地點點頭。

陸喚算得很清楚，此時她剛剛睡下，而明日她要去學堂，待從學堂回來之後，才會打開她的幕布。那麼自己這邊按照兩倍的時間流速，應當剛好是兩夜一日。

待到明日這個時候的深夜，自己便可回到帳中。

敵軍已經退至回雁山，此時雖然筋疲力竭，但也正是強撐著最後一口氣的時刻，對進出回雁山峽谷的所有士兵全部嚴格把控。

敵軍自然也擔心燕國軍隊會從回雁山的背後繞過來，直入腹地，因此他們將所有的人質全都集中押至峽谷，使得峽谷變成一個銅牆鐵壁。

陸喚等人喬裝打扮潛入時，很難不被敵軍發現。

敵方已有人發現，但不動聲色，只待他們靠近峽谷，再一網打盡。

但是殊不知，這正是燕國軍隊的圈套。

一切如計畫進行。十一人的小隊很快被俘虜，俘虜到峽谷的只有十個人，但敵方並不知道出發的其實一共是十一人，此時看守峽谷的頭目注意力完全放在陸喚以及鎮遠將軍的直轄下屬中郎將等人的身上。

這幾人他認得，全是此前戰役中英勇的好手，尤其是一名據說可能是鎮遠將軍繼承人的姓陸的騎都尉，若是一起砍頭帶回去，或者活抓，上面一定重重有賞！

然而，就在這邊陸喚等人在峽谷被鞭子抽了上百道刑訊逼問時，峽谷腹地敵方的糧草處卻突然火光衝天！

敵方被調虎離山計弄得措手不及，匆匆調遣兵力去滅火。

陸喚和另外的九個人則趁機鬆綁，去牢地救人。

一切行動都必須速戰速決。

等把人救出來，敵方不再能以這些人的性命威脅燕國軍隊之後，回雁山上猛然衝出來上好的弓箭手，箭上帶火，萬箭齊發，並用大石封路，將困守在回雁山的人一舉剿滅！

陸喚等人帶著一百多名婦孺老幼逃出回雁山峽谷時，外面早就已經有鎮遠將軍的人接應，鎮遠將軍大喜過望，親自帶人前來接應。

這一百多人大多都是城內百姓的親人，他們的親人早就隨著大軍等候在城外，見到遠處有隊伍歸來時，百姓們幾乎控制不住激動，紛紛涕泗橫流，衝過去接人。

然而，還是沒能救出所有人，有些本就十分虛弱的人質在這段時日敵軍的折磨中，並沒有撐到鎮遠軍去救他們。

此時也有很多人是撐著最後一口氣，回到城內之後，便昏迷不醒暈倒在地，於是城中大夫紛紛手忙腳亂地照應。

剩下被救回來還算清醒的百姓跪成一片，紛紛磕頭感謝鎮遠軍的救命之恩。

城外火光衝天，城內亂成一片，但無論如何，今日之後，北境的戰火多少會熄滅很多，敵方損失慘重，暫時不敢輕舉妄動，至少半個月內，大軍可以稍作休息整頓。

「騎都尉！」有軍營中的大夫拎著藥箱過來為陸喚看傷勢，但此時城中大夫緊缺，陸喚便讓他去看別人的傷勢了，何況陸喚也不太習慣身體被旁人接觸，他匆匆向鎮遠將軍告退，便回到了自己帳中，想在她來之前，將傷勢處理好。

陸喚身上倒是並未增添什麼嚴重的傷勢，只是假裝被俘虜之後，背上和脖頸上多了數道鞭傷，這些鞭傷對他而言，也並不是什麼難忍的事情，但是落入回雁山駐守的敵軍手中之後，敵軍為了撬開他們的口，得到北境的地形圖，又在他們傷口上撒了鹽。

這就導致，傷口鮮血淋漓得有些可怕。

沒有脫下中衣之前，只能見到白色的中衣被血染了，脫下之後，便能見到皮開肉綻的傷口。

陸喚讓人打水來，熟練地將傷口沖洗一番之後塗上金創藥。雖然身上皮肉痛得有些麻木，但陸喚心中卻是隱隱高興的，此次任務成功完成之後，應該又會新增十幾個點數，那樣一來，離他能見到她的那一天，便越來越近了。

這樣想著，手上沒注意好力道，肩膀上的傷口重新崩裂，陸喚不由得皺了皺眉。

他本想速戰速決，可奈何身上鞭傷太多，以至於動作不得不稍稍放慢，見到宿溪家牆上的鐘轉到五點半時，他就匆匆穿好衣服、繫好腰帶，將地上染血的綳帶收起來，命令帳外的人扔掉。

他坐到桌案前，開始謄寫軍情，除了脖子上多了一道傷口難以掩飾之外，全然看不出重傷過的模樣。

宿溪平時總是一放學回到家，就趕緊掏出手機上線，但是自從上次一不小心撞見了陸喚的裸體之後，她再上線，就比較謹慎了。

她打開遊戲之後，先捂住眼睛，悄悄地睜開一隻眼睛露出一條縫，先看一下崽崽是不是又在洗澡，見到他衣裳完好地坐在桌案前，宿溪才鬆了口氣，徹底把捂著眼睛的手放下。

她心裡感覺怪怪的……主要是崽崽一下子變成了「十七歲可以娶妻生子」的俊美少年了，這就導致她不能再像以前那樣沒羞沒臊的。古人不都很在意自己的名節嗎？崽崽肯定也很在意，他以後還要娶老婆，清白可不能被自己玷汙了。

宿溪過去和崽崽打了個招呼：「你在寫什麼？」

她看了眼，發現崽崽在謄寫上奏的軍情，崽崽的字一如既往的漂亮。

陸喚被她方才捂著眼睛的舉動弄得心生奇怪——她怎麼了，是眼睛不舒服嗎？但是陸喚又不好問，只好盯著面前的幕布看了半晌，確定她眼睛沒什麼問題，還是一如既往的烏黑明亮，這才放下心。

陸喚對她笑道：「妳來了，我想過不了幾月，駐紮在北境的大軍便要班師回朝了，屆時……」

陸喚話還沒說完，便被宿溪打斷。

宿溪猛然把畫面拉大到他的脖子處，驚道：「陸喚，你脖子怎麼了？」

陸喚發現她似乎終於不再脫口而出叫自己崽崽了，也不知道這是好事還是壞事。他下意識按住脖子，但是傷勢藏不住，便輕描淡寫道：「昨夜我們去將那些人質救了出來，我受了點輕傷，但並無大礙。」

並無大礙個屁。這是行軍以來宿溪見過他受的最嚴重的傷勢了！宿溪又急又氣，急的是見他衣服穿得整整齊齊，長髮也束得一絲不苟，顯然剛剛洗過澡，為什麼要洗澡？肯定是傷勢很重，不想讓自己發現被血浸透的衣袍。氣的是，早就說了如果要行動的話，提前叫自己，結果他又趁著自己睡著了去完成任務！

宿溪咬著牙不說話，手忙腳亂地在商城裡匆匆翻找百分之百效果的金創藥。

這金創藥陸喚也能從商城買到，但是每次見到她心急如焚地從商城裡購買時的模樣，陸喚都有種被在意著的感覺，他很喜歡這種感覺，因此他並沒有親自取金創藥，而是每日都用她買的。

他笑著看著她選中金創藥，嘩啦啦地用了一大筆銀子。

宿溪一抬頭，見崽崽眼角眉梢還有笑意，忍不住怒道：「笑個屁，站過來！」

陸喚：「……」他突然發現了小溪凶巴巴的一面。

宿溪讓陸喚去把帳簾拉緊一點，然後湊過來。他不肯脫衣服讓她看一下傷勢，她便自己來。

這下宿溪完全顧不上什麼男女授受不親的鬼話了，心急如焚地拉開崽崽的衣袍，視線落到那些灑了鹽的傷口上時，頓時倒吸一口氣。簡直血肉模糊、觸目驚心。

這麼嚴重的傷勢，他剛剛是怎麼面不改色地坐在那裡謄寫軍情報告的？還對自己笑得像是什麼都沒發生似的？

宿溪眼圈一紅，十分想說要不我們去向鎮遠將軍告病，先回京城吧，但是話到嘴邊又嚥了下去。

她鼻子酸酸的，嘆了口氣，又小心翼翼、輕手輕腳地把金創藥往陸喚身上倒了一遍，直到他那些傷口鋪了厚厚的藥粉之後，才讓他重新纏上繃帶，穿好衣服。

宿溪心裡不太好受，不僅是覺得自己沒有照顧好崽崽，更覺得隨著時間變化，崽崽好像不再需要自己了。

他有勇有謀，能治理好兵部，得到將軍青睞，也能帶兵打仗、穩定軍心，更能輕而易舉阻止刺殺皇帝的陰謀。

即便受了傷，也瞞著自己不讓自己發現。

如果他不再需要自己了，那自己還能做些什麼呢？總不能每天上線只和他聊天吧，那樣的話，等他娶妻生子了，他肯定就會開始厭煩了。

不被需要等於無用的人。

而且他最近也怪怪的，頭頂的氣泡也不再冒出來了，像是不再對自己打開心扉一樣。

宿溪不知道該怎麼辦，揉了揉眼睛，假裝無事發生，對崽崽道：「下次受傷了要對我說，不然我要生氣了。」

陸喚道：「好。」

他穿好衣袍，繫好腰帶，帳外忽然有兵吏來傳：「騎都尉大人，被救出來的百姓中，有一名農女稱自己是前太醫之女，擅長醫人，想要報答您的救命之恩，因此為您帶來了煎煮好的內服傷藥，能助你早日康復。」

陸喚倒並不在意什麼傷藥，畢竟，宿溪的金創藥就已經有神奇妙效了。

不過拿來之後分給那日隨他一道深入敵營的同僚也未嘗不可，於是他對宿溪低聲道：「我去去就來。」

宿溪：「嗯。」

前太醫之女？宿溪玩遊戲這麼久，頓時有了某種預感，於是打開右上角的系統看了眼，果然，就見到「後宮」那一欄，新增了「前太醫之女柳如煙」。

她：「……」

這破遊戲還真是見縫插針，都行軍打仗了還不忘幫崽崽安排後宮！

宿溪趕緊調轉畫面，調到帳篷外，果然就見崽崽對面站了個女子。

她課金開了原畫看了下那名女子，見那女子雖然眉日清淡，沒有兵部尚書之女的嬌俏，也沒有萬三錢之女的傾國傾城，但是別有一番溫婉的味道。

至少，開了原畫之後，和崽崽是非常相配的，身高才到披著大氅的崽崽的胸膛那裡，非常嬌小依人。

她將熬好的藥包拿出來，不知道對崽崽說了什麼，反正宿溪也沒注意彈出來的對話方塊。

就見崽崽收下了那藥包，隨手遞給了身後的兵吏。

宿溪不知道為什麼心裡有點酸溜溜的——明明之前都不會，之前見到崽崽跟躲鬼一樣躲過那繡球，她還十分恨鐵不成鋼，認為崽崽是鋼鐵直男沒救了。

但現在崽崽不再直男了，沒有將這女子趕走，而是收下了她的藥包。

宿溪心裡卻不是滋味。

可能是因為以前崽崽還是個奶團子，宿溪以看戲的心態，期待著他能喜歡上誰，自己看著也開心。

但是現在，她發現崽崽越來越喜歡什麼事都瞞著自己，也不再需要自己，彷彿漸漸長大了一般，她心中便有種悵然若失的感覺。

而這種感覺，再見到崽崽的後宮又出現了一名時，更加令人難受了。

畢竟，崽崽的確已經到了成親的年紀。現在還沒成親，都已經不太對自己表達他心裡的想法了，等到成親之後，和自己之間肯定更加回不去那種無話不談的狀態了。

宿溪抬眼看了崽崽頭頂那行「十七歲在燕國可以娶妻生子了」的字一眼，只覺得更沮喪了。

她也不明白為什麼自己心裡亂糟糟的，她不應該這樣的，但是莫名其妙的心裡便不太好受。

……崽崽是不是越來越不需要自己了？

見崽崽回到帳中之後，她便定了定神，將畫面調轉回帳內。

陸喚重新坐回桌案後，問：「妳還在嗎？」

其實這話不必問，他一抬頭，便看見幕布上的小溪不知道在想什麼，總之有點蔫蔫的。

她沉默了一下才道：「還在。」

陸喚瞧出來她好像有點低落，但不明白為何，莫非自己剛剛關掉幕布離開帳篷時，她那邊發生了什麼不好的事情？

於是陸喚忍不住問：「怎麼不說話，是有什麼不開心的事嗎？」

宿溪撓了撓頭說：「沒有啊。」

她忍不住又打開右上角的畫面看了一眼，發現之前函月和萬三錢之女都是剛出現在這一欄，就直接消失了，但是這個被崽崽救回來的農女卻仍待在這一欄，並未消失。

這意思是不是說，比起前兩個，崽崽對這農女的好感要多一點？

說不定這次回京城，就可以直接將人帶回去。再發展什麼以身相許的戲碼。

雖然應該為崽崽高興，但是一想到剛剛崽崽受傷了都不和自己說，還要自己去發現，她心裡就酸溜溜的。

呵呵，崽，反正你有別人幫你煮湯藥了是不是？用不著老母親了是不是？

宿溪正這麼腹誹著，而陸喚分明覺得幕布裡她情緒有些低落，卻又瞧不出原因為何，看來看去，只看到她嘴唇有些乾燥起皮，大約是在她們那邊叫做冷氣房裡的空間待太久了，這樣的話，容易感染風寒。

陸喚想起她上次痛經到打滾的模樣，忍不住一陣擔憂，想了想，叮囑道：「多喝開水。」

宿溪：「……」

宿溪更加不爽了，忍不住瞪了螢幕上的崽崽一眼。

但說話還是要非常親切：「哈哈哈好，我會的，你早點休息，我明天再來看你。」

陸喚聞言，放下毛筆問：「妳是又有什麼事要離開嗎？」

宿溪沒什麼事，她只是腦子裡亂糟糟的，看著陸喚頭頂那「娶妻生子」四個大字，眼皮一跳，情緒更加低落。

她道：「嗯，有點事，我先走啦，拜拜。」

陸喚心中失落，只好道：「拜拜。」

宿溪抓了抓頭髮，關了螢幕。

她其實挺害怕崽崽有一天就不再需要自己的，因為雖然一開始只是當作遊戲在玩，但是時間長了，她對他感情也很深的。

她分不太清楚這種感情是什麼，是一天一天的陪伴積攢起來的無話不談，還是從他身上感受到溫暖的感覺，還是一點一滴互相了解、逐漸成為不可或缺的朋友的那種感情。

所以她幾乎有些害怕他長大了。

但比起害怕他長大，宿溪想，她更害怕的是，有一天他真的娶妻生子了，身邊多了個能陪著他的人，漸漸地他就會把自己忘了。

而自己在這邊，只能遠遠地看著。

宿溪一方面覺得自己是不是想太多了，但另一方面又因為崽崽方才和那農女交談了那麼久而感到有些不安。

她從書桌前站起來，倒頭躺在床上，然後抽出枕頭，瘋狂砸枕頭，不停對自己施法：

「別想了別想了！！」

一直盯著幕布，想看看她到底怎麼了的陸喚：「……」

怎麼了，陸喚心想，她的癸水期明明已經過了。

一百多名老幼婦孺的人質解救出來之後，燕國軍隊乘勝追擊，終於將鄰國逼至退無可退。

朝廷中捷報頻傳，皇帝大喜過望，宣稱待大軍歸來之後，便為大軍所有人加官進爵。

北境這一場戰亂長達將近一年時間，終於有了戰勝結束的曙光。

北境城中休養生息，也逐漸從戰亂時的民不聊生開始漸漸恢復，老百姓臉上也顯而易見地不再那麼慘白和面黃肌瘦，親人的屍體該埋的埋，活著的人只能繼續好好活下去。

陸喚和宿溪兩邊的系統同時彈出：『恭喜完成任務十二：平復暴亂，立下軍功，逼退敵軍！獲得金幣獎勵加兩千，點數獎勵加十八。』

這樣一來，點數總共就有一百四十五了！

還沒等這則通知消失，兩邊的畫面上就又同時連連彈出了新的任務：『請接收任務十三（高級）：請讓全京城得知『永安廟神醫』、『調遣萬三錢籌措糧草的神祕富商』背後是誰。金幣獎勵為一千五百，點數獎勵為十二。』

『請接收任務十四（高級）：請順利恢復九皇子殿下的身分，並讓皇帝接納。金幣獎勵為兩千五百，點數獎勵為十八。』

宿溪對這兩個連續任務的理解是，當年永安廟治病救人一事，已經傳為一段佳話了，萬三錢籌措糧草送往前線一事也是，但燕國百姓們只知道是鎮遠軍中有人有勇有謀，忠心耿耿保護了整個燕國，還在豐州等地開糧賑災，卻不知道他們口耳相傳的神醫和神商到底是誰。

此時若是用點手段，讓百姓們知道那人就是崽崽，百姓們必定會對崽崽感恩戴德。這樣一來，崽崽恢復九皇子的身分就順理成章了，還有助於皇室的名聲。

但問題就在於，這是崽崽想要的嗎？先前和崽崽聊過，他似乎並不是很想捲入皇子之間的鬥爭。

而且，一旦恢復了九皇子的身分之後，似乎距離這遊戲的最終任務也就不遠了……

畢竟，隨著一樁樁任務完成，遊戲已經漸漸地在民心、軍隊、官員等方面為崽崽鋪好路了。

至於皇帝那邊，他但凡知道了崽崽是卿貴人的兒子，都不會成為崽崽的阻礙。再加上，燕國沒有必須立長子為東宮的規矩。若皇帝執意改立東宮，再加上民心所向，接下來要完成的任務並不會很多。

到時候無非會經歷一場政變，遭到太子和五皇子的政黨駁斥而已。

也就是說，一旦崽崽回京，完成了這兩個任務，那麼遊戲的最終章就近在眼前了。

宿溪心中難以自制地生出了些許悵惘的感覺。就像是她每次打遊戲，前面都憋著一口氣想要盡快通關，但是真的到了最後一關，反而開始眷戀不捨，就像看一部電視劇，前面都激動地想要快些看完，可是當看到只剩下幾集時，心中卻無比悵然若失。

而且，最近崽崽又真的長大了，凡事都可以處理得盡善盡美，不怎麼需要她的說明了。

她忽然不想盡快看到這個遊戲的結局了。她寧願從寧王府的那間小柴屋開始，再陪著崽崽把這一年半的人生從頭走一遍。

宿溪下意識地拖著，希望最後幾個任務完成得慢一點，崽崽晚點凱旋回京。

而陸喚見到總點數已經一百四十五了，心中卻是充滿了希冀。彷彿長跑跑了一大半，能見到她的那一日近在咫尺，因此他幾乎是不眠不休，沒日沒夜地去了解整個燕國的地貌地形，往年賦稅徭役、各種措施，從中學得更多治國之道。

他越是這麼做，越是離一位能夠治理天下的明君近一些，幕布上增加給他的點數也越多。

因此，即便這半年都在北境帶兵打仗，但系統上的總點數在武力治國等方面，依然緩慢地再次增加了七個點數。

而等宿溪一上線，發現一百四十五不知道為什麼又一下子跳到了一百五十二，她簡直心如死灰！這破遊戲怎麼回事，到了後期還會作弊，自動幫玩家增加點數嗎？！

陸喚先前的確從來沒想過要恢復身分，無論是九皇子也好，還是寧王府的一個庶子也好，對他而言，都只是外人的眼光，而他真正在意的那個人，卻並不在意他的身分。

因此在長春觀時他收起了那枚玉佩、在雲州阻止那場刺殺時，他心中雖然對那道姑所講述的他的身世已經相信了大半，但仍沒有將玉佩呈到皇帝面前。

可是當見到任務十四和任務十五，是要求他必須恢復身分時，他為了能盡快滿兩百個點數，還是決定去做。這皇子之位，他可以輕輕拿起，到時候也可以輕輕放下。

當時雲州刺殺之時，陸喚便感覺皇帝應該已經懷疑了自己的身分，這半年以來，應該也已經查出了些什麼，但之所以還按兵不動，應該是在等待自己隨著鎮遠大軍一起班師回朝時，再最後確定身分，可能是滴血認親，也有可能是想從自己身上找到玉佩等能確定身分之物。

陸喚想了想，暫時什麼都沒做，只書信一封，讓人快馬加鞭送回去給長工戊。

書信中什麼也沒寫，甚至署名都沒有，只問及近來農莊事務進展如何。

做完這件事之後，陸喚便暫時不再去管，靜靜等待事態發展。

可能對於陸喚而言受一些輕傷已經宛如家常便飯，再加上從商城裡兌換的金創藥有奇效，因此他的傷勢癒合得很快。

宿溪每次上線，看著崽崽在軍中越來越得人心，也逐漸有除了雲修龐之外能夠交談軍情的朋友，一方面十分欣慰，但另一方面，仍會生出一些到了遊戲後期崽崽就逐漸不再需要自己了的惆悵感。

不過她覺得這個問題在於自己，或許，她該改變一下老母親般的想法了。

期末考試臨近，她也不得不暫時把注意力集中到期末考試上。

她這一學期以來，除了第一次兩天半的月考沒有和崽崽提前說好，就直接消失掉，害得崽崽以為自己從此再也不會出現了，之後的每一次考試都會提前和崽崽打招呼。這一次也不例外。

但是令她奇怪的是，之前她每次說她要離開幾天去處理事情，崽崽臉上都會露出些微失落和焦灼的神情，而且還會不停追問她到底要去做什麼。

可這次她說的時候，崽崽臉上雖然有幾天見不到她的失落感，但是卻沒再追問她消失這幾天是要去做什麼。

宿溪：？

陸喚見到幕布上的她正一邊收拾書包，一邊開著她的小幕布與自己對話，便知道她應當是和上次一樣，要去參加她的世界的學堂考試了，她們那個世界學堂考試很頻繁，自己這邊每隔三個月，她那邊便會考一次。

先前陸喚不知道她每次突然消失八天左右是去做什麼，總是忍不住問很多，「去做什麼了」、「什麼時候回來」、「回來的時日能早些嗎」，但現在陸喚既然已經知道她是去做什麼而放下心，知道她不會突然消失，自然便不必再問。

可宿溪卻覺得沒被崽崽問，哪裡都有點不舒坦。

她忍不住又強調了一遍：「我可能整整八天不能過來哦。」

崽崽批閱著軍情，筆尖頓了頓，臉上有些許失落，但到底沒說什麼：「嗯，我會等妳回來。」

等等……宿溪感到匪夷所思，恨不得衝進螢幕裡去晃崽崽的肩膀質問他：崽你怎麼不和之前那樣，像幼稚園小朋友等不到家長來接一直反覆追問我到底要去哪裡、什麼時候回來、為什麼要為了別的事拋下你……了？！

崽崽不再追問了，宿溪這個以前還笑話崽崽盯得太緊的老母親卻無所適從了。

她心頭再一次悵然。她的崽，果然不再是個崽了。

看，都不再依賴她了。

她悻悻地關上手機螢幕，收拾好書包和筆袋，打算去考試了。這場期末考試持續四天，因為不僅要考學科，還要考美術音樂和體育之類的術科，尤其是體適能測驗，還要跑八百公尺，宿溪想想就覺得很痛苦。她幫自己加油打氣，這才拎起書包去學校了。

而陸喚一抬起頭，便能看到幕布上的她已經坐著四個輪子的大馬車抵達學堂了，正進入一間學堂內，翻開了面前的白色卷子。

她筆尖「唰唰唰」地寫字考試。

陸喚也跟著拿出一張空白的紙張，測試一下自己行軍這半年來，所學到的她那邊的蠅頭文字。

聽力因為宿溪戴著耳機，所以陸喚這邊聽不到，他直接跳過，等到宿溪翻到克漏字測驗和閱讀理解時，他再熟練地將幕布拉大，然後和她一起做。

畢竟從她那幾本課本上所學到的單字有限，再加上半年時間也太短，他寫卷子的速度比她稍微慢一點，但是，卻比那間考場裡絕大多數的人都要快。

而接下來的歷史地理考卷，他也涉獵了，了解一下她那個朝代的歷史也是好的。

這半年的時間，陸喚已經學會了很多東西，有時候宿溪那邊已經睡著了，而他將幕布切換到大街上，開始觀察那些乘坐四個輪子的馬車的人是如何刷那張卡「滴」地一下就能上車。

交通、人文、醫療等方面，他雖然還沒完全摸透，但是也不至於一竅不通。

若是有朝一日過去她那個朝代的話，也不至於在大馬路上被扭送進警察局。

陸喚將寫滿了答案的紙換了一張，繼續陪著宿溪一起答題。

而宿溪這邊，這兩天也感覺到有些怪怪的。先前的魚湯事件、樓梯差點摔跤事件，她都只以為是因為遊戲的緣故，自己運氣變好了，但是這兩天，她卻感覺哪裡好像有點不對勁。

她考完前兩科，上晚自習時老師進來上課，她因為發了一下呆，所以沒聽見老師講什麼，被點起來回答問題。正當她不知道老師問了什麼，思考該回答什麼時，忽然一道風吹來，像是從窗戶那邊吹來的一般，突兀地翻動了她面前的教科書，直接翻到了老師問的那一頁。

她目瞪口呆了一下，才磕磕絆絆地回答了。

而她和同學們一起搬桌子時，不知道為什麼，她搬哪張桌子哪張桌子就特別輕，像是有人往上托一樣。

導致她和顧沁將考場的桌子搬回原位置時，顧沁累得直喘氣，而她卻完全感受不到桌子的重量。

不只如此，第四天體適能測驗，跑八百公尺時，也感覺身後吹來的風像是有推力一般，推著她向前，以至於讓她覺得特別痛苦的八百公尺竟然第一次被她輕輕鬆鬆跑完了！

宿溪抵達終點，將手腕上計時的腕表摘下來時，簡直覺得不可思議。

過了一下顧沁才氣喘吁吁跑到她身邊，愕然地道：「宿溪，妳這次可以啊，怎麼跑這麼輕鬆？」

宿溪也覺得神奇得要命，她忍不住再去跑半圈，但是這次很快就覺得累了，難不成是剛剛狀態好？

回到教室換下運動服時，宿溪左思右想，都覺得不對勁。

她是已經經歷過遊戲的神奇的人了，她當時接觸遊戲裡的人時，對遊戲裡的人而言，她也像是一道風一樣。而當時她突然拽起水桶，崽崽也匪夷所思地感覺水桶變輕，就和她現在一樣。

宿溪很快就被自己腦海中冒出來的念頭嚇得不輕……該不會，也有人在玩「她」這款遊戲吧？

這樣一想，越發覺得連同上次經痛時，床頭櫃上莫名多出來一杯紅糖薑茶，也不像她老爸老媽這樣粗心的人倒給她的。

我靠……

宿溪忽然想到了什麼，再聯想起崽崽最近奇奇怪怪的表現，她腦海中的猜測更加具體了——莫非，崽崽那邊也能看到自己，也能觸碰到自己了？！

所以，他才沒有問自己離開八天是要去做什麼；所以，那天洗完澡之後上線，才見他不敢抬頭看自己，耳根紅得滴血，桌案上莫名其妙多了一堆「非禮勿視」的字跡？？？

宿溪越想呼吸越急促，臉色越發通紅，那麼，豈不是這些天自己沒形象地倒在沙發上吃洋芋片的樣子、為了不洗頭好幾天都戴鴨舌帽上學的樣子、甚至晚上睡覺有可能說夢話的樣子，都被看光了？！

宿溪簡直要抓狂。

她面紅耳赤，越想越覺得羞恥，但這只是自己的猜測，她還要和崽崽確認一遍。

不過腦海中湧現了這個想法之後，她心中這段時間的悵然倒是稍稍褪去了一些，她還以為崽崽不再需要自己了呢，但是這樣看來，崽崽還暗搓搓地送了紅糖薑茶，陪自己跑完了八百公尺嘛。

宿溪心中很快就變得暖暖的。看來是老母親多想了，她吸吸鼻子，從書包裡掏出了手機。

她這邊已經夏季了，有些熱，她脫了校服，穿著短袖找了個空座位坐下來，提前打開遊戲。

宿溪手中的遊戲畫面打開之後，一如既往首先是寧王府中那間柴屋的初始畫面。

她眉開眼笑地隨意看了下，發現自從崽崽離開寧王府之後，寧王夫人等人一日比一日憔悴，或許是寧王夫人的娘家已經徹底敗落了，寧王夫人已經很久都沒有去赴過京城一些貴婦之間的宴席了，此時她坐在湖心亭中發呆，鬢邊居然生出了華髮，而她的兩個兒子也顯得十分頹然，半點沒有一年前趾高氣揚的模樣了。

寧王府中大概只有老夫人還在撐著等崽崽回去，還在堅定地認為，崽崽能夠帶給寧王府一絲轉機。他當上朝廷命官之後，就會帶著衰敗的寧王府再一次重現輝煌。

宿溪沒有在畫面停留太久，直接轉去了北境崽崽所在的帳篷。

但是轉了一圈，卻沒找到人。

於是宿溪在軍營到處都找了一下，卻仍沒見到崽崽的身影。

她將畫面縮小，看看崽崽到底在哪裡，結果就看到崽崽的紅點點出現在了地圖的北境河邊——崽崽去那裡幹什麼？宿溪有點擔心是不是出了什麼事，於是趕緊將畫面切過去。

可是只見，哪裡是出了什麼事。

河邊，有些兵吏小人走來走去，正在拆帳篷，打算班師回朝了，而積雪楊樹後面，崽崽正和前幾天見到的叫做柳如煙的民間女子站在一起，不知道正在交談什麼。

宿溪不知道他們正在說什麼，因為沒有涉及劇情的對話，是不會隨隨便便變成對話方塊彈出來的。

但是這幅場景的確很美，楊柳河畔，俊美少年與柔弱農女。

而且——宿溪又打開右上角看了眼，發現這名農女還在後宮那一欄裡。

興許……一年前崽崽毫不猶豫地拒絕掉函月、躲避繡球，是因為還沒開竅，而現在開竅了？也是，該到了情竇初開的年紀了。

而一開始，宿溪最希望的不也是崽崽能在那個世界擁有親朋好友，陪伴著他嗎？現在，終於見到他有了朋友，可能也有了喜歡的人，距離恢復九皇子的身分、完成遊戲最終章的目標也不遠了……這些都是她一開始的心願，她應該開心激動才是……可為什麼，她心裡卻有了種曲終人散、悵然若失的感覺？

宿溪又朝著那邊看了眼，心想還是不打攪了，等等再上線。
她關了手機螢幕，將校服塞進書包裡，開始收拾書本。

——《與遙久時空的你戀愛》未完待續——

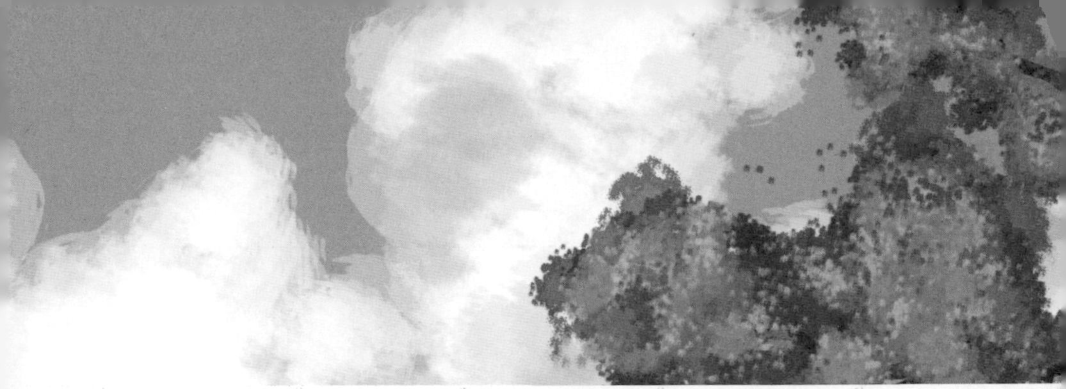

高寶書版集團
gobooks.com.tw

YH 161
與遙久時空的你戀愛（中）

作　　者　明桂載酒
封面繪圖　單　宇
封面設計　單　宇
責任編輯　楊宜臻
內頁排版　賴姵均
企　　劃　何嘉雯

發 行 人　朱凱蕾
出　　版　英屬維京群島商高寶國際有限公司台灣分公司
　　　　　Global Group Holdings, Ltd.
地　　址　台北市內湖區洲子街88號3樓
網　　址　gobooks.com.tw
電　　話　(02) 27992788
電　　郵　readers@gobooks.com.tw（讀者服務部）
傳　　真　出版部(02) 27990909　行銷部 (02) 27993088
郵政劃撥　19394552
戶　　名　英屬維京群島商高寶國際有限公司台灣分公司
發　　行　英屬維京群島商高寶國際有限公司台灣分公司
法律顧問　永然聯合法律事務所
初版日期　2024年5月

原著書名：《我養成了一個病弱皇子[治癒]》由北京晉江原創網絡科技有限公司授權出版。

國家圖書館出版品預行編目(CIP)資料

與遙久時空的你戀愛/明桂載酒著. -- 初版. -- 臺北市：英屬維京群島商高寶國際有限公司臺灣分公司, 2024.05
　冊；　公分. --

ISBN 978-986-506-993-3(上冊：平裝). --
ISBN 978-986-506-994-0(中冊：平裝). --
ISBN 978-986-506-995-7(下冊：平裝). --
ISBN 978-986-506-996-4(全套：平裝)

857.7　　113006862